新潮文庫

幸運の25セント硬貨

スティーヴン・キング
浅倉久志他訳

幸運の25セント硬貨■目次

幸運の25セント硬貨

なにもかもが
究極的

Everything's Eventual

浅倉久志訳

　ある日、どこからともなく、こんなイメージがくっきり頭に浮かんだ。ひとりの若者が、郊外にある小さな自分の家の外で、下水管の格子蓋《こうしぶた》のすきまへ小銭をつぎつぎに押しこんでいる。それだけのイメージだが、あまりにも鮮明なので——しかも、おそろしく奇妙なので——そのまわりに物語を書かずにはいられなくなった。文章は一度のためらいもなくすらすらと出てきて、物語は人工遺物であるというわたしの持論を裏づけてくれた。つまり物語とは、われわれが作りだす（そして、その作者だと主張できる）ものではなく、すでに存在する遺物であり、こちらはそれを掘りおこしているだけなのだ。

1

いまのぼくはいい就職口にありついたから、ふさぎこむ理由はなんにもない。もう〈スーパー・セーバー〉のダサいやつらとつるまなくてもいいし、そのスーパーのショッピング・カート置き場の〈カート牧場〉を見まわるとき、スキッパーみたいなクソ野郎にいじめられなくてもすむ。いまのスキッパーは墓場の下で土のサンドイッチを食ってるわけだけど、この惑星地球で過ごした十九年間で、ぼくがおぼえたことがひとつあるとしたら、それはこうだ。気をゆるめるな、スキッパーの同類はどこにもいるぜ。

おなじく、雨の晩のピザの宅配も、いまじゃお役ごめん。マフラーのイカれたおんぼろフォードを運転して、小さいイタリア国旗を窓から出しとくため、けつが冷えるのをがまんしながら、運転席の窓をおろしとかなくたっていい。ハーカーヴィルのだれが国旗に敬礼してくれるっていうんだよ。〈ピザ・ローマ〉。客は二十五セントのチップをよこすとき、こっちの顔もろくに見やしない。テレビのフットボール中継に夢中さ。いまでも思うんだ。〈ピザ・ローマ〉の配達員時代がどん底だった。ぼくはあれから自家用ジェット機にも乗ったぞ。だから、どうしてふさぎこむわけがある?

「卒業証書もなしに学校をやめたせいよ」ぼくが〈デリバリー・ダン〉の仕事をやってたとき、ママはそういった。「もうこれから一生、ずっとこんな調子がつづくんだからね」わかりましたよ、ママ。あんまりくどくどグチがつづくんで、いっちょう特別な手紙でも書いてやろうか、と思ったぐらいだ。さっきもいったけど、あれがどん底。ミスター・シャープトンが、あの晩、車のなかでぼくにどういったか知ってる？「これはたんなる仕事じゃないんだよ、ディンク。これは大冒険なんだ」そのとおり。あの人は、ほかのことじゃまちがってたかもしれないけど、この点じゃ正しかったよ。

そんなにすごい就職口なら給料はどれぐらいだろうと、あんたは考えてるんじゃないかな。だったら教えるけど、カネはたいしたことない。それだけは最初にいっとかないとね。だけど、仕事というものは、たんにカネが目的でも、出世が目的でもない。これもミスター・シャープトンの受け売りだ。ミスター・シャープトンにいわせると、本物の仕事には付加給付がある。そこから力が生じるんだってさ。

ミスター・シャープトン。あの人にはいっぺんしか会ってない。古風なでっかいメルセデス・ベンツの運転席にすわってたあの人に。だけど、世のなかには一回でじゅうぶんってこともあるしさ。

いまの言葉は好きなように解釈してくれていいよ。どうにでも。

2

ぼくには家があるんだよ、わかる？　自分だけの家が。付加給付第一号。ときどきママに電話して、足のぐあいを聞いたり、いろんな世間話をしたりはするけど、いっぺんも招待したことはない。ハーカーヴィルはほんの百キロか百十キロ先で、ママが好奇心ではちきれてることも知ってるんだけどね。こっちがそうしたくなけりゃ、べつにママに会いに行かなくたっていい。たいていは行きたくない。ぼくのママを知ってたら、だれだって行きたがらないと思う。あのリビングルームでいっしょにすわって、親戚《しんせき》のことを一から十までグダグダしゃべられたり、むくんだ両脚についての泣き言を聞かされたりしてみなよ。それに、おさらばするまで気がつかなかったけど、あの家は猫のクソのにおいがプンプンする。ぼくはもう絶対に猫を飼わない。ペットはクソをなめる。

一日じゅう、たいていぼくは家にいる。ベッドルームがひとつしかないけど、やっぱりすてきな家さ。究極的、とパグがよくいってたやつだ。〈スーパー・セーバー〉でぼくが好きなひとりはパグだった。なにかがすごくいいと思ったとき、パグはほかのみんなとちがって、最高だ、なんてぜったいにいわない。究極的だ、という。ね、おかしいだろ、パグの先生は？　あいつ、いまごろどうしてるかな。きっとうまくやってると思う。だけど、電話でたずねたりできない。ママには電話できるし、もしなにかもめごとがあったり、だれかがよけいなセンサクをしてきたとき用に、ちゃんと緊急電話の番号も教わってる。だけど、むかしの友だちのだれにも電話できない（そういうと、まるでパグ以外のみんなが、このディンキー・アーンショーのことを気にかけてるみたいだけど）。それがミスター・シャープトンのきめたルールなんだ。

だけど、そんなことはどうでもいい。それより、このコロンビア・シティーのぼくの家の話をしよう。高校中退の十九のブンザイで、自分の家のあるやつが何人いると思う？　それに新車もだ。ちっこいホンダだけど、走行距離計の最初の三桁《けた》はまだゼロ。そこが肝心なんだ。CD／テープ・プレーヤーがついてるし、運転席にすわっても、以前のフォードみたいに、このポンコツ、エンジンがかかるかなって心配はいらない。スキッパーにはいつもそれでからかわれた。やつにいわせりゃ、ポンケツだって。どうしてこの世界にはあんなにおおぜいのスキッパーどもがいるんだろう？　ふしぎでしょうがない。

そうそう、ぼくはカネもいくらか持ってる。必要にして十分なカネ。まあ聞いてよ。毎日、昼めしを食いながら、テレビで『アズ・ザ・ワールド・ターンズ』（訳注　一九五六年からつづいているCBSの人気メロドラマ）を見る。木曜日は、番組の途中で、なにかが郵便受けにガチャンとはいる音が聞こえる。そのときはべつになにもしない。なにかしちゃいけないんだ。ミスター・シャープトンはいった——「これはルールのひとつなんだよ、ディンク」

ぼくはその番組をおしまいまで見る。昼メロでは週末に大事件が起きるきまりだ——金曜日は殺人、月曜日はセックス——だけど、毎日ぼくは番組をおしまいまで見る。とりわけ木曜日は念を入れて、番組の終わりまでリビングルームから動かない。木曜日は、ミルクのお代わりがほしくてもキッチンへ行かない。『ワールド』が終わると、しばらくテレビを切る。つぎはオプラ・ウィンフリーの番組だけど、好きじゃないな——みんなですわってワイワイおしゃべりするのは、世間のママたち専用さ——テレビを切って、ぼくは玄関へ出ていく。

いつも郵便受けの下の床に落ちてるのは、封をした白無地の封筒だ。表にはなんにも書いてない。中身はいつも十四枚の五ドル札か、七枚の十ドル札。それがぼくの一週間分の小遣いだ。それをどう使うかって？　映画を二回見に行く。いつも昼間に。割引料金で四ドル五十セント。だから九ドル。土曜日はホンダを満タンにするけど、これがたいてい七ドルぐらい。たいして車に乗らないからね。パグなら、その方面に投資しない、というところだ。ここまでで十六ドル。あとは〈ミッキーD〉での外食が四回ぐらい。朝食（エッグ・マックマフィンと、コーヒーと、ハッシュブラウンがふたつ）か、それとも夕食（クォーターパウンダーのチーズ入り。マックスペシャルはごかんべん。どこのトンマがあんなサンドイッチを思いついたか知らないけど）。週に一度だけ、チノとボタンアップのシャツを着こんで、恵まれた連中の生活見学——つまり、〈アダムズ・リブズ〉とか〈チャック・ワゴン〉とかの店で、いいものを食うわけ。その食費がなんだかんだで二十五ドルぐらいだから、合計四十一ドル。あとは〈ニュース・プラス〉へでかけて、マスカキ用の雑誌を一冊か二冊買う。そんなに過激じゃないやつ。せいぜい『ヴァリエーションズ』か『ペントハウス』ぐらい。そのての雑誌の名前を『ディンキーの掲示板』に書きこんだこともあるけど、反応なし。そんなものは自分で買えるし、掃除日に片づけられたりもしないけど、ほかの品物みたいに出現はしてくれない。この意味、わかってもらえるかな。たぶん、ミスター・シャープトンの掃除人たちは、不潔なものを（シャレだよ）買うのがいやなんだろう。そういえば、インターネットでアダルト・グッズを買うのもご法度《はっと》。やってみたけど、なぜかブロックされちゃう。ふつうはなんとかなるんだけど——まともにハックできなくたって、道路封鎖をくぐりぬけたり、迂回《うかい》したり——ところが、こいつは手ごわい。

あれこれグチる気はないけど、電話の九〇〇番（訳注　情報・娯楽提供の有料サービス）にもかからないんだ。もちろんオートダイヤルは使えるし、世界のどこかにいるだれかをでたらめに選んで、しばらくむだ話をするとかはオーケイ。それならちゃんとかかる。だけど、九〇〇番はだめ。話し中の信号が出る。まあ、そのほうがいいのかも。ぼくの経験だと、セックスのことを考えるのは、ウルシかぶれをひっかくのに似てる。よけいにひろがるだけだ。それに、セックスはそんなに大問題じゃない。すくなくともぼくにはね。存在はするけど、究極的じゃない。だけど、いまぼくのやってることからすると、このご清潔趣味はちょっと異常だよ。笑っちゃうぐらいに……ただ、ぼくはその方面のユーモアのセンスをなくしちゃったらしいんだ。そのほかいくつかの方面でも。

それより予算の話にもどろう。

もし『ヴァリエーションズ』を買ったとすると四ドルだから、しめて四十五ドル。あまったカネで、そうしなくても手にはいるけど、CDを買ってもいいし、キャンデーバーを買ってもいい（食べちゃいけないのはわかってる。もうすぐティーンエイジャーといえなくなるのに、ぼくの顔色ときたら死んだネズミ顔負けなんだから）。ときどきピザや中華の宅配をたのみたくなるけど、それは〈トランスコープ〉のルール違反だ。それに、なんだか支配階級のひとりになったみたいで、抵抗があるしね。おぼえてるかい、ぼくはピザの宅配をやってた。それがどんなにイヤな仕事か知ってる。それにさ、もしかりにピザを注文できたとしても、二十五セントのチップじゃ、配達員はおいそれとこの家を出てってくれない。やっこさんが目を輝かすのを見るためには、五ドルは張りこまなくちゃ。

でも、あんまりキャッシュが必要ないって意味は、これでそろそろわかってもらえたかな？　一週間がめぐりめぐって木曜の朝がきたとき、たいてい最低八ドルは残ってるし、ときには二十ドルも残ってる。そのコインをどうするかっていうと、うちの前にある下水管の蓋のすきまから下へ落っことすんだ。もしその現場を近所の人が見たら、どう思うだろう（ぼくは高校中退だけど、頭がわるくてドロップアウトしたんじゃないぜ）。だから、リサイクル用のプラスチックのかごに古新聞の束をつっこんでいく（ときにはその束のまんなかに『ペントハウス』や『ヴァリエーションズ』を隠しとくこともある。あんなクソはためとかないもん、だれだって）。で、それを歩道の端っこへおくついでに片手をひらくと、にぎってた小銭が格子のすきまから下水管へ落っこちるってわけ。チャリン、チャリン、チャリン、チャポン。手品師のトリックみたい。さあ、ありますね。はい、消えました。いつかそのうち、下水管が詰まったとき、そこから下りた作業員は、きっと宝くじに当たったみたいに喜ぶだろうな。洪水かなにかで、小銭がぜんぶ汚水処理場とか、そんなとこまで流れていっちゃえばべつだけどさ。だけど、そのときまでぼくはここにいないだろう。コロンビア・シティーで一生を送るつもりなんてさらさらないよ。それだけはいえる。ぼくはここから出ていくんだ。もうじき。なにかの方法で。

お札のほうは始末が簡単だ。キッチンのディスポーザーへ直行。これも手品だよね。よーくごらん、はい、おカネがレタスに早変わり。お札を生ゴミといっしょに捨てるなんて聞いたら、とてもふしぎな気がするんじゃないかな。ぼくも最初は抵抗があった。でも、しばらくつづけてると、人間はどんなことにも慣れてしまう。おまけに、毎週新しい七十ドルが郵便受けから舞いこむんだしさ。ルールは簡単だ。リスみたいにこつこつためこむな。一週間がすめば文無し。だいいち、何百万もの大金の話じゃない。週にせいぜい八ドルから十ドルのことなんだよ。スズメの涙さ。

3

『ディンキーの掲示板』——これも付加給付のひとつだ。毎週ほしくなった品物を書きこんどくと、たのんだものがぜんぶ手にはいる（ただし、さっきも書いたけど、エロ雑誌だけはべつ）。もしかしたら究極的にはそれにも飽きるかもしれないけど、いまは年じゅうサンタがきてくれてる気分。みんながキッチンの黒板へ書きこむのとおなじで、ぼくがそこへ書きこむのはおもに食料品だけど、いつも食料品とはかぎらない。たとえば、〝ブルース・ウィリスの新作ビデオ〟とか、〝ウィーザーの新作ＣＤ〟とか、そんなものを書きこんだとする。せっかく例にとったんだから打ち明けると、そのウィーザーの新作ＣＤがふしぎでさ。ある金曜に、映画を見たあと、〈トゥーンズ・エキスプレス〉の店へ寄ってみた（いつも金曜の午後は、べつに見たいものがなくても映画を見にいく。留守中に掃除人たちがやってくるから）。雨降りで公園へ行けないんで、時間つぶしのつもりだったけど、新譜の棚をのぞいてたら、ちょうど若い客が店員にそのウィーザーの新作CDのことを聞いてるとこでさ。店員がいうには、あと十日かそこらで入荷します、だって。ぼくがそのCDを手に入れたのは、その前の金曜なのに。

さっきもいったけど、これも付加給付。

もし『掲示板』に〝スポーツシャツ〟と書きこめば、金曜の晩に家へ帰ったらちゃんと届いてる。いつもぼくの好きな茶色系。〝新品のジーンズ〟とか〝チノ〟とか書きこめば、それも手にはいる。ぜんぶ〈ギャップ〉商品だけど、自分で買い物してもやっぱりそこへ行くだろうしね。アフターシェーブ・ローションやオーデコロンがなくなったら、『ディンキーの掲示板』に商品名を書きこんどけば、帰ったときにはちゃんと浴室の棚にある。デートはしないけど、オーデコロンにはうるさいんだぜ。オッシャレー。

これを話すと、きっと大笑いされちゃうだろうな。一度、『掲示板』に〝レンブラントの絵〟と書いたことがある。その午後は映画を見て、公園を散歩して、みんながいちゃついたり、犬がフリスビーをくわえたりするのを見物しながら考えた。もし掃除人たちがほんとにレンブラントの絵を届けてくれたら、どんなに究極的だろう。考えてもみてよ、コロンビア・シティーのサンセット・ノール地区の家の壁に、あのすごい大画家の絵がかかってるんだぜ。もしそうなったら、どんなに究極的かなあ?

まあ、ある意味ではそうなった。帰ってみると、リビングルームの壁にぼくのレンブラントがかかってた。ソファーの上、ビロードのピエロが飾ってあった場所だ。部屋を横切ってそっちへ近づいたときは、脈拍が二百ぐらいにはねあがったよ。だけど、そばで見たらただのコピー……そう、複製。がっかりはしたけど、それほどじゃない。つまりさ、それだっていちおうレンブラントだ。本物のレンブラントじゃないだけで。

そういえば、『掲示板』に〝ニコール・キッドマンのサイン入り写真〟と書きこんだこともある。キッドマンはいまサイコーの美人女優だと思うし、見てるだけでゾクゾクする。その日帰ってきたら、冷蔵庫のドアにキッドマンの宣伝用スチールが小さい野菜形マグネットでくっつけてあった。『ムーラン・ルージュ』の一場面だ。こんどは本物。サインのしかたでわかる。『ディンキー・アーンショーへ。ニコールより愛とキスをこめて』

わーい、やったぜ。ああ、ハニー。

いいことを教えようか——もしぼくが本気でムキになって努力したら、いつかはこの壁に本物のレンブラントが飾れるかも。ほんと。こんな仕事をやってると、どんどん上へ行くしかない。ある意味じゃそこが不気味なんだけどさ。

4

食料品の買い物リストは作らなくていい。掃除人たちはぼくの好みを知ってる――〈ストーファーズ〉の冷凍ディナー。なかでも〈クリーム和《あ》え薄切り牛肉〉って商品名で、包装のまま熱湯に入れるやつ。ママにいわせりゃトーストのウンコのせ。それに、冷凍イチゴ、無調整乳、熱いフライパンの上にのっけるだけですむ半製品のハンバーガー(生肉をいじりたくないんだ)。プラスチック・カップにはいった〈ドール〉のプリン(お肌にはよくないけど、大好き)、まあそのてのありふれた食品さ。もしなにか特別なものが食べたいときは、『ディンキーの掲示板』に書きこめばいい。

一度、スーパーで売ってるようなのじゃない自家製アップルパイを注文したことがある。その日、暗くなるころに外から帰ってきたら、一週間分の食品といっしょに冷蔵庫にはいってた。だけど、包装もなんにもなしで、ただ大皿にのっけてあるだけ。たしかに自家製だ。どこで作ったものかわからないし、最初は食べようかどうか迷ったけど、なんてバカだろう、とそこで気がついた。だって、スーパーで売ってる食品だって、どこで作ってるかしれたもんじゃない。つまりさ、きちんと包装されてたり、缶にはいってたり、「衛生二重包装」してあったりするから、だいじょうぶだとみんなが思ってるけど、二重包装する前にだれかがきたない手でいじったかもしれないし、でっかいくしゃみで鼻クソ入りの息を吹きかけたかもしれないし、ひょっとしたらけつを拭《ふ》いたかもしれない。オエッといわせたいわけじゃないけど、そう思わない？　この世界は見知らぬ他人でいっぱいで、そのなかのおおぜいは〝よからぬこと〟をたくらんでるんだよ。信じてくれ、ぼくは人にいえない経験を重ねてきたんだからね。

とにかく、ためしにパイを食ってみたら、すごくうまかった。半分を金曜日の晩に食べ、残りは土曜の朝、コンピューターでワイオミング州シャイアンの付近をあたりながら食べた。土曜の夜はおおかたトイレのなかで過ごし、リンゴだらけのクソを垂れ流しにしてたっけ。でも、気にならなかった。あのパイにはそれだけの値打ちがあった。「ママがよく作ってくれたような」とみんながいうけど、ぼくのママにかぎってはむり。なにしろ、スパムのランチョンミートのフライさえ作れないんだから。

5

下着のことは、『掲示板』に書きこまなくてもいい。五週間おきぐらいに衣装だんすの引き出しからはき古しが消えて、まっさらの〈ヘインズ〉のジョッキー・ショーツがはいってる。ビニール包装のままの三枚入りが四つ。ぼくのために衛生二重包装してある（笑）。トイレット・ペーパー、洗濯用洗剤、台所用洗剤、そんなものは書きこまなくていい。ぜんぶひとりでに出現する。すごく究極的だよね、そう思わない？

6

掃除人たちの姿は一度も見たことがない。それをいうなら、毎木曜日、『アズ・ザ・ワールド・ターンズ』の時間に七十ドルを届けにくる男（それとも女）だって、一度も見たことがない。べつに見たくもないけどさ。第一、会う必要がないんだし。第二に……白状するよ、会うのがこわいんだ。はじめての面接の晩、でっかいグレーのメルセデスに乗ったミスター・シャープトンがこわかったみたいに。さあ、どうなとしてくれ。

金曜日は家で昼めしを食わない。『アズ・ザ・ワールド・ターンズ』を見てから、車で町へ。〈ミッキーD〉でバーガーを食べ、映画を見て、天気がよければ公園へ行く。公園は好きだ。考えるのにはとてもいい場所だし、このごろは考えることがやけにふえた。

雨降りにはモールへ行く。日がだんだん短くなってきたので、もう一度ボウリングをはじめてみようか、とも思ってる。金曜の午後のひまつぶしにはもってこい。とにかく、以前はときどきパグとボウリングへ行ってたんだよ。

パグに会えないのはちょっとさびしい。できたら電話して、バカ話をしたり、最近なにがあったか話しあったりしたい。たとえば、あのネフって男のことなんかを。

まあいいや。過ぎたことをどうこういったってね。

留守中に、掃除人たちはぼくの家を隅から隅まで掃除してくれる――皿を洗い（ぼくもそれなら得意なんだけど）、床を拭き、よごれた服を洗い、シーツをとりかえ、新しいタオルをかけ、冷蔵庫の中身を補充し、『掲示板』に書きこまれた特注品をおいていく。まるで世界一能率的な（おまけに究極的な）メイド・サービスのあるホテルに泊まってる気分だ。

掃除人たちがあんまりいじらないのは、ダイニングの隣の書斎。その部屋はいつもシェードをおろしてうす暗くしてあるけど、ほかの部屋とちがって、掃除人たちはそこへひとすじの日光も入れようとしない。書斎には消臭剤のレモンのにおいがしないけど、ほかの部屋ときたら、金曜の晩はそのにおいがプンプン。あんまりひどいんで、くしゃみがとまらなくなる。アレルギーじゃないよ。どっちかっていうと、鼻の穴の抗議デモさ。

書斎の床には掃除機をかけ、くずかごをからにしてあるが、ぼくがデスクの上においた書類はだれもいじらない。どんなに散らかって、きたならしくてもだ。一度、ひざの上の引き出しの裏側に小さいテープを貼《は》っといたんだけど、その晩帰ってから見たら、はがれずに残ってた。その引き出しに、なにかの重大秘密を入れといたわけじゃないよ。ただ、たしかめてみたかったんだ。

もしぼくが外出したときにコンピューターとモデムがオンになってた場合、帰ってきてもオンのまま。ディスプレイではスクリーン・セーバーがはたらいてる（たいがいは、ブラインドをおろした高層ビルでおおぜいの人が仕事をしてる場面。それがぼくのお気に入りだ）。もしでかけるときにコンピューターが切ってあったら、帰ってきたときも切ったまま。むこうはディンキーの書斎をいじりたがらない。

ひょっとしたら、掃除人たちもぼくのことがちょっぴりこわいのかも。

7

ぼくの人生を変えたあの電話がかかってきたのは、ママと〈ピザ・ローマ〉の宅配との組み合わせで、頭が破裂しそうになりかけてるときだった。すごくメロドラマっぽく聞こえるのはわかってるけど、この場合はほんとなんだよ。電話がかかってきたのは、ぼくの非番の夜。ママはおおぜいの女友だちとでかけて、〈リザーベーション〉でビンゴ中。きっとみんながタバコの煙をもうもうと吐きだし、司会者がホッパーからB-12を引いてこういうたびに、大笑いしてるだろう。「さあ、みなさん、ビタミン補給の時間です」ぼくはといえば、TNTでクリント・イーストウッドの映画を見ながら、惑星地球のどこかべつの場所にいられたらなあ、と考えてた。サスカチェワンだっていいさ。

電話が鳴ったとき、ぼくは考えた。よかった、きっとパグだ。そこで受話器をとって、とっておきのなめらかな口調でいった。「こちらは新究極派教会のハーカーヴィル支部。ディンク牧師ですが」

「ハロー、ミスター・アーンショー」とその声は答えた。まるっきり聞きおぼえのない声だが、むこうはこっちのおふざけにもぜんぜん怒ったり、めんくらったりしたようすがない。だけど、こっちはふたり分のくやしい思いをした。そんな経験はある？　電話でそのてのおふざけをやって――つまり、電話をとるときからクールにやってるつもりがさ――かけてきたのはこっちが予想してた相手じゃないって経験は？　いつだったか、こんな話を聞いたよ。若い女の子が受話器をとって、いきなりこういったんだって。

「ハーイ、ヘレンよ、きょうはとことん抱いて」ヘレンとしては、きっと彼氏にちがいないと思ってそういったんだけど、あいにく相手は彼女の父親。これはたぶん作り話だと思う。ニューヨークの下水にワニがいる話（とか、『ペントハウス』のお便り欄とか）みたいに。でも、要点はわかってもらえるよね。

「あ、すみません」ぼくはすっかりまごついて、その奇妙な声の持ち主が、どうしてディンク牧師がミスター・アーンショー、正式にはリチャード・エラリー・アーンショーなのを知ってるのか、ふしぎがる余裕もなかった。「べつの相手だと思ったんです」

「いや、わたしはとくべつの相手さ」とその声はいい、ぼくはそのとき笑わなかったが、あとになって笑った。たしかにミスター・シャープトンは特別な相手だ。まじめな話、究極的に特別な相手だ。

「どんなご用件ですか？」とぼくはたずねた。「母にご用だったら、あとで伝えときますが。いま、母はあいにく――」

「――ビンゴにでかけてお留守、それは知ってるよ。いずれにせよ、わたしが用があるのはきみだ、ミスター・アーンショー。きみにある就職口をあっせんしたい」

一瞬、ぼくはびっくりして言葉が出てこなかった。それからはっと気づいた――これはなにかの電話詐欺《さぎ》だ。「ぼくは仕事をしています」と答えた。「せっかくだけど」

「ピザの宅配かね？」むこうはおもしろそうにいった。「なるほどね。あれを仕事と呼べるならだが」

「いったいどなたですか？」とぼくはきいた。

「わたしの名はシャープトン。では、ここらで、きみたちのいう〝カタイことはヌキ〟にしようじゃないか、ミスター・アーンショー。ディンク？　きみをディンクと呼んでいいかね？」

「どうぞ」とぼくはいった。「シャーピーと呼んでいいですか？」

「どんなふうに呼んでもけっこう。ただ、話だけはちゃんと聞いてほしい」

「ちゃんと聞いてますよ」まちがいなく聞いてる。だって、そうだろう？　テレビでやってる映画は『マンハッタン無宿』だ。クリント・イーストウッドとしては、あんまり傑作の部類じゃない。

「わたしはこれまでにない最高の仕事をきみに紹介したいんだよ。今後もきみがこれ以上の仕事にめぐりあうことはないと思う。これはたんなる仕事じゃないよ、ディンク。これは大冒険なんだ」

「すげえ、そんな文句を前にどこで聞いたっけな？」膝《ひざ》の上においたポップコーンのボウルから、ひとつかみ口へほうりこんだ。こいつはおもしろくなってきたぜ、ほんと。

「ほかの連中は約束するだけだ。わたしは実行する。だが、その前に膝をつきあわせた話しあいが必要だ。会ってくれるかね？」

「ヘンタイじゃないの？」

「いや」その声にはおもしろがるようなひびきがまじってた。となると、この相手を信じないわけにはいかない。それに、最初に電話に出たとき、こっちはあんなヘマをやらかして墓穴を掘ってる。「わたしの性的嗜好《しこう》は、これとはなんの関係もないよ」

「じゃ、どうしてぼくの鎖をガチャガチャひっぱってるんです？　夜の九時半に電話をかけてきて、就職口をあっせんする人なんて聞いたことないな」

「じゃ、こうしてくれるか。受話器をちょっとおいて、玄関をのぞいておいで」

どうなってるんだ、こりゃ。だけど、乗りかかった船だ。むこうのいうとおりにしたら、玄関に落ちてる封筒が見つかった。セントラル・パークでクリント・イーストウッドがドン・ストラウドを追いかけるのを見てるうちに、だれかが郵便受けからほうりこんだらしい。白無地封筒の第一号だけど、そのときはもちろんまだそうとは知らなかった。封を切ると、七枚の十ドル札が手の上に落ちてきた。それと、一枚のメモ。

もしかすると、これはすばらしいキャリアの幕開けだ！

ぼくはまだそのカネを見つめたまま、リビングルームにもどってきた。どんなにボケーッとしてたか知ってる？　もうちょいでポップコーンのボウルの上へすわりそうになったんだぜ。間一髪で気がついて、ボウルを横にどけ、カウチの上にすわった。受話器をとり、むこうがもう電話を切ったんじゃないかと思いながら、ハローといってみたら、ちゃんと返事があった。

「いったいどういうことです？」とぼくはたずねた。「この七十ドルはなんのため？　返す気はないけど、べつに借りを作ったおぼえはないな。こっちからなにかをせがんだわけじゃないんだし」

「そのカネはまちがいなくきみのものだよ」シャープトンがいった。「なんのヒモもついていない。ただ、ひとつ秘密を教えようか、ディンク——仕事というものは、カネが目的でもなく、出世が目的でもない。本物の仕事には付加給付がある。そこから力が生じるんだ」

「じゃ、そういうことに」

「それはまちがいない。こちらの注文はこれだけだ。わたしと会って、もっとくわしい話を聞いてくれ。わたしの提案はだね、きみがそれをひきうけさえすれば、人生がガラリと変わること請けあい。いや、それどころか、新しい人生へのドアがひらかれる。わたしがその提案をしたあとは、好きなだけ質問をしてくれてけっこう。ただし、正直にいおう。きみが受けとる答えのぜんぶがぜんぶ、きみの気に入るとはかぎらないよ」

「で、もしぼくがその提案を断ることにしたら？」

「きみと握手し、背中をぽんとたたいて、幸運を祈るだけさ」

「いつ、ぼくに会いたいんですか？」まだぼくの一部分――いや、大部分――は、これがなにかのおふざけにちがいないと思ってるが、もうこのころには少数意見がまとまってきた。ひとつにはそのカネだ。〈ピザ・ローマ〉の宅配なら二週間分のチップ。それも、景気がいいときのね。だけど、大きくものをいったのは、シャープトンの話しっぷりだった。ちゃんとした学歴があるみたいだ……ヴァン・ドルーゼンにある州立ヒツジノクソ大学みたいなとこじゃなく。それに、はっきりいって、やってみてなんの損がある？　スキッパーが事故で死んでから、ぼくを危険な目や痛い目にあわせたがる人間は、この惑星地球にひとりもいなくなった。あ、そうか、ママがいたっけ。だけど、ママの武器は口先だけだし……それに、手のこんだわるふざけには縁がない。第一、ママが七十ドルの小遣いをくれるところなんて想像がつかない。近所にビンゴがあるうちはムリ。

「今夜」と彼はいった。「それも、いますぐにだ」

「いいですよ、どうせついでだ。きてください。郵便受けから七十ドル入りの封筒を押しこめるぐらいなら、ここのアドレスを教える必要はないですよね」

「きみの家じゃない。〈スーパー・セーバー〉の駐車場で会おう」

ケーブルを切られたエレベーターみたいに胃袋がどすんと落下して、この会話はぜんぜんおもしろくなくなった。ひょっとしたら、なにかの罠《わな》――警察が一枚かんでるのかも。ぼくは自分の心にいいきかせた。スキッパーのことはだれにも知れるはずがないし、ましてや警察にバレるわけがない。だけど待てよ。スキッパーがあの手紙をどこかへおいたかもしれない。どこかへほったらかしにしてたかも。あれに書いてあることはだれにも意味がわからないはずだ（スキッパーの妹の名前だけはべつだけど、デビーなんてこの世界には百万人もいる）。ぼくがミセス・ブコウスキーの家の外の歩道に描いた落書きの意味が、だれにもわからなかったように……。このいまいましい電話が鳴るまでのぼくは、そう思ってたわけさ。だけど、どうして絶対の自信が持てる？　ところで、みんなはよく罪悪感の話をするよね。スキッパーのことで、ぼくはべつに罪悪感を持たなかった。あのときは、だ。だけど、やっぱり……。

「〈スーパー・セーバー〉とはおかしな場所を選んだもんですね。就職の面接をするのに。そう思いませんか？　しかも、あそこは八時に閉まるんです」

「だからこそ、あそこが適当なんだよ、ディンク。公共の場所でのプライバシー。〈カート牧場〉のすぐ横に駐車するから。わたしの車はすぐにわかる――大きなグレーのメルセデスだ」

「ほかに車がないんだから、そりゃわかるでしょうよ」とぼくはいったが、もう返事はなかった。

電話を切り、ほとんど無意識にさっきのカネをポケットにつっこんだ。全身にじっとり冷や汗。電話の声は、〈カート牧場〉のそばで会おうという。あそこは、スキッパーがしょっちゅうぼくをいじめた場所なんだ。一度なんか、二台のショッピング・カートのあいだへぼくの指をはさんで、こっちが悲鳴を上げるのを見て大笑いしやがった。すごく痛かった。指を押しつぶされて。爪《つめ》が二本、真っ黒に変色して抜けちゃった。あのときだよ、手紙を書いてみようと決心したのは。そしたら、信じられない結果が出たんだ。だけど、もしスキッパー・ブラニガンが化けて出るとしたら、その幽霊が新しいイジメの相手を探し歩きそうな場所は、まちがいなく〈カート牧場〉だ。あの電話の声が、まぐれでその場所を選んだとは思えない。そんなバカな、と自分にいいきかせた。偶然の一致なんて、しょっちゅうあるんだから。だけど、そうとは信じられない。ミスター・シャープトンはスキッパーのことを知ってる。どこをどうやってか、知ってる。

彼と会うのはこわかったが、ほかに選択の道はなさそうだ。とにかく、むこうがどこまで知ってるのかをたしかめるべきだ。それと、だれにそれを話すつもりなのかを。

立ちあがり、コートをはおって（まだ春のはじめで、夜は寒かった――ペンシルヴェニア州西部では、夏でも夜は冷える）、ドアを出しなにあともどりして、ママに伝言を書いた。「友だちに会いにいきます。十二時までに帰ります」。十二時よりずっと前に帰るつもりだったが、この置き手紙は名案に思えた。なぜ名案に思えたのか、そのときはつきつめて考えたくなかった。だけど、いま白状する――もし、ぼくの身になにかが起きた場合、ママがかならず警察に連絡するように念をいれときたかったんだ。

8

びびりかたには二種類ある——すくなくともぼくはそう思う。テレびびりと、マジびびり。思うんだけど、たいていの人は一生テレびびりしか体験しない。つまり、医者から血液検査の結果が届くのを待ってるときとか、図書館からの帰りの暗がりで、茂みに強盗が隠れてないかと想像するときとか。だれもが本気でこわがってるわけじゃない。内心じゃ、血液検査の結果がシロなのも、茂みに強盗が隠れてないのも知ってる。なぜか？　そんな災難はテレビのなかの人たちにしか起こらないからだ。

一エーカーもあるからっぽの駐車場で、でっかいグレーのメルセデスを見たときのぼくは、マジびびりだった。あの小部屋でスキッパー・ブラニガンとふたりきりになったとき以来のマジびびり。いよいよくるべきものがきたって感じだった。

ミスター・シャープトンの車は、駐車場の黄色の水銀ランプに照らされていた。でっかくて古いドイツ車で、すくなくとも四五〇、おそらくは五〇〇馬力。最近なら十二万ドルはくだらない車だ。〈カート牧場〉の隣に（夜なかのそこは、ひとつ車輪のとれたおんぼろカートが一台出てるだけでからっぽ。ほかのは安全な小屋のなかだ）、駐車灯をつけ、白い排気ガスが上にたなびいてる。眠そうな猫のようなエンジン音。

ぼくはそっちへ車を向けた。心臓がドッキンドッキン、のどの奥は一セントのコインみたいな味がする。できたら自分のフォード（最近ではペパローニ・ピザのにおいがしみつきやがった）のアクセルを踏んで、さっさとずらかりたかったけど、相手がスキッパーのことを知ってるのが気になる。自分にいいきかせた。バレる気づかいはないんだ。チャールズ・〝スキッパー〟・ブラニガンの死因は、事故または自殺で、警察もなかなか結論を出せなかった（警察がスキッパーのことをくわしく知ってるはずがない。もし知ってたら、自殺説はすぐにポイしたはずだ――スキッパーみたいなやつは自殺なんかしない。それも二十三のいい年こいて）。だけど、ぼくの心のなかでがなりたてる声はとまらない。おまえはトラブルにはまりこんだ。だれかがあの事件の謎《なぞ》を解いた、だれかがあの手紙を手に入れて、謎を解いたんだ。

その声には理屈もなんにもないけど、そんなものはいらない。理屈なんかふっとぶほど、やけにでっかい肺からありったけの大声でがなりたててやがる。ぼくはアイドリング中のメルセデスの横に駐車して、窓をおろした。それと同時に、メルセデスの運転席側の窓も下におりた。ぼくとミスター・シャープトンはおたがいに顔を見あわせた。〈ハイ・ハット・ドライブイン〉で出会った古い友人みたいに。

いまになってみると、むこうの顔があんまりはっきり思いだせない。ふしぎだよね。

あれからしょっちゅう彼のことを考えてたのに。だけど、ほんとなんだからしょうがないだろ。おぼえてるのは、痩《や》せてたことと、スーツを着てたこと。高級品だったと思うけど、そのてのことを判断する目はないしさ。だけど、そのスーツを見てすこし気がらくになった。無意識にこう考えたんじゃないかと思う。スーツはビジネス、Tシャツはペテン。

「ハロー、ディンク」とむこうがいった。「わたしがミスター・シャープトンだ。こっちへきてすわりたまえ」

「どうしてここじゃいけないんですか？」とぼくはきいた。「窓からでも話はできる。みんな、そうやってますよ」

むこうはぼくを見つめただけで、なにも答えない。二、三秒それがつづいたあと、ぼくはフォードのエンジンを切って、外へ出た。理由はよくわからないけどね。いまは前よりもびびってた。まちがいない。マジびびり。マジのマジのマジ。たぶんそれだと思う。むこうがぼくをいいなりにさせることができたのは。

ミスター・シャープトンの車と自分の車のあいだに立って、〈カート牧場〉のほうを見ながらスキッパーのことを考えた。スキッパーは背が高く、ウェーブのかかった金髪をおでこからまっすぐうしろになでつけていた。ニキビづらで、口紅を塗ったみたいに赤い唇だった。「よう、ディンキー《ディンキー》、おまえのちんぽ見せてみろ」と彼はいう。それとも、「よう、ディンキー、おれのディンキーなめたいか？」そんな下ネタが大好きなんだ。ときどき、いっしょにカートを寄せ集めてると、やつがカートで追いかけてきて、ぼくの踵《かかと》をかすっていく。「ブルン！　ブルン！　ブルルン！」とレーシング・カーの口まねをしながらだ。二度ほど、もろにぶつけてきたこともある。夕食の時間なんか、ぼくが膝の上に食べ物をおいてたりすると、それを床へ落とそうと、わざとドーンとぶつかってくる。わかってもらえるよね、スキッパーってやつは、自習室の最後列で退屈した生徒が思いつくようなワルフザケを卒業できてない。

そのころのぼくはポニー・テールだった。長髪の場合はポニー・テール、というのがそのスーパーの規則なんだ。ときどきスキッパーはうしろから忍びよって、ぼくが髪を結んだ輪ゴムをつかむと思いっきりひっぱる。輪ゴムが髪の毛のなかでよじれて、すごく痛い。ときには輪ゴムがパチンと切れて、首すじにあたる。毎度のことなので、ぼくは出勤前にズボンのポケットへ輪ゴムの予備を二、三個つっこんでおくことにしてた。なんで自分がそんなことをするのか、なにをがまんしてるのか、なるべく考えないようにしてた。もし考えたら、ぼくって人間が大きらいになりそうだから。

一度、やつがそれをやったとき、こっちがくるっと向きなおったことがある。やつはぼくの表情に気がついたのにちがいない。からかうような笑いが消えて、べつの笑いがとってかわった。からかうような笑いでは歯が見えないけど、こんどの笑いはちゃんと歯が見えるんだ。場所はあの小部屋。そこの北壁は食肉貯蔵室を背にしてるので、いつも冷たい。やつは両手を上にあげて、ゲンコツにした。ほかのみんなはまわりにすわって、弁当を食いながらこっちを見てたが、だれも助けてくれそうにない。いくらパグでも。どのみちパグは、身長百六十二センチで体重五十キロぐらい。スキッパーが相手じゃひとたまりもないし、パグもそれを知ってる。

「かかってこいよ、マヌケづら」スキッパーはさっきの笑いをうかべながらいった。ぼくの髪の毛からむしりとった輪ゴムが、やつの二本の指のあいだで、トカゲの小さな赤い舌みたいにぶらさがってた。「かかってこいよ、おれとファイトしたいんだろうが？

よっしゃ、わかった。相手になってやるぜ」

そのときのぼくは、なぜいつも目のかたきにされなきゃならないのか、なぜほかのだれかじゃなく、いつもぼくが彼のご機嫌をそこねる役まわりなのか、そこをたずねたかったんだ。だけどスキッパーが答えを知ってるわけはない。スキッパーみたいなやつは。ただ、こっちの歯をぐらぐらにしたいだけだ。だから、たずねるのはやめて、おとなしく腰をおろし、またサンドイッチをつまんだ。もしスキッパーとけんかすれば、きっとぼくは病院送りだ。サンドイッチを食べはじめたが、もう食欲はなかった。やつはそのあと一秒か二秒ぼくを見つめたので、まだインネンをつける気かと思ったが、そこで握った手をひろげた。切れた輪ゴムが、こわれたレタスの空き箱のそばに落ちた。「このゴミクズ野郎。くそ長髪ヒッピー」スキッパーは捨てぜりふを吐いて、むこうへ行っちゃった。それからほんの二日ほどあと、スキッパーは〈カート牧場〉で、二台のカートのあいだにぼくの指をはさみ、それからほんの二日ほどあとには、メソジスト教会のオルガンが鳴るなかで、サテンの上に寝かされたんだ。だけど、それは自《じ》業自《ごうじ》得《とく》だと思う。すくなくとも、あのときのぼくはそう思った。

「思い出の小道を散歩中かね？」ミスター・シャープトンの声で、ぼくははっと現実へひきもどされた。ぼくが立っているのは二台の車のあいだだが、そこはスキッパーがもう二度と人の指をはさめない〈カート牧場〉のそばでもある。

「なんのことかわかりません」

「おまけに、どうでもいい話だ。さあ、こっちへはいりたまえ、ディンク。ゆっくり話しあおう」

ぼくはメルセデスのドアをあけて乗りこんだ。うん、このにおい。革のにおいだが、革だけじゃない。モノポリーで、〈刑務所からの解放カード〉があるのを知ってる？ミスター・シャープトンのグレーのメルセデスみたいに、あんなにおいの車が持てるほどリッチになれば、〈あらゆるものからの解放カード〉がきっと手にはいるんだ。

ぼくは大きく息を吸ってから、しばらく息をとめて吐きだし、それからいった。「これは究極的だ」

ミスター・シャープトンが笑いだすと、きれいにひげを剃《そ》った頬が、ダッシュボードのライトで光った。どんな意味かとたずねもしない――知ってるんだ。「なにもかもが究極的なんだよ、ディンク」と彼はいった。「いや、そうなる可能性がある。その資格の所有者にとっては」

「そう思いますか？」

「思うんじゃなく、知っている」その声にはなんの疑いもこもってない。

「そのネクタイ、すてきですね」なにかいわなくちゃ、と思ってそういったんだけど、べつに嘘《うそ》じゃない。究極的というほどじゃなくても、いい柄のネクタイだった。ほら、ドクロだの、恐竜だの、小さいゴルフのクラブだのをいちめんにプリントしたネクタイがあるじゃない？　ミスター・シャープトンのネクタイにいちめんにプリントしてあるのは、剣と、その剣を上向きにしっかり構えた手なんだ。

むこうは笑いだして、なでるような手つきでネクタイにさわった。「幸運のネクタイさ。これを締めると、まるでアーサー王みたいな気分になる」そこでだんだん笑顔が消えて、ぼくはむこうが冗談をいってるんじゃないのに気づいた。「アーサー王はえりぬきの人材を集めた。みんなで円卓のまわりへすわって、世界を作りかえる騎士たちを」

それを聞いて背すじが寒くなったが、そんな気配は見せないようにした。「いったいぼくになにをしろというんですか、アーサー王？　聖杯だかなんだかを探すんですか?」

「ネクタイを締めただけで、王様になれるわけじゃない。それぐらいのことは知ってるよ。きみが疑ってるならいうがね」

ぼくはなんだか居心地がわるくなって、体をもぞもぞさせた。「あの、いまのはべつにケチをつけたんじゃなくて――」

「いいんだよ、ディンク。ほんとに。きみの質問に答えようか。わたしの役目は、ヘッドハンターが二とすると、タレント・スカウトが二で、歩いてしゃべる運命が四、そんな割合かな。タバコは?」

「吸いません」

「それはいい。そのほうが長生きする。タバコは殺し屋だ。でなくて、なぜみんなが棺《かん》桶《おけ》の釘《くぎ》と呼んだりする?」

「そうですよね」

「そうとも」ミスター・シャープトンはそういって、タバコに火をつけた。「心からそう思う。きみは超一流のタレントだ、ディンク。本人のきみが信じるかどうかはともかく、それは事実だよ」

「電話でいってた提案って、どういうものなんですか?」

「その前に、スキッパー・ブラニガンになにが起きたかを話してくれ」

ドッカーン。最悪の不安が現実になっちゃった。この男が知ってるはずはない。だれも知ってるはずはない。だけど、どういうわけかこの男は知ってる。ぼくはじっとすわってるだけだった。全身がしびれ、頭がガンガンし、舌がニカワづけされたみたいに上あごへ貼《は》りついた。

「さあさあ、話してくれ」その声がどこか遠くから聞こえてくる。真夜中の短波ラジオの声みたいに。

やっと舌がいつもの場所に見つかった。努力が必要だったけど、なんとか口をきいた。「ぼくはなんにもしてません」自分の声も、やっぱりその短波ラジオから出てるみたいだった。「スキッパーは事故を起こした。それだけです。車で家へ帰る途中で、道路から飛びだした。車は崖《がけ》の上からごろごろころがって、ロッカビー川へ落っこちた。肺のなかに水がはいってたっていうから、すくなくとも専門的にいったら溺死《できし》だと思います。でも、新聞では、川へ落っこちなくてもおそらく死んでいたろう、って書いてありました。崖からころがりおちるあいだに首がちぎれかけたとか、そういうことらしいんです。なかには事故じゃなく、自殺だっていう人もいたけど、それはないと思います。スキッパーは……すごく人生をたのしんでたから、自殺なんてするはずないです」

「そう。きみも彼の人生のたのしみのひとつだった、ちがうかね？」

ぼくは返事をしなかったけど、唇がふるえて、目がウルウルしてきた。

ミスター・シャープトンは身を乗りだして、ぼくの肩に手をかけた。がらんとした駐車場で、そんな老人といっしょにドイツ製の大型車のなかですわってたら、当然予想されるようなしぐさだ。だけど、彼の手がふれた瞬間、それがエッチな目的じゃないのがわかった。そんなふうにさわられるのは気持ちよかった。それまでのぼくは、自分がどんなに悲しい気分か、よくわかってなかったんだ。ときどきそんなことってあるよね。なんていうか、まわりのものがぜんぶ悲しいって感じでさ。ぼくはうつむいた。わんわん泣きだしたりはしなかったけど、涙がだらだら頬にこぼれてきた。むこうのネクタイの剣の模様が二重に見えて、つぎに三重に見えた——ひとつが三つ、そんな取引なんだ。

「わたしを警察官じゃないかと疑ってるのなら、心配ご無用。それに、わたしはきみにカネを渡した——ということは、いまから発生するどんな種類の訴追手続きも無効になるわけさ。しかし、たとえ無効にならず、ミスター・ブラニガンの身に実はなにが起きたかを話したところで、だれひとりそれを信じる人間はいない。かりにきみが全国ネットのテレビの画面でそう告白しても、結果はおなじだ。みんなが信じると思うかね？」

「いいえ」ぼくは小声でいった。それから、声を大きくして、「ぼくはずいぶんがまんしました。でも、とうとうがまんしきれなくなって。あいつがそうさせたんです。いわば自業自得です」

「なにがあったかを話してくれ」ミスター・シャープトンはいった。

ぬけ、いったいどういうことを書いたんだね？」

「ぼくはあいつに手紙を書きました。特別な手紙を」

「そう、非常に特別な手紙を。ところで、彼にしか効果が現れないようにするため、いったいどういうことを書いたんだね？」

むこうのいう意味はよくわかったが、もっと奥があるんだ。手紙を個人的なものにすると、威力がうんと増す。ただ危険なだけじゃなく、命にかかわるようなものになる。「あいつの妹の名前です」ぼくが完全に降伏したのはそう答えたときだと思う。「あいつの妹。デビー」

9

前からぼくにはなにか一種の能力みたいなものがあって、それをうすうすは知ってたけど、その能力をどう使えばいいかとか、どういう名前のものだとか、なにを意味するかなんてことは知らなかった。それを秘密にしておかなきゃいけないってことは知ってた。だって、ほかの人たちにはそんな能力がないんだもんね。もしそれがバレたら、ぼくはサーカスに入れられるかもしれない。それともムショに。

思いだすけど、一度——三つか四つのときかな、ぼんやりした最初の記憶のひとつだけど——ぼくはよごれた窓の前に立って庭をのぞいてた。薪割《まきわ》り台と、赤い旗のついた郵便受けがあったから、田舎のメイベル叔母さんのうちにいたころだと思う。パパが家出したあとで、ぼくはそこへひきとられた。そのあと、ママは〈ハーカーヴィル・ファンシー・ベーカリー〉で働くことになって、ぼくが五つかそこらのときに町へもどった。ぼくが小学校へ行くころは、もう町に住んでたと思う。まちがいない。ミセス・ブコウスキーの犬がいたから。週に五日、あの人食い犬のそばを通らなくちゃならなかった。あの犬のことは忘れない。白い耳をしたボクサーだった。思い出の小道の散歩か。

とにかく、ぼくは窓の外をのぞいてて、窓のてっぺんには例によってハエがブンブン飛びまわってる。その音は好きじゃなかったけど、まるめた雑誌を手に持っても届かないから、たたくことも追っぱらうこともできない。だから、その代わりに窓ガラスへ三角をふたつ描いた。ほこりだらけのガラスに指先でそんな形を描いたあと、もうひとつ、その三角をつなぐため、マルに似た特別な図形を描いた。そのとたん、マルを描きおわったとたんにだよ、ハエが——四ひきか五ひきいたんだけど——窓台の上へストンと落っこってきた。黒いゼリービーンズみたいにでっかいのが——甘草の味のする黒いゼリービーンズみたい。死んだ一ぴきをつまみあげたが、あんまりおもしろくなかったから、床の上へ落として、また窓の外をのぞいたんだ。

そんなことがときどきあったけど、べつにわざとやったわけじゃない。その気でやったんじゃない。はじめて本気でわざとやったことをおぼえてるのは——つまり、スキッパー以前って意味だけど——そのナンジャモンジャをミセス・ブコウスキーの犬にためしてみたときだ。ぼくらがダグウェイ・アベニューの借家にいたころ、ミセス・ブコウスキーはその通りの角の家に住んでいた。その家の飼い犬は根性ワルで、人にかみつく癖があった。ウェスト・サイドの子供は、みんなその白い耳のくそワン公をこわがってた。ミセス・ブコウスキーが家の横の庭につないでるので——というより、家の横の庭に張りこませてるので——その犬はだれかが表を通ると見境なく吠《ほ》えたてるんだ。それも、ふつうの犬みたいに無害な吠えかたじゃないよ。「おまえをひっぱりこむか、こっちが飛びだすかできたら、キンタマかみきってやるぞ、この野郎」てな感じ。一度、ほんとに外へ飛びだして、新聞配達にかみついたことがある。ふつうの飼い犬なら、それだけでガスを吸わされておだぶつになるとこだけど、ミセス・ブコウスキーの息子は警察署長だったから、なんとか騒ぎをもみ消したんだ。

ぼくはスキッパーが大嫌いだったみたいに、その犬が大嫌いだった。ある意味で、その犬はスキッパーだった。毎日学校へかようのに、ミセス・ブコウスキーの家の前を通らなくちゃならない。それがいやなら、ぐるっと一ブロック遠まわりして、あいつは弱虫だと笑われるかだ。ロープの端でブレーキがかかるまであの犬が走ってくるのが、こわくてたまらなかった。歯と鼻面《はなづら》から泡が飛びちるぐらいの勢いで吠えるんだ。ロープの端まで飛びだしてくるもんだから、ときには勢いあまって、ボヨヨ・ヨイーンと足が宙に浮いちゃう。ほかの人が見たらおかしいかもしれないけど、ぼくにはおかしくもなんともない。そのロープが(鎖じゃなく、ただの古いロープなんだぜ)いつかプツンと切れて、その犬がミセス・ブコウスキーの庭とダグウェイ・アベニューのあいだの低い杭垣《くいがき》を飛びこえるんじゃないか、ぼくののど笛を食いちぎるんじゃないかと、心配で心配で。

ところがある日、目がさめたら名案がうかんだ。つまり、ポコンとね。ときどき、目がさめたらペニスがでっかくなってピンピンおっ立ってることがあるじゃない。ちょうどそんな感じ。その日は土曜日だった。いいお天気で、まだ朝は早い。べつに行きたくなければ、ミセス・ブコウスキーの家の近くへ行かなくてもすむんだけど、その日だけは行きたかった。ベッドから飛びおき、急いで服を着た。なにもかもさっさとかたづけた。その名案を忘れたくなかったんだ。だって、忘れることもあるしさ――目がさめる前まで見てた夢を忘れるみたいに(それとも、もっと下品なたとえなら、目がさめたときの朝立ちみたいに)――だけど、そのときのぼくは、なにもかもはっきり頭におぼえこんでいた。いくつかの単語と、そのまわりにならんだ三角やら、その上についた渦巻きやら、そのぜんたいをまとめるための特別なマルやら……そのナンジャモンジャをもっと強力にするために、どれもが二重にも三重にもなってるんだ。

ぼくは飛ぶようにリビングルームをぬけて（ママはまだ眠ってるらしくて、いびきが聞こえるし、ベーカリーのピンクの制服がバスルームのシャワー・ロッドにぶらさがってる）キッチンへはいった。そこの電話のそばに、ママは番号やなんかを書きこむ小さい黒板をぶらさげてた——『ディンキーの掲示板』じゃなく、『ママの掲示板』——そこでちょっと足をとめて、ひもの端にくっついたピンクのチョークをパクった。それをポケットにつっこんで、外へ出ていった。すばらしい朝だったのはおぼえてる。涼しいけど寒くないし、空はすごく青くて、だれかが〈ハッピー・ホイールズ・カーウォッシュ〉で磨きあげたみたい。まだあんまり人通りはない。だれもが土曜日にはできたらそうしたいと思うように、たいていの人が朝寝坊をしてるんだ。

ミセス・ブコウスキーの犬は眠ってなかった。とんでもない。起床ラッパで飛びおきるての犬なんだ。ぼくがやってくるのを杭垣ごしに見つけると、いつもの調子でロープの端まで飛びだしてきた。ひょっとしたら、いつもよりすごい勢いだったかも。ワン公の小さいマヌケな脳が、きょうは土曜日で、ぼくがそこへやってくるはずがないってことを、ぼんやり嗅《か》ぎつけてたりして。やつはボヨヨ・ヨイーンとロープの端で足止めを食らって逆戻りした。だけど、またすぐに起きあがって、ロープの端っこに立つと、息がつまりそうだけど知ったことか、みたいなかすれ声で吠えはじめた。ミセス・ブコウスキーはその声に慣れてるのかもしれないし、それが好きなのかもしれないけど、近所の人がよくがまんしてるもんだ。

その日のぼくは、そんなことに気をとられなかった。興奮してるから、ぜんぜんこわくない。ポケットからチョークをとりだして、地面へ両膝《りょうひざ》をついた。一瞬、あのぜんぶがすっぽり頭からぬけ落ちたんじゃないかと、目の前がまっくらになった。絶望と悲しみがこみあげてくるなかで思った。ばか、負けるんじゃない。しっかりしろ、ディンキー。なんでもいいから書けって。「ミセス・ブコウスキーの犬、くそくらえ」でもいいから。

でも、そんな文句は書かなかった。ある図形を描いた。サンコファイトだったと思う。すごくへんてこな図形だけど、正しい図形なんだ。それであらゆるものの錠がひらかれる。頭のなかがいろんなものでいっぱいになった。すてきな気分だけど、すごく不気味でもあった。ものすごくたくさんの量だもんね。それから五分間ぐらい、歩道の上に両膝をついたまま、ブタみたいにだらだら汗をかきながら、ムキになって描きつづけた。聞きおぼえのない単語、見おぼえのない図形――だれも見たことのない図形を。サンコファイトだけじゃなく、たくさんのジャプやファウダーやモルクもだ。描いてるうちに、右肘《みぎひじ》の先がピンクの粉だらけになり、二本の指でつまんだママのチョークがすりへって、小石ほどになっちゃった。だけど、ミセス・ブコウスキーの犬は、ハエみたいにコロリとは死なない。まだ吠えつづけるし、たぶんあれから一度か二度うしろへさがって、ロープの端まで飛びだしてきたんだろうけど、こっちは気がつかなかった。興奮してたんだよ。百万年かかっても説明できないけど、モーツァルトやエリック・クラプトンみたいな大音楽家が作曲するときはあんな気分だろうし、画家がカンバスの上で最高の絵を仕上げてるときもあんな気分だろう。もしそこへだれかがやってきても、ぼくは目もくれなかったと思う。そう、もしもミセス・ブコウスキーの犬がとうとうロープをひきちぎって、垣根を飛びこえてぼくのけつに噛《か》みついたとしても、それさえ気がつかなかったかもしれない。

　あれは究極的だったよ。ほんと、どういえばいいかわからないほどだった。あんまり究極的で。

　だれもやってこなかった。二、三台の車が通ったから、車に乗ってる人たちは、あの子はいったいなにをやってるのか、歩道の上になにを描いてるのか、とふしぎに思ったかもしれない。ミセス・ブコウスキーの犬はまだ吠えつづけてる。はっと気がついた。もっと強力なやつにしないとだめだ。あの犬だけに狙《ねら》いをつけないと。犬の名前を知らないから、チョークの残りで〝ボクサー〟と書いてマルでかこみ、そのマルの下へ、ナンジャモンジャのほうを向いた矢印をくっつけた。めまいがして、頭がズキズキしてる。すごくむずかしいテストを受けたり、あんまり長いことテレビを見ていたあとみたいだ。胸がムカムカするけど……そのいっぽうで、すごく究極的な気分だった。

ぼくは犬に目をやった——むこうはまだ元気いっぱいで、吠えつづけながら、ロープの端まで来ると後足で立ってダンスしてる——だけど、もう気にならない。ぼくはすごくリラックスした気分でうちへ帰った。ミセス・ブコウスキーの犬がもうおしまいなのはわかってたからだ。えらい画家がいい絵を仕上げたり、えらい作家がいい小説を書いたときも、たぶんそんな気分じゃないかな。ちゃんとできあがったときは、すぐにそうわかるものなんだ。頭のなかにそれがしっくり落ちついて、ブーンとうなってるから。

それから三日して、あの犬はくたばった。その話の出どころは、近所の猛犬に関する最高の情報源だった。ミスター・シャーマーホーンって人だ。そのミスター・シャーマーホーンがいうには、ミセス・ブコウスキーの飼い犬は、どういうわけか自分のつながれてる木のまわりをぐるぐる駆けまわりはじめて、ロープの端まできたとき（ハッハッ、ロープの端だって）（訳注「ロープの端」とは進退きわまるの意味）もとへもどれなくなったらしい。ミセス・ブコウスキーは買い物にでかけてて、助けてやれなかった。家に帰ってきたら、飼い犬が庭に植えた木の根もとで窒息死してたんだってさ。

その落書きはまだ一週間ほど路面に残ってたけど、そこで大雨が降ったので、ピンク色のしみになっちゃった。でも、雨が降るまではかなりはっきり残ってた。はっきり残ってるうちは、だれもその上を通らなかった。この目で見たから知ってるんだ。みんなは——学校へ通う子供たちも、ダウンタウンまで歩いていくおばさんたちも、ミスター・シャーマーホーンも、郵便配達の人も――なんとなくそれをよけて歩いてた。しかも、わざとよけてるように見えない。それに、だれもそのことを話題にしなかった。たとえば、「あの歩道の上のうす気味わるい落書きはなに？」とか、「なんて名前なんだ、あのけったいな図形は？」とか（ファウダーだよ、まぬけ）。みんなの目にはそれが見えないみたいだった。といっても、一部分は見えてるにちがいない。でなけりゃ、どうしてわざわざそれをよけて、そのわきを歩くんだい？

10

そのことはミスター・シャープトンに話さなかったけど、むこうがスキッパーについて知りたがってることは話した。この人は信用できる、と思ったんだ。ぼくの秘密の部分が、この人は信用できると思ったのかもしれないけど、どうもそうじゃなさそう。それより、ぼくの腕の上に手をおいたしぐさが、父親そっくりだったからじゃないかと思う。父親はいないけどさ、想像はできる。

それに、むこうのいうとおりなんだ――たとえむこうが警察官で、ぼくを逮捕したとしても、スキッパー・ブラニガンが車の運転をとちって崖《がけ》から落ちたのは、ぼくの送った手紙が原因だなんて、どこの裁判官や陪審が本気で信じると思う？　とりわけ、その手紙が、ピザ配達の少年の書いたでたらめな単語や図形だらけだとしたら？　おまけにその少年は高校の幾何のテストに落っこちてるんだぜ。二度も。

ぼくが話しおわったとき、長い沈黙がおりた。とうとうミスター・シャープトンがいった。「彼の自業自得《じごうじとく》だ。きみはそれを知っていた、そうだろう？」

どういうわけか、それが決め手になった。ダムが決壊して、ぼくは赤ん坊みたいに泣きだした。十五分、いや、もっと長く泣いていたと思う。ミスター・シャープトンはぼくの背中に腕をまわして抱きしめ、ぼくは彼のスーツの襟をぐしょぐしょに濡《ぬ》らした。もしだれかが車で通りかかって、そんなぼくらを見たら、きっと仲のいいホモだと思ったにちがいないけど、だれもやってこなかった。〈カート牧場〉のそば、黄色い水銀灯の下にいるのは彼とぼくだけだった。〝イッピー・ティー・イー・ヨー、仲よくしろよ、ショッピング・カート〟、とパグがよく歌ったもんだ。〝スーパー・セーバー、ここがおまえのおうちだよ〟、だってさ。あのときは、涙が出るほどみんなで笑ったっけ。

ようやく涙の蛇口をとめることができた。ミスター・シャープトンがハンカチをよこしてくれたので、それで目をこすった。「どうして知ってるんです？」とぼくはきいた。まるで霧笛みたいに低くこもった声で。

「いったんきみを探しあてたあとは、ごく基本的な調査だけでじゅうぶんだった」

「うん。だけど、どうやってぼくを探しあてたんですか？」

「われわれの組織にはある種の人間がいて――ぜんぶで十人あまりかな――きみのようなタイプの男女を探している。彼らはきみのようなタイプの男女を実際に見つけることができるんだよ、ディンク。ちょうど人工衛星が宇宙空間から原子炉や原子力発電所を見つけるように。きみたちのような人間は黄色に光ってるそうだ。ちょうどマッチの火のように。そのひとりがそんなふうに説明してくれた」彼は首を横にふり、苦笑いをうかべた。「わたしも一生に一度でいいから、それを見たいものだよ。また、きみがやるようなことをやってみたい。もちろん、一日でいいから――ほんの一日でじゅうぶんだが――ピカソのように絵を描いたり、フォークナーのように文章を書いたりもしてみたい」

ぼくはあんぐり口をあけた。「ほんとに？　ほんとにそれが見える人たちが――」

「いるんだよ。いうならば、わたしたちの猟犬が。彼らはこの国のあっちこっちを歩きまわって――もちろん外国へも行くが――その明るい黄色の輝きを探しまわる。暗闇《くらやみ》のなかのマッチの火をね。たとえばひとりの若い女性は、帰りの飛行機に乗ろうと九〇号線をピッツバーグ空港へ向かう途中で――彼女は慰労休暇をとる予定だったんだが――たまたまきみを見つけた。それとも、感じとった。いや、どういえばいいのかな。発見者自身、よくわかってない。ちょうどきみがスキッパーになにをしたか、自分でもよくわかってなかったようにね。そうだろう？」

「はあ？」

彼は片手を上げた。「前にもいったとおり、きみの知りたい答えのぜんぶがぜんぶ、手にはいるとはかぎらない——これはきみが自分の知識ではなく、感情をもとにして決心しなくちゃならない問題だ——しかし、二、三のことは説明できる。手はじめにいっておくとだね、ディンク、わたしは〈トランス・コーポレーション〉、略称〈トランスコープ〉という組織のために働いている。われわれの仕事は、この世界のスキッパー・ブラニガンたち——あのてのことをもっと大規模にやっている大物たち——を始末することなんだ。本社はシカゴ、訓練センターはピオリアにある。きみはそこで一週間を過ごすことになるだろう。もしわたしの提案に同意してくれればね」

まだなにもいわなかったが、自分が彼の提案にハイと答えるだろうことはわかっていた。それがどんな提案であっても、ぼくはハイと答えるだろう。

「きみはマル超《トランニー》、つまり、超越者《トランス》なんだよ、ディンク。ますその考えに慣れておくこと」

「どういう意味ですか？」

「ある素質だ。われわれの組織にも、きみに備わっているようなものを……きみができるようなことを……才能、または能力、または一種の欠陥とさえ考える人間がいるが、それはまちがいだ。才能や能力は素質から生まれる。素質は一般的なもの、才能や能力は特殊なものだ」

「もっとわかりやすくいってください。高校中退なのをお忘れなく」

「知ってる。それに、きみが高校を中退したのは、頭がわるいからじゃないことも知ってる。きみが中退したのは、あそこになじめなかったからだ。その意味で、きみはわたしがこれまでに会った、ほかのマル超たちとそっくりだよ」彼は鋭い笑い声を上げた。ほんとにおもしろがってないときに、だれもが出すような笑い声を。「二十一人ぜんぶと。さて、よく聞いてくれ。まぬけなふりはしないように。創造性とは、腕の先についた手のようなものだ。しかし、手にはたくさんの指がある、そうだろう?」

「まあね、すくなくとも五本は」

「その五本の指がいろいろな能力だと考えてみたまえ。創造的な人間は、文章を書いたり、絵を描いたり、彫刻をしたり、数式を編みだしたりできる。踊ったり、歌ったり、楽器を演奏したりできる。どれも一本一本の指だ。しかし、創造性は、その指にいのちを与える手なんだ。そして、すべての手が基本的には同一であるように——形態が機能にしたがうように——その指がひとつに合わさる場所までもどれば、すべての創造的な人間はみんなおなじだといえる。

超越者《トランス》も、やはり手によく似ている。ときにはその指が、先見性、つまり、未来を見る能力と呼ばれることもある。またときには、後見性、つまり、過去を見る能力と呼ばれることもある——われわれの組織には、だれがジョン・F・ケネディを殺したかを見やぶった男がいる。犯人はリー・ハーヴェイ・オズワルドじゃなく、実をいうと女性だった。また、テレパシー、念火、遠隔共感、そのほか数知れぬ能力がある。われわれもまだはっきりとは知らない。このすべては新世界で、われわれは最初の大陸を探検しはじめたばかりなんだ。しかし、超越性はある重要な一点で、創造性とは異なる。もっとはるかにめずらしい。心理学者が〝すぐれた才能〟と呼ぶ人間は、だいたい八百人にひとり。われわれの信じるところでは、超越者は八百万人にひとりしかいない」

そう聞かされて息がとまりそうだった——自分が八百万人にひとりの人間かもしれないと聞かされたら、だれだって息がとまりそうになるよね、そうだろ？

「つまり、普通人が十億人いたら、そのなかに約百二十人が存在するわけだ」と彼はつづけた。「われわれの推測では、いわゆるマル超は全世界で七、八百人。それをこれからひとりひとり見つけていく。手間のかかる作業だ。そんな人間を探知するのはかなり低レベルの能力だが、それでも発見能力者はまだ十人そこそこだし、しかも、長い訓練期間がかかる。むずかしい仕事なんだよ……しかし、とほうもなくやりがいのある仕事だ。マル超を探しあて、彼らを仕事につかせることはね。われわれはきみに対してもそうしたいんだよ、ディンク。きみを仕事につかせたい。きみが自分の才能の焦点を定め、研ぎすまし、それを人類の向上のために役立てるのを手助けしたい。ただし、きみは古い友人たちにもう二度と会えなくなる——ようやくわかったんだが、この世界で最大の危険人物は古い友人だ——それに、この仕事ではたいしたカネは稼げない。すくなくとも最初のうちは。しかし、やりがいは大いにある。それと、わたしがいまきみにさしだしているのは、梯子《はしご》のいちばん下の段でしかないし、将来はとても高い梯子になるかもしれないんだよ」

「それと付加給付を忘れないように」ぼくはその言葉を尻上《しりあ》がりにいってみた。もしむこうがそう受けとりたければ、質問に聞こえるように。

彼はにやりとして、ぼくの肩をたたいた。「そのとおり。かの有名な付加給付を」

もうこのときには、興奮がはじまっていた。まだ疑惑がすっかりなくなったわけじゃないが、それはどんどん解けていくようだ。「じゃ、話してみてください」とぼくはいった。心臓がどきどきしていたが、不安ではなかった。もう不安じゃない。「ぼくが断れないような提案をしてください」

そしたら、むこうはほんとにそんな提案を出してきたんだ。

11

それから三週間後、生まれてはじめて飛行機に乗った――なんてすごい童貞の捨て方なんだ！　リア35ただひとりの乗客として、コーラ片手にクォードのスピーカーから流れるカウンティング・クロウズを聞きながら、高度計が四万四千フィートまで上がるのをながめてた。路線航空のジェット旅客機が飛んでる高度より一マイルも上だ、とパイロットが教えてくれた。それに、乗り心地は若い女の下着のおしりよりもなめらかだし。ピオリアの一週間で、ぼくはホームシックになった。ほんとにホームシックになった。腰が抜けるほどびっくりしたよ。二晩ほどは、泣きながら眠った。こんなこと白状するのは恥ずかしいけど、これまでずっとほんとのことを書いてきたんだから、いまさら嘘《うそ》をついたり、そこだけ飛ばしたりしたくない。

ぼくが恋しいと思ったもののなかで、ママはどんじりだった。はた目には、仲がいいように見えたかもしれない。いうならば、〝世界を敵にまわした親ひとり子ひとり〟なんだから。だけど、むかしからぼくのママは、愛するとか、世話をするとかに縁のない人なんだ。鞭《むち》で頭をぶったり、腋《わき》の下へタバコの火を押しつけたりはしないけど、だからどうだって？　ギャハハ。子供を持ったことがないから大きなことはいえないけど、りっぱな親になるってことは、ガキをほったらかしにすることじゃないと思うよ。ママはいつもぼくより自分の友だちのほうが大切だった。それに、毎週の美容院通いと、金曜の夜の〈リザーベーション〉へのおでかけがね。ママの人生のでっかい野心は、トゥエンティー・ナンバーのビンゴに勝って、新車のモンテカルロで家に帰ってくることなんだ。同情がほしくていってるんじゃない。正直に話してるだけさ。

ミスター・シャープトンはママに電話して、あなたのお子さんは、〈トランス・コーポレーション〉のコンピューター上級技術者養成・配置プロジェクトの研修生に選ばれました、と伝えた。これは潜在能力のある高校中退生のための特別制度です。その話はけっこう説得力があった。ぼくは数学じゃ劣等生だったし、英語の授業なんかは指名されるとすっかり凍りつくほうだったけど、学校のコンピューターとはいつも相性がよかった。ほんとさ。自慢じゃないが（それに教員室のだれにもこの小さい秘密は打ち明けなかったけど）、プログラミングにかけては、ジャキュボイス先生やウィルコクセン先生なんかより一枚も二枚もうわ手。コンピューター・ゲームはあんまり好きじゃないが――いわせてもらえば、あれはマヌケのおもちゃだね――キージャックならお手のもの。前にパグがよくうちへ遊びにきて、見物したぐらいさ。

「信じられねえよ」いつだったか、パグはそういった。「おまえって、こういうことやらせたら、乗りまくりのゴキゲンだよな」

ぼくは肩をすくめた。「アップルの皮をむくのはだれでもできる。芯《しん》を食うのが筋金入りの男さ」

だから、ママは電話を受けて、コロリとうのみにした（〈トランス・コーポレーション〉が自家用ジェットでぼくをイリノイ州まで送ったことをママが知ってたら、もうちょい質問をしたかもしれないけど）。ぼくもママがいないのを淋《さび》しく思わなかった。だけど、パグがいないのは淋しかったし、〈スーパー・セーバー〉時代のもうひとりの友だちのジョン・キャシディがいないのも淋しかった。ジョンはパンク・バンドのベース弾きで、左の眉《まゆ》に金の輪をはめてて、サブポップ・レーベルのレコードならほとんど持ってた。ニルヴァーナのカート・コバーンが自殺したとき、ジョンは泣いた。それを隠そうともしなかったし、アレルギーのせいにもしなかった。こういっただけだ。「カートが死んで悲しいよ」ジョンは究極的だよ。

それに、ハーカーヴィルの町も恋しかった。嘘みたいだけど、ほんとの話だ。ピオリアの研修センターにいるのは、生まれかわったみたいな感じだし、生まれてくるのはいつだってつらいんだよね、きっと。

最初はおなじ年ごろの仲間がいるのかと思ったが——小説や映画だと（それとも、《X－ファイル》のエピソードだけかな）かわいい女の子と知りあってさ。むこうの胸には小さいおっぱいが五十もついてる上に、部屋の奥からドアを開け閉めできる能力があったり——そんなことは起きなかった。ぼくがピオリアにいるあいだ、ほかの研修生もそこにいたはずだけど、ドクター・ウェントワースも、係員たちも、わざとぼくらをおたがいに隔離してたみたい。一度、そのことをたずねたら、相手は返事をはぐらかした。そのときだよ、わかってきたのは。Trans Corp とプリントしたシャツを着たり、社名入りの紙ばさみを持って歩きまわってる連中は、みんながみんなぼくの仲間じゃないし、いなくなったぼくのパパの代理をつとめてくれるわけじゃないって。

　それにさ、ぼくが研修を受けてるのは人殺しの方法なんだぜ。ピオリアの連中はしょっちゅうその話をするわけじゃないが、だれもそれをぼやかしたりしない。ただ、忘れないようにしなきゃいけないのは、標的が独裁者やスパイや連続殺人者などの悪玉だってことだけ。ミスター・シャープトンがいったけど、戦争ではだれもがしょっちゅうそれをやってるんだからね。おまけに、ぼくの場合は面と向かいあうわけじゃない。銃も、ナイフも、首を絞めるロープも使わない。返り血を浴びるおそれは絶対にない。

　前にもいったけど、あれからミスター・シャープトンには一度も会ってない——すくなくとも、いまのところは。だけど、ピオリアにいるうちは、毎日のように電話でしゃべったし、そのおかげで淋しさや不慣れな苦しさはずいぶんやわらいだ。あの人と話すと、だれかに冷たい布をおでこに当ててもらってるみたいだった。メルセデスのなかで話しあったあの晩、むこうは自分の電話番号を教えて、いつでも好きなときにかけていいよ、といってくれたんだ。もし心配なことがあったら、たとえ夜なかの三時でもいい、と。一度だけ、ほんとにやってみたことがある。二度目の呼び出し音で、よっぽど切ろうかと思った。いつでも電話をかけていいよ、たとえ夜なかの三時でも、と口先ではいってもさ、ほんとにそうするとは思ってない人が世間には多いからね。だけど、ぼくは切らなかった。そう、ホームシックだったせいもあるけど、それ以上の理由があった。ここはぼくが期待してたものとだいぶちがう。そのことをミスター・シャープトンにいってみたかった。つまりさ、むこうがそれをどう受けとるかと思って。

むこうは三度目の呼び出し音で電話に出た。眠そうな声だったが（意外だよね、そう思わない？）、ぜんぜん不機嫌じゃなかった。ぼくはここの研修のなかにすごくヘンテコなものがある、といった。たとえば、点滅するライトがいっぱいならんでるテスト。脳波のテストだというけど――

「その途中で眠くなってきて」とぼくはいった。「目がさめたら頭痛がするし、ものが考えられなくなるし。どんな気分だかわかりますか？　だれかにひっかきまわされたファイル戸棚みたいな気分」

「で、なにがいいたいんだね、ディンク？」とミスター・シャープトンはたずねた。

「ぼくは催眠術にかけられたんだと思います」

短い沈黙。それから――「ひょっとするとそうかもしれん。おそらくそうだろう」

「でも、なぜ？　なぜそんなことをするんです？　ぼくはいわれたことをぜんぶちゃんとやってるのに、なぜ催眠術にかけるんですか？」

「あの部門のルーチンやプロトコルをいちいち知ってるわけじゃないが、たぶんきみをプログラミングしてるんだろう。きみの脳の最下層にたくさんの準備ルーチンを詰めこんで、意識の部位が混乱しないようにするとか……へたにいじると、きみの特殊能力がそこなわれるかもしれないからね。実をいうとその作業は、コンピューターのハードディスクのプログラミングと大差ないんだよ。べつに不気味でもなんでもない」

「でも、確実に知ってるわけじゃないんですね？」

「そう――さっきもいったように、研修やテストはわたしの担当じゃない。しかし、いますぐ電話してみるよ。ドクター・ウェントワースから説明させよう。ひょっとすると、彼がきみに謝罪することになるかもな。その場合はだね、ディンク、今後その問題がちゃんと配慮されることはまちがいない。マル超はあまりにも少数で貴重だから、不必要に動揺させることは極力避けるべきなんだ。さて、ほかになにか問題は？」

ぼくはしばらく考えてから、ありません、と答えた。それから礼をいって、電話を切った。実はこんな言葉が口まで出かかってたんだけどさ――睡眠薬を飲まされたような気もします……だけど、それは最悪のホームシックを乗りきらせるためのムード・エレベーターのつもりかもしれないし、結局ミスター・シャープトンにはだまってた。なにしろ夜なかの三時だし、もしむこうがなにかのクスリを飲ませたとしたら、それはぼくのためを思ってのことだろうから。

12

そのあくる日、ドクター・ウェントワース——まじない師のボス——が会いにきて、たしかに謝罪してくれた。とても感じはよかったけど、なんていうか、ぼくがあの電話を切った二分後にミスター・シャープトンからの電話を受けて、さんざんしぼられたみたいな顔つきだった。

ドクター・ウェントワースは裏の芝生までぼくと散歩して——春の終わりで、緑の芝がめっちゃきれいだ——ぼくに〝予備知識〟を与えておかなかったことをあやまった。あのテストは、むこうがいうには、たしかに脳波のテスト（と、CTスキャン）だが、たいていの被験者はそこで催眠状態になるため、ついでにある種の〝基礎教育〟をすませてしまうんだって。ぼくの場合は、いずれコロンビア・シティーで使う予定のコンピューター・プログラムなんかを。ほかに質問はないか、とドクター・ウェントワースはたずねた。ありません、とぼくは嘘をついた。

そりゃおかしい、と思うかもしれないけど、そうじゃない。だって、ぼくの学歴は長いわりにパッとしなくて、おまけに卒業の三カ月手前でおしまい。好きな先生も嫌いな先生もいたけど、心から信用できた先生はひとりもない。着席表がABC順でないときは、いつも教室のいちばんうしろへすわって、クラスの討論にはぜったいに参加しない生徒だった。指名されても、「はあ?」と聞きかえすだけで、どんなにしつこくつついても、ぼくから質問をひきだすのはむり。これまで会ったなかで、ぼくが本心を打ち明ける気になったのは、ミスター・シャープトンだけだ。縁なしメガネの奥に鋭い目つきを隠した、禿《は》げ頭のドクター・ウェントワースは、ミスター・シャープトンと大ちがい。ブタの群れが渡り鳥みたいに南の空へ飛んでいかないかぎり、ぼくがあのだて男に本心を打ち明けるなんてありえない。ましてや、その肩にすがって泣きだすなんてことはね。

それにさ、どのみち、ほかにどんな注文をつけたらいいのかわからなかった。ピオリアで気に入ったことはたくさんあるし、将来の見通しに胸がわくわくしてた――新しい仕事、新しい家、新しい町。ピオリアの人たちは親切だった。食べ物もうまかった――ミートローフ、フライドチキン、ミルクシェーク、ぼくの好物ばっかり。もちろん、診断テストとかいって、IBMペンシルを使ってやるヘンテコリンなのは好きじゃない。

それに、ときどき、だれかがマッシュポテトになにかまぜたのか、目がとろんとなる

(でなけりゃハイになる)。そのほかにも――すくなくとも二回――また催眠術にかけられたって気がしたことがある。だけど、それがどうした？ つまりさ、騒ぎたてるほどのことかい？ スーパーの駐車場で、ブルンブルンとレーシング・カーの口まねをしたり、ゲタゲタ笑ったりしながら、ショッピング・カートで追っかけてくるイカれ男に、もうちょっとでひき殺されそうになるのと比べてみなよ。

13

電話でもう一回ミスター・シャープトンと話をしたことは、いっとかなくちゃ。二度目の空の旅の前日だった。こんどはコロンビア・シティーへの旅、そこでぼくの新しい家の鍵《かぎ》を持ってる男と待ちあわせするんだ。もうそのときには、掃除人のことも、基本的なおカネのルール――毎週、文無しから出発して、毎週、文無しで終わるっていうあれ――のことも、もしなにか問題が起きたら、地元のだれに電話すればいいかも、ちゃんと知らされてた(もし大きな問題が起きたら、ミスター・シャープトンに電話する。つまり、彼がぼくの〝監督者〟なんだ)。地図と、レストランのリストと、シネコンやモールへの道順も渡されていた。いちばん重要なものだけをぬかして、あらゆるものにラインがつながった。

「ミスター・シャープトン、ぼくはなにをしたらいいのかわかりません」喫茶室の外にある電話からかけたんだ。ぼくの部屋にも電話はあるけど、もうじっとすわってられない気分だった。ベッドに寝ころぶなんてとてもとても。もしむこうがまだぼくの食べ物に眠り薬を仕込んでるなら、その日だけは効かなかったってこと。

「その点ではお役に立てないね、ディンク」いつものように落ちついた声だ。「残念ですが、あしからず」

「どういう意味です？ 助けてくださいよ！ ぼくをスカウトしといて！」

「仮定の質問をさせてくれ。かりにわたしが資金の潤沢な大学の学長だったとする。〝資金の潤沢な〟という意味はわかるね？」

「カネがゴマンとあるってこと。ぼくはバカじゃない。前にもいいました」

「たしかにそうだったね――どうも失礼。とにかく、たとえばわたし、シャープトン学長が、その大学の潤沢な資金を使って、偉大な小説家を学内居住作家《ライター・イン・レジデンス》として迎えたり、偉大なピアニストを音楽教授に迎えたりできるとしよう。しかし、わたしがその小説家になにを書けとか、ピアニストになにを作曲しろとかいう権利はあるだろうか？」

「たぶんないでしょうね」

「いや、まったくないよ。だが、かりにあるとしよう。もしわたしがその小説家に、

『ベッツィー・ロスが花の都パリでジョージ・ワシントンとやりまくるコメディを書いてほしい』といったら、彼はそうすると思うかね？」

ぼくは笑いだした。笑わずにはいられなかった。どういうわけか、ミスター・シャープトンとは波長が合うんだ。

「たぶんね」とぼくは答えた。「とりわけ、たっぷりボーナスをはずんだ場合は」

「なるほど。だが、たとえ彼が鼻をつまんでむりやりその小説を書きあげたにしても、きっとひどい駄作になることだろう。なぜなら、創造的な人間は、いつも自己管理しているわけじゃないからだ。彼らが最高の仕事をするときは、ほとんど自己管理などしない。目をつむって、ヤッホーとさけびながら、流れに身をまかせているだけだ」

「それがぼくになんの関係があるんですか？　ねえ、ミスター・シャープトン——ぼくがコロンビア・シティーでこれからなにをするかを想像しようとすると、見えるのはでっかい空白だけなんです。みんなを助けろ、といいましたよね。この世界をもっとましな場所にしろ。スキッパーどもを始末しろ。どれもすばらしいことにはちがいないけど、かんじんのぼくはどうしたらいいかわからない、い、い、い、い！」

「いまにわかるよ」と彼はいった。「そのときがくれば、きみにはわかる」

「こんなこともいいましたよね。ウェントワースやその助手たちが、ぼくの才能の焦点を定めてくれる。研ぎすましてくれる。だけど、あの人たちがやったのは、いくつかのくだらないテストだけ、また学校へもどったみたいな気分にさせただけ。ほんとにぜんぶがぼくの下意識のなかにあるんですか？　ぜんぶがハードディスクにはいってるんですか？」

「わたしを信用したまえ、ディンク」と彼はいった。「わたしを信用し、そして自分自身を信用したまえ」

だから、ぼくはそうした。ほんとにそうした。だけど、うんと最近になって、なにもかも狂いはじめたんだ。こいつはよくない。

あのいまいましいネフ――いろんなゴタゴタはあいつからはじまったんだ。あんな写真、見なけりゃよかった。どうしてもネフの写真を見なくちゃいけないのなら、あいつがニコニコ笑ってる写真なんか見なけりゃよかった。

14

コロンビア・シティーでの最初の一週間、ぼくはなんにもしなかった。ほんとになーんにも。映画さえ見にいかなかった。掃除人がくると、公園へ行ってぼけーっとベンチにすわるだけ。全世界から見張られてる気分。木曜日にあまったカネを処分するときには、五十ドルもの札をビリビリひっちゃぶいて、ディスポーザーへつっこむんだぜ。それにいっとくけど、そのころのぼくには、そういうことがぜんぶ目新しい経験なんだし。どれぐらいヘンテコな気分かというと——あれは絶対にわかってもらえないと思うな。そこに突っ立って、流しの下のモーターが回転する音を聞きながら、いつもママのことを思いだすんだ。もしママがそこにいて、ぼくがなにをやってるかを見たら、とんでもない子だと、それこそ肉切り庖丁《ぼうちょう》で追いまわしたかも。だって、トウェンティー・ナンバーのビンゴの一ダース分（それとも、カバー・オールの二ダース分）がキッチンのブタの腹へ直行してるんだもんね。

その週は死んだみたいによく眠った。ときどき小さい書斎へ行って——行きたくないんだけど、足が勝手にそっちへ向くんだ。人殺しはいつも犯行現場へもどってくるというけど、あれとおんなじ。とにかく、書斎の戸口に立って、まっくらなコンピューターの画面と、グローバル・ヴィレッジのモデムを見るだけで、罪悪感と当惑と不安で冷や汗が出てくる。デスクの上に一枚の紙もメモもなくて、やけにキチンとしてるのを見るだけで、冷や汗が出てくる。まわりの壁がないしょ話をしてるのが聞こえるみたいだ。

「いや、なんにもやってないぜ」とか、「この小僧はなんだ、ケーブルの取りつけ工事屋か？」

何度もこわい夢を見たよ。そのひとつでは、呼び鈴が鳴ってドアをあけると、ミスター・シャープトンが立ってるんだ。手錠を持って。「これを手首にはめたまえ、ディンク」と彼はいう。「きみのことをマル超だと思っていたが、どうやらちがうらしい。たまに起きるまちがいだが」

「いいえ」とぼくはいう。「ぼくはマル超です。ただ、慣れるまでに時間がかかってるだけです。おぼえてますか、これまで一度も家から離れて暮らしたことがないんで」

「きみはもう五年も暮らしたんだよ」

びっくり仰天。信じられない。だけど、ぼくの一部分は、それが事実なのを知ってる。ほんの何日間にしか思えなかったけど、ほんとはなんと五年間。そのあいだ、あの小さい書斎のコンピューターを一度もオンにしたことがない。もし掃除人がこなかったら、コンピューターをおいたデスクの上にほこりが十五センチも積もってたかも。

「両手を前に出したまえ、ディンク。素直にいうことを聞くのがおたがいのためだ」

「いやです」とぼくはいう。「絶対にいやです」

ミスター・シャープトンがうしろをふりかえると、ステップを上がってきたのはなんとスキッパー・ブラニガン。例の赤いナイロン・パーカを着てるが、いまのそれには〈スーパー・セーバー〉じゃなく、〈トランスコープ〉とネームがはいってる。顔は青白いけど、そのほかは前とおなじ。つまり、死んでないってこと。「おまえはおれを始末した気でいるんだろうが、あいにくだったな」とスキッパーがいう。「おまえはだれにもなんにもできねえ。ただのくずヒッピーよ」

「わたしはこれから彼に手錠をかける」とミスター・シャープトンがスキッパーにいう。

「もし抵抗するようなら、ショッピング・カートでひき殺せ」

「そいつは究極的だ」とスキッパーがいい、半分ベッドから乗りだしたぼくは、床に落っこちかけて、悲鳴を上げながら目がさめる。

15

引っ越してから十日目ぐらいに、べつの種類の夢を見た。どんな夢だったかはおぼえてないが、たのしい夢だったらしい。目がさめたとき、ニコニコ笑ってたからだ。でっかい幸福な笑顔なのが、自分でもわかった。ミセス・ブコウスキーの飼い犬のことで、名案を思いついて目をさましたときみたいだ。あのときとほとんどおんなじ。

ジーンズをはいて、書斎にはいった。コンピューターのスイッチをいれて、『ツール』のウィンドウをひらいた。『ディンキーのノート』というプログラムがある。それをひらいたら、ぼくの考えた記号がぜんぶそこにあるじゃないか——マル、三角、ジャプ、モルク、ロンボイド、ベウ、スミム、ファウダー、そのほか何百も。いや、何千も。ひょっとしたら何百万も。まるでミスター・シャープトンがいったみたいに——これは新世界だ。ぼくは最初の大陸の海岸線にいるんだ。

わかってるのは、だしぬけにそれがそこへ出てきたってことだけ。こんどはピンクのチョークの小さいかけらじゃなく、でっかいマッキントッシュのコンピューターが使えて、それぞれの記号に割り当てられた単語をタイプすれば、ちゃんとその記号が画面に出てくるんだ。ぼくは完全につながってる。つまり、ぼくの神さまにだ。まるで頭のまんなかに火の川が流れてるみたいだった。ぼくは書きつづけた。いろんな記号を呼びだし、マウスでかたっぱしから正しい場所へドラッグした。それが終わったとき、そこには手紙ができあがっていた。特別な一通の手紙が。

だけど、宛先《あてさき》はだれだ？

どこへ送る手紙だ？

そこで気がついた。そんなことはどうでもいい。カスタマイズのためにいくつか細かい修正をすれば、この手紙はおおぜいの人間に出せる……ただし、この手紙は女じゃなく、男に宛てたものだ。どうして自分がそれを知ってるのかはわからない。とにかく、知ってる。ぼくはシンシナティからはじめることにした。頭にうかんだ最初の町の名前がシンシナティだったからだ。べつにスイスのチューリヒでも、メイン州のウォーターヴィルでもよかったんだけど。

『ツール』のなかの『ディンキー・メール』というプログラムをひらこうとした。だけどコンピューターが、その前にモデムを接続しろ、とさいそくした。モデムが接続されると、コンピューターは市外局番の312を要求した。312はシカゴだ。これは想像だけど、電話会社の関係からすると、このコンピューターの通話はぜんぶ〈トランスコープ〉本部につながってるんだと思う。まあ、そんなことはどうでもいい。それがむこうの仕事。ぼくは自分の仕事を見つけて、それをやってるだけだ。

モデムが目をさまし、シカゴにつながったところで、コンピューターの画面に文字が出た。

ディンキー・メール準備完了

ぼくは『地域名』をクリックした。もうこのときには三時間近く書斎にこもりきりで、一度急いで小便に立っただけだ。自分の体臭がわかる。汗だくで、温室のサルみたいなにおい。だけど、気にならない。そのにおいは好きだ。ぼくは人生最高の時間を過ごしてた。頭がくらくらするほど幸福だった。

ぼくは『シンシナティ』とタイプし、実行キーを押した。

シンシナティには記載項目がありません

とコンピューターがいった。オーケイ、べつに問題じゃない。オハイオ州コロンバスをためしてみよう――どのみち、そのほうがぼくのうちに近い。そしたら、ほーら出ました、みなさん！　ビンゴです。

コロンバスには記載項目が二件あります

画面にふたつの電話番号が出た。上の番号をクリックしてみた。なにが飛びだしてくるか、好奇心だけじゃなく、ちょっぴり不安もあった。だけど、出てきたのは調書でもなければ、プロフィールでもなく、それに――たのむからよしてくれ――写真でもなかった。たったひとつの単語が出てきただけだった――

マフィン

なんだ、こりゃ？

だが、そこでわかった。マフィンはミスター・コロンバスのペットだ。おそらく猫だろう。もう一度あの特別な手紙を画面に呼びだし、ふたつの記号の位置を入れ替えて、べつの記号をひとつ削除した。それから、手紙のいちばん上に**マフィン**と打ちこみ、下向きの矢印を入れた。これでいい。カンペキ。

マフィンの飼い主がだれなのか、彼が〈トランスコープ〉の注目をひくどんなことをしたのか、彼の身になにが起きるのかを、ぼくは考えただろうか？　いや、考えなかった。この無関心さには、ピオリアでの条件づけがなにか関係あるんじゃないかなんて、そんなことはいっぺんも頭をかすめなかった。ぼくは自分の仕事をやってる、それだけのことだ。自分の仕事をやりながら、満潮のハマグリみたいにごきげんなんだ。

画面でさっきの番号を呼びだした。コンピューターのスピーカーはオンにしてあるが、ハローという声は聞こえなかった。べつのコンピューターからキーキーと求愛の鳴き声が聞こえるだけだ。そのほうがいい。人間的要素をとりのぞいたほうが、人生は暮らしやすい。あとは『頭上の敵機』という映画にそっくり。たよりになるB‐25でベルリン上空を飛びながら、たよりになるノーデン爆撃照準器をのぞき、ちょうど正しい瞬間に、たよりになるボタンを押すだけ。煙突や工場の屋根は見えるかもしれないけど、人間の姿は見えない。B‐25から爆弾を投下する連中は、ついさっき赤ん坊を肉の破片にされた母親たちの悲鳴を聞かなくてすむ。ぼくもだれかのハローという声を聞かなくてすむ。とてもうまい仕組みだ。

しばらくして、とにかくスピーカーは切ることにした。どうも気が散る。

モデムが見つかりました

コンピューターはそう知らせたあとで、

eメール・アドレスを探しますか？　Y／N

ぼくはYとタイプして待った。こんどはさっきよりも長い待ち時間。コンピューターがまたシカゴまでもどって、ミスター・コロンバスのeメール・アドレスのセキュリティを破るために必要な情報を探してるんだろう。それでも、三十秒たらずでコンピューターはもどってきて、こう返事した。

eメール・アドレスが見つかりました
ディンキー・メールを送信しますか？　Y／N

ぼくはなんのためらいもなく、Yとタイプした。画面にぱっと文字が出た。

ディンキー・メールを送信中

それから、

ディンキー・メールを送信しました

それだけだ。派手な花火はうち上がらない。

しかし、マフィンになにが起きたんだろう、とは考えたよ。

つまりさ。あとになってから。

16

その晩、ミスター・シャープトンに電話してこういった。「ぼく、仕事してます」

「そりゃよかったね、ディンク。いいニュースだ。気分がよくなったか?」いつもとおんなじ穏やかな声。ミスター・シャープトンはタヒチのお天気だ。

「はい」とぼくはいった。ほんとはめっちゃ幸福だった。人生最高の一日。疑問があってもなくても、不安があってもなくても、それだけはいえる。ぼくの人生でいちばん究極的な一日だった。まるで頭のなかに、火の川、めっちゃすごい火の川が流れてるみたいだった。この意味わかる？「そっちも気分がよくなりましたか、ミスター・シャープトン？　ほっとしましたか？」

「きみのためにはよかったと思う。だが、ほっとしたとはいえない。なぜなら――」

「最初からそんな心配はしてなかったから」

「ご名答」と彼はいった。

「いいかえれば、なにもかもが究極的ってわけですね」

それを聞いてむこうは笑いだした。いつもぼくがそういうと笑いだすんだ。「そのとおりだよ、ディンク。なにもかもが究極的だ」

「ミスター・シャープトン？」

「なんだね？」

「eメールはあんまりプライバシーがないです。ほんとにそうする気があったら、だれでもハッキングして内容をのぞけます」

「きみの送信内容の一部は、受信者にあのメッセージをすべてのファイルから削除させるような暗示だった。そうだろう？」

「ええ。だけど、絶対に彼がそうするとは保証できません。それとも彼女が」

「たとえ彼または彼女があれを削除しなくても、あのメッセージにたまたまでくわしたほかのだれかには、なにも起こらない。そうだろう？　なぜなら、あれは……特定の個人に宛てたものだから」

「まあね。ほかのだれかが頭痛ぐらい起こすかもしれないけど、せいぜいそれぐらいでしょう」

「しかも、通信内容そのものはたわごとにしか見えない」

「それとも、コードにしか」

むこうはそれを聞いて大笑いした。「その連中が解読したければ、どうぞご自由に。そうだろう、ディンキー？　解読できるなら、やってみるがいい！」

ぼくはため息をついた。「まあね」

「もっと重要なことを話しあおうじゃないか、ディンク……あれをやっていてどんな気分だった？」

「すてきな気分でした。驚異的な」

「よろしい。驚異を疑っちゃいけないよ、ディンク。とにかく驚異を疑うな」

そういって、むこうは電話を切った。

17

ときにはモロ本物の手紙を郵便で送らなくちゃならないこともあった――『ディンキーのノート』に打ちこんだ手紙をプリントアウトして、封筒に入れ、切手をなめ、どこかのだれかに送りつけるんだ。ラス・クルーセスのニュー・メキシコ州立大学内アン・テヴィッチ教授。ニューヨーク州ニューヨークの『ニューヨーク・ポスト』気付ミスター・アンドルー・ネフ。ヴァーモント州ストヴィントン局留ビリー・アンガー。どれも名前だけだけど、電話番号よりもずっと気になる。電話番号よりも具体的だからだ。まるでノーデン爆撃照準器のなかに、ちらっと相手の顔が見える感じ。ひどい幻覚だよね、ちがう？ こっちは二万五千フィートの上空にいて、そんな顔が見えるはずはないのに、ほんの一秒か二秒だけど、そこに顔が現れるんだよ。

ふしぎだった。どうして大学教授がモデムなしでやっていけるんだろう？（ニューヨークの新聞社気付になってる男だって、その点ではおんなじ）。だけど、あんまり深くは考えなかった。考えなくたっていい。現代社会に住んでたって、手紙はべつにコンピューターでなくても送れる。いまでも郵便、そう、カタツムリ・メールってものがあるんだし。それに、ぼくがほんとに必要な材料は、ちゃんとデータベースのなかにある。たとえば、アンガーが一九五七年式のサンダーボルトを持ってるってこと。それとか、アン・テヴィッチがいっしょに住んでる男が——夫か、息子か、父親か知らないけど——サイモンって名前だってこと。

でも、テヴィッチやアンガーみたいなのは例外だった。ぼくが手をのばしてタッチする相手の大部分は、コロンバスに住んでたあの最初の相手とおんなじ——つまり、二十一世紀の最新設備をフルに使ってる。**ディンキー・メールを送信中。ディンキー・メールを送信しました**。はい、よろし。バイバイ。ごめんちゃい。

そんな調子でこの仕事を——たぶんいつまでも——つづけていけたかもしれないんだよな——データベースをブラウズしたあと（べつにきまったスケジュールはないし、主要都市や目標のリストもない。まるっきり自分の好き勝手にやってるだけ……とはいっても、例の準備ルーチンとやらがぼくの下意識、つまり、脳のハードディスクにあるとしたら、話はべつだけど）、午後の映画を見に行ったり、ママぬきの小さい家の静かな暮らしをたのしんだり、昇進の梯子《はしご》のつぎの段を想像したり。だけど、ある日、急にスケベな気分で目がさめた。一時間ほどオーストラリアのあっちこっちをブラウズしてみたけど、効果なし。なんていうかな、ペニスが脳のじゃまをしてやがる。で、コンピューターを終了して、〈ニュース・プラス〉をひやかしにいった。スケスケ下着のかわいい女の子を特集した雑誌がないかと思って。
店の前までくると、ひとりの男が『コロンバス・ディスパッチ』を歩き読みしながら、なかから出てきた。ぼくは新聞なんか読まない。なんでそんな手間を？　毎日毎日、おんなじクソのくりかえしなのに。独裁者たちが弱いものをコテンパンに痛めつけたり、ユニホーム姿の選手たちがサッカーボールやフットボールをコテンパンにけとばしたり、政治家たちが赤ん坊にキスしたり、けつにキスしたり。そのたいていは、早くいえば、この世界のスキッパー・ブラニガンたちの話だ。いったん店内へはいっちゃえば、たとえ新聞の陳列棚に目をやったとしても、ぼくはその記事に気がつかなかったと思う。なぜって、その記事のある場所は第一面の下半分、折り目より下だったからだ。だけど、そのクソバカはその新聞をいっぱいにひろげ、その裏側に顔を隠して店から出てきたんだ。

　その下半分の右隅に、パイプをくわえて笑ってる白髪男の写真があった。たぶんアイルランド系、人のいいおっさんらしくて、目のまわりは笑いじわだらけ、白いもじゃもじゃの眉《まゆ》。その写真の上の見出しは――大きな見出しじゃないけど、ちゃんと読める――**ネフの自殺いまなお謎《なぞ》、同僚たち悲しみの証言**とある。

　一秒か二秒のあいだ、その日の〈ニュース・プラス〉での買い物はよそうと思った。なんだか下着の女の子の写真をながめる気分じゃない。それより、まっすぐ家へ帰って、昼寝でもするか。もし店へはいったら、たぶんそうせずにいられなくなって、『ディスパッチ』を手にとるだろう。だけど、あのアイルランド系らしい男のことは、もうこれ以上知りたくない……これ以上といったって、ほとんどなんにも知らないようなもんだけど、と急いで自分にいいきかせた。どのみちネフなんてのは、シッテンドゥーカスとか、ホーレケイクみたいなめずらしい名前じゃない。アメリカ全体をさがしたら、ネフなんて何万人もいるだろう。この男がぼくの知ってるネフ、フランク・シナトラのレコードが大好きな男だとはかぎらないぜ。

とにかく、きょうはひきかえして、また明日出なおしたほうがいい。明日になったら、パイプをくわえたあの男の写真はなくなってる。明日になったら、第一面の右下の隅には、ほかのだれかの写真が出てる。いつもだれかが死んでいくんだ、そうだろう？　スーパースターでもなんでもない人間、第一面の右下の隅にちょこっと写真が出るぐらいの有名人がさ。それに、世間が首をひねるのも、よくあることだ。前に住んでたハーカーヴィルの人たちが、スキッパーが死んだときに首をひねったみたいに——血中アルコール濃度はゼロだし、晴れた夜だし、路面は乾いてるし、自殺するタイプでもないし。

だけど、この世界はそんな謎でいっぱいで、その謎を解かないほうがいいときもある。ときには謎の解決が、なんていうか、あんまり究極的じゃないこともある。

だけど、ぼくはむかしから意志の強いほうじゃない。肌が荒れるとわかってても、チョコレートをやめられないぐらいだから、その日の『コロンバス・ディスパッチ』もやめられなかった。店へはいって、その新聞を買っちゃった。

家に帰る途中で、妙な考えがうかんだ。どんな妙な考えかというと、第一面にアンドルー・ネフの写真が出てる新聞を、ゴミといっしょに出すのはまずいんじゃないかなってこと。ゴミ収集員は市のトラックでやってくる。あの連中は〈トランスコープ〉と関係ない――なんの関係もないはずだけど……。

まだほんのガキだったころ、ある年の夏に、ぼくとパグがよく見たテレビドラマがある。『スティーブン・キングのゴールデン・イヤーズ』って番組だ。きっとおぼえてないだろうね。とにかく、それに出てくる男の口癖がこうなんだ。「完全なパラノイアこそ完全な認識だ」それが彼のモットーらしい。ある意味でぼくはそれを信じてる。

とにかく、その日はまっすぐ家へ帰らずに、公園へ寄った。ベンチに腰かけてその記事を読み、読みおわると新聞を公園のくずかごへつっこんだ。それだってやりたくなかったけどさ、待てよ――もしミスター・シャープトンが尾行をつけて、ぼくが捨てるものをかたっぱしからチェックさせてるなら、どのみちこっちはけつの穴まで見えなんだ。

アンドルー・ネフ、六十二歳、一九七〇年から『ポスト』のコラムニストだった人物が、自殺をとげたことはまちがいなかった。致死量の睡眠薬をのんでから、浴槽へはいってポリ袋を頭からかぶり、その晩の総仕上げに両手首を切った。カウンセリングいやさにここまで念を入れる人間はめずらしい。

だけど、遺書はなかったし、検死解剖でも病気は見つからなかった。同僚たちは、アルツハイマー病や早期老衰の疑いを笑いとばした。「わたしがこれまでに知りあったなかで、あれほど頭の切れる男はいなかったよ。死の当日まで」そういったのは、ピート・ハミルという男だ。「クイズ番組の『ジェパディ！』に出場しても、ぶっちぎりで優勝したろう。なぜアンディーがあんなことをしたのか、見当もつかない」ハミルは言葉をつづけた。ネフの〝魅力的な奇癖〟のひとつは、はなからコンピューター革命への参加を拒否していたことだ。彼はモデムにも、ラップトップのワードプロセッサーにも、フランクリン・エレクトロニック・パブリッシャーの携帯スペルチェッカーにも縁がなかった。彼のアパートメントにはCDプレーヤーさえなかった。ハミルによると――ネフは、おそらく冗談半分にだが、コンパクト・ディスクは悪魔の発明だといっていた。チェアメン・オブ・ザ・ボードのファンだが、LPでしか聞かなかった。

そのハミルという男と、そのほか何人かの証言では、ネフは最後のコラム原稿を入れた日の午後もすこぶる陽気で、家に帰り、一杯のワインを飲んでから、自己破壊をやったらしい。『ポスト』のゴシップ・コラムニストのリズ・スミスはこういう。あの日、ネフが帰宅する直前に、ひときれのパイをふたりで分けあって食べたが、彼は〝ちょっとうわの空の感じだけど、それ以外はまったく元気〟だった。

そう、うわの空なのもむりはないさ。頭のなかがファウダーや、ベウや、スミムでいっぱいだったら、だれだってうわの空になる。

記事のつづき。ネフは社内でも異端児だった。『ポスト』は、どっちかというと保守系の新聞だ――三年待っても就職しない生活保護受給者は電気椅子《いす》送りにしろと、正面切ってはいわないにしても、それも選択肢のひとつだとほのめかしはする。ネフは社内のリベラルだったらしい。彼は〈いいかげんにしてくれ《イネフ・イズ・イネフ》〉というコラムの筆者で、ニューヨーク市は十代のシングルマザーへの扱いを変えるべきだと訴え、中絶手術はかならずしも殺人といえないんじゃないか、と主張し、都市周辺部の低所得層用住宅は永久運転の憎悪《ぞうお》マシンだ、と論じた。人生の終わり近くには、コラムで軍隊の規模のことを書きつづけ、なぜわが国では、もう事実上テロリスト以外に戦う相手がないのに、軍備のために国民が税金を払わなくてはならないのか、と疑問を投げた。それよりも、その金でみんなの仕事をこしらえたほうがいい、というのだ。ほかのだれかがそんなことを書こうものならはりつけにしかねない『ポスト』の読者にも、ネフのコラムはけっこう人気があった。おもしろいからだ。たのしいからだ。彼はアイルランド系だったから、もしかするとブラーニー石（訳注　アイルランド南部コーク市のブラーニー城にある石。これに接吻すると口がうまくなるといわれる）にキスしたことがあったのかも。

だいたいそんなところだ。ぼくは家へ帰りかけた。だけど途中でわざと遠まわりしたから、結局ダウンタウンの一周になった。コースをジグザグにとり、大通りを歩いたり、駐車場を横切ったりしながら、そのあいだもずっと考えていた。アンドルー・ネフが浴槽にはいって、頭からポリ袋をかぶったことを。残り物ぜんぶをスーパーで買ったままみたいに保存できる、でっかいポリ袋のことを。

おもしろい男。たのしい男。なのに、そんな男をぼくは殺してしまった。ネフがぼくの手紙をひらいたとき、あの内容がどんなふうにか頭にはいったんだ。新聞記事からすると、あの特別な単語や記号がじわじわ頭にしみこむのにたぶん三日ほどかかって、睡眠薬をのみ、浴槽へはいるほど頭がおかしくなったらしい。

自業自得。

それはミスター・シャープトンがスキッパーに対していった言葉で、ひょっとしたら正しかったかもしれない……あのときは。でも、ネフが自業自得？　彼にはなにかぼくの知らないクソまみれな一面があったのか？　ひょっとすると小さい女の子をヘンなやりかたでかわいがったり、ヤクを売ったり、スキッパーがぼくにやったように、弱い者いじめをくりかえしたりしてたのか？

きみが自分の才能の焦点を定め、研ぎすまし、それを人類の向上のために役立てるのを手助けしたい。ミスター・シャープトンはそういった。だけど、国防総省はスマート爆弾なんかにカネを使いすぎてる、とある男が考えたというだけで、その男を消すなんてのはむちゃくちゃだ。そんなパラノイアのたわごとは、スティーヴン・セガールやジャン・クロード・ヴァン・ダムの主演映画にしかありえないんだから。

そこでいやな考えが頭にうかんだ——おそろしい考えが。

ひょっとすると、〈トランスコープ〉がネフを殺したかったのは、あんなコラムを書いてたからじゃないかも。

ひょっとすると、〈トランスコープ〉がネフを殺したかったのは、ほかの人たちが——そうなっちゃまずい人たちが——ネフの書いてることを本気にとりはじめたからかも。

「ばかじゃないか」と思わず大声でいったら、〈おおうるわしのコロンビア・シティー〉の飾り窓をのぞいてる女の人が、ふりむいてぼくをにらみつけた。

二時ごろに、やっとぼくは公立図書館に腰を落ちつけた。足は痛いし、頭がガンガンする。浴槽のなかにすわった老人の姿が見えるんだ。年とったしわだらけの乳と、白い胸毛。あのすてきな笑顔はもうどこにもなくて、X惑星人みたいにぼんやりした目つき。彼が頭の上からポリ袋をすっぽりかぶり、シナトラの曲（たぶん《マイ・ウェイ》）をハミングしながら、手首の血管を切るために、ポリ袋をきっちりしぼって、くもり窓から外をのぞくみたいに目をこらすところが、ぼくには見える。そんなものは見たくなかったけど、どうにもとまらない。ぼくの爆撃照準器は望遠鏡に変わっちゃったんだ。図書館にはコンピューター室があって、割安料金でインターネットにつながる。図書館カードが必要だけど、簡単に作ってくれる。図書館カードを持ってると便利だ。身分証明書がたくさんあるにこしたことはない。

アン・テヴィッチを検索して死亡記事を呼びだすまでには、時間にして三ドル分しかかからなかった。その記事もやっぱり第一面の右下の隅に出てるのを見て、みぞおちが冷たくなった。そこが死亡記事のコーナーなんだ。そこからジャンプして、追悼文をひらいた。テヴィッチ教授は三十七歳の金髪美人だった。写真では片手にメガネを持ってる。まるでメガネをかけてることをみんなに知らせたい……だけど、どんなにきれいな目をしてるかも知らせたいみたいに。それを見ただけで、悲しくて、やましい気持ちになった。

彼女の死にかたは、びっくりするほどスキッパーとよく似ていた。日暮れ直後に、ニュー・メキシコ州立大学の教授室から帰宅途中だった。その夜は彼女が夕食を作る当番だったからすこしはスピードを出しすぎたかもしれないけど、車の運転には絶好のコンディションで、視界もよかった。彼女の車は――DNAFANというバニティプレートがついてたことを、ぼくは知ってる――道路からそれて横転しながら、水のかれた河床まで落ちていった。だれかがヘッドライトに気づいて、転落した車を発見したとき、まだ彼女は生きていたが、どのみち助かる可能性はなかった。手のほどこしようのない重傷だった。

体内からはアルコールが検出されず、夫婦関係も円満なので（子供がいないのがせめてもの慰めだった）、自殺の疑いは薄かった。未来に希望を持っていたし、新しい研究の補助金交付のお祝いに、コンピューター購入の話もしていたという。彼女は一九八八年ごろから自分のパソコンを持たなくなった。そのなかにはいった貴重なデータが、故障で消えたことがあって、それ以来コンピューターに不信感を持っていたらしい。どうしても必要なときは、学部のコンピューターを使っていた。

検死官は事故死と判定した。

臨床生物学者のアン・テヴィッチ教授は、西海岸でのエイズ研究の最前線にいた。カリフォルニア在住のもうひとりの科学者にいわせると、彼女の死でエイズ治療の研究は五年ほど遅れるかもしれない。「彼女は中心人物だった。そう、もちろん頭はいいが、それだけじゃない——いつだったかだれかが彼女のことを〝生まれながらのまとめ役〟といったが、それ以上のうまい表現は思いつけない。アンは、ほかのみんなをひとつにまとめあげることのできる人物だった。アンの死は、彼女と知りあい、彼女を愛した何十人もの人びとにとって大きな損失だが、この点ではそれ以上に大きな損失だろう」

ビリー・アンガーの記事も、やはりすぐに見つかった。彼の写真は、『ストヴィントン・ウィークリー・クーラント』という週刊新聞の死亡記事コーナーじゃなく、一面のトップを飾っていたが、それはストヴィントンにあまり多くの有名人がいないからかもしれない。むかしのアンガーは、朝鮮戦争で銀星章と青銅星章に輝いたウィリアム・〝ローレム《ぶちかまし》〟・アンガー将軍だった。ケネディ政権で国防次官（調達改革担当）をつとめ、当時はタカ派の大物だった。ロシア人どもを殺し、やつらの血を飲み、アメリカを安泰にして、メーシーの感謝祭パレードをたのしもう。そんな感じ。

ところが、リンドン・ジョンソンがベトナム戦争をエスカレートさせたころから、ビリー・アンガーには心境の変化が起きた。彼はほうぼうの新聞社へ投書をはじめた。アメリカの戦争への取り組みかたはまちがっているという主張で、社外寄稿のページの常連という新しいキャリアがはじまった。さらにその考えをつきつめて、ベトナム派兵は最初からまちがいだった、といいはじめた。一九七五年ごろになると、すべての戦争はまちがいだ、という点までたどりついた。ヴァーモント州民の大多数はそれに賛成した。

アンガーは一九七八年から州議員として七度の任期をつとめた。一九九六年に、民主党の進歩派グループから合衆国上院議員への立候補をすすめられたとき、アンガーは、「すこし読書をして、選択肢を考えたい」と答えた。つまり、二〇〇〇年か、遅くても二〇〇二年までには、政治家として全国的なキャリアにとりかかる用意があるという意味だ。彼はかなり年を食っていたが、ヴァーモント州民は老人が好きらしい。アンガーが（妻をガンで亡《な》くしたからか）まだ立候補の意思を表明しないうちに、一九九六年は過ぎていった。そして、二〇〇二年がやってこないうちに、彼は墓場の土のでっかいサンドイッチをたいらげることになったんだ。

ストヴィントンには小人数だが忠実な後援者の会があり、アンガーの死は事故じゃない、たとえ妻をガンで亡くしたばかりでも、銀星章の英雄が屋根から飛びおりたりするはずはない、と主張した。しかし、そのほかの人びとは、あの男が——午前二時という深夜に、しかも、パジャマ姿で——屋根板を修理していたとは思えない、と反論した。

自殺と判定がくだった。

そう。そのとおり。さっさと天国へ行っちまえよ。

18

図書館を出てから、家に帰るつもりだった。だけど、結局、またさっきの公園のベンチに腰をおろした。日が沈みかけて、子供たちやフリスビーをくわえる犬がいなくなるまで、ぼくはそこにすわっていた。コロンビア・シティーへきてもう三カ月になるけど、こんなに遅くまで外出したのははじめてだった。悲しいよね。ぼくはここで新しい人生がはじまったと思ってた。ママから独立して、自分の人生を送ってるつもりだったけど、自分がやってるのは不幸の影をふりまくことだけだったんだ。

もし、ある組織の人たちがぼくの行動をチェックしてたら、なぜいつもの行動に変化が起きたか、ふしぎがるかもしれない。だから、ベンチから立ちあがって家に帰り、例のトーストのウンコのせの袋を温めてから、テレビをつけた。ここのはケーブル・テレビで、フル・パッケージだから映画の特別チャンネルも見られるけど、いっぺんも見たことがない。どこが究極的な取引だよ？　シネマックスのチャンネルにしてみた。ルトガー・ハウアーが盲目の空手ファイターをやってる。複製のレンブラントの下のカウチにすわって、その映画を見た。見る気はしなかったけど、めしを食いながら、ぼんやり画面をながめた。

それからいろんなことを考えた。保守的な読者相手にリベラルな考えを新聞に書いてたコラムニストのこと。エイズの研究者たちの重要なまとめ役になってたエイズの研究者のこと。考えを変えた老将軍のこと。ぼくがその三人だけ名前を知ってるのは、三人ともモデムやeメールの設備を持ってなかったからだ、ということも。

ほかにも考えることはいっぱいあった。たとえば、特殊能力の持ち主がよけいな質問をしたり、迷惑な行動に出たりするのを予防するため、どうやって催眠術にかけたり、クスリをのませたり、ほかの特殊能力の持ち主に近づけたりするのか。そんな特殊能力の持ち主が、たまたま真相に気づいても逃げられないようにするには、どうすればいいのか。早くいえば、キャッシュを持たない生活にその人間を追いこめばいい……たとえ小銭でも、よぶんなカネを貯《た》めこまないことがルール第一条になってる生活に。じゃ、そんな罠《わな》にひっかかるのは、どんな種類の特殊能力の持ち主か？　世間知らずで、友だちがすくなくて、自己認識ってものがない人間だ。わずかな食料品や週給七十ドルとひきかえに、特殊能力のある自分の魂を売りわたすような人間だ。なぜなら、そいつは自分の魂がそれぐらいの値打ちしかないと信じてるんだから。

そんなことは考えたくなかった。もっと身を入れて、目の見えないルトガー・ハウアーがやってみせるおもしろい空手の技を見物したかった（バグがそこにいたら、けつがふっとぶほど大笑いしただろう）。そしたら、そんなことを考えずにすむんだから。

たとえば、二百って数。ぼくの考えたくない数。200。10×20。40×5。古代ローマ人にとってはＣＣ。ぼくはすくなくとも二百回、あのボタンを押した。**ディンキー・メール送信しました**と画面に出るボタンを。

こんな考えがうかんだ――まるではじめて目がさめたみたいに――ぼくは人殺しだ。大量殺人者だ。

そう、そのとおりさ。はっきりいえば。

人類にとっての利益？　人類にとっての損失？　人類にとって無関係？　だれがそんな判定をくだすんだ？　ミスター・シャープトンか？　彼のボスたちか？　そのまたボスたちか？　それが重要なのか？

ウサギの巣のクソほども重要じゃない、とぼくは考えた。もうひとつ、こうも考えた。自分がどうやって睡眠薬をのまされたか、催眠術にかけられたか、それともなにかの思考統制にかけられたかを、（たとえひとりごとにしたって）いつまで後悔してもしょうがない。正直な話、ぼくがなぜあんなことをやってたかというと、あの特別な手紙を書いているときの気分、自分の頭のまんなかを火の川が流れてる気分が大好きだったからだ。

というか、ぼくがそれをやってたのは、それがやれたからだ。

「いや、ちがう」とぼくはいった……だけど、大声でじゃない。そっと小声でいった。おそらく盗聴器は仕掛けられてないだろう。仕掛けられてないはずだけど、用心にこしたことはない。

ぼくはこれを書きはじめた……これってなんだ？　報告？　かもしれない。その晩おそくからぼくはこの報告を書きはじめた……そう、ルトガー・ハウアーの映画が終わってすぐに。コンピューターじゃなしに、ノートへ、ふつうの英語で書いてる。サンコファイトも、ベウも、スミムも使わずにだ。地下室のピンポン台の下に、ぐらついてるタイルがひとつある。その下へこの報告を隠すことにした。いま、この報告の最初を読みかえしてみた。「いまのぼくはいい就職口にありついたから、ふさぎこむ理由はなにもない」バカじゃねえか。だけど、もちろん、口をすぼめることのできるバカなら、だれでも口笛を吹いて墓場を通りぬけられるんだよな。

その晩、ベッドへもぐりこんだあとで、〈スーパー・セーバー〉の駐車場にいる夢をみた。パグがそこにいて、赤いパーカをはおり、頭にかぶってるのは、ミッキーマウスがかぶってたみたいな帽子だった。『ファンタジア』――ミッキーが魔法使いの弟子になった映画で。駐車場の半分ぐらいまでは、ショッピング・カートが何列にもならんでる。パグは手を上げてはまたおろす。そのたびに、カートが一台ずつひとりでに走りだして、だんだんスピードを上げながら駐車場のなかをつっきり、スーパーの煉瓦《れんが》の壁にぶちあたる。こわれたカートがそこに積み重なってる。ピカピカ光る金属と車輪のガラクタの山。きょうのパグは、めずらしく笑ってない。なにをやってるのか、それにどんな意味があるのかを、こっちは聞きたいんだけど、もちろんその答えはわかってる。

「あの人はぼくによくしてくれた」夢のなかでぼくはパグにそういった。もちろん、ぼくがいうのは、ミスター・シャープトンのことだ。「あの人は、ほんとに、ほんとに究極的だったよ」

すると、パグはまっすぐこっちに向きなおった。すると、パグじゃないことがわかった。スキッパーだ。やつの頭は脳天から眉《まゆ》のあたりまでぐしゃぐしゃ。こなごなになった頭蓋骨《ずがいこつ》のかけらが丸くくっついて、まるで骨の王冠をかぶってるみたいだった。

「おまえは爆撃照準器からのぞいてるんじゃないぜ」スキッパーはそういって、にやりとした。「おまえそのものが爆撃照準器なんだ。どうだ、気にいったかよ、ディンクスター？」

暗がりの部屋のなか、汗びっしょりでぼくは目がさめた。両手は悲鳴を押しころそうと口をふさいでいた。だから、その夢があんまり気にいらなかったんだと思う。

19

いいたかないけど、この報告を書くのは悲しい勉強だったよ。まるで、おい、ディンク、現実世界へよくきたな、といわれてるみたい。自分になにが起きたかを考えるときは、たいてい一ドル札をキッチンのディスポーザーへつっこんでるイメージが頭にうかぶ。だけど、わかってる。カネをディスポーザーへつっこんだり（それとも、下水管に落っことしたり）するのを考えるほうが、人間を始末することを考えるよりもらくだからだ。ときには自分が大嫌いになったり、ときには不滅の魂が（ぼくにそんなものがあるとしてだけど）どうなるのかな、とこわくなったり、ときには恥ずかしくてたまらなくなったりする。わたしを信用したまえ、とミスター・シャープトンがいったから、ぼくはそうしたんだ。ケッ、どこまでおめでたいんだよ。ときには自分にこういいきかせた。ぼくはまだ子供なんだぜ。ときどき考えるあのB-25の乗組員たちとおなじぐらいの年だし、子供はバカでも許されるんだしって。だけど、人の命がかかってるとき、そんな言い訳は通用しないよな。

それに、もちろん、ぼくはまだそれをやってる。

そうなんだ。

最初のうちは、もう自分にそんなことができるわけはないと思った。『メリー・ポピンズ』で、子供たちがたのしい考えをなくしたとたん、空を飛びまわれなくなったみたいに……だけど、ぼくにはできるんだよ。それに、いったんコンピューターの画面の前にすわって、火の川が流れはじめると、わけがわからなくなる。つまり（すくなくとも、これを読んでる人にはわかってもらえると思うけど）ぼくが惑星地球に生まれてきた目的はこれだって気がする。ぼくを一人前にした能力、ぼくを完成させた能力を使ったことで、責められなくちゃいけないのかよ？

その答え――そうさ。もちろんだ。

だけど、やめられない。ときどき自分にこういいきかせる。ぼくがこの仕事をつづけてるのは、もしこれを——たぶん一日でも——やめたら、むこうはぼくが真相を知ったのに気がつき、掃除人たちが臨時の訪問にやってくるだろう。ただし、こんどの目的は、このぼくを掃除することなんだ。だけど、理由はそれじゃない。ぼくがこれをやってるのは、一種の中毒にかかってるからだ。つまり、どこかの男が路地でクラックを吸ったり、どこかの女が腕にヤクを打ったりするのとおんなじ。ぼくがこれをやるのは、あの憎たらしい、いまいましい快感があるからだ。『ディンキーのノート』を使ってるときは、なにもかもが究極的だからだ。まるで甘い罠みたいなんだ。なにもかもが、あのまぬけのせいだよ。〈ニュース・プラス〉のなかから『ディスパッチ』をひろげて出てきた男のせい。もしあいつがいなけりゃ、いまでもぼくは爆撃照準器の十字線のなかに、

雲のかかった建物しか見えなかったろう。人間の姿じゃなく、ただの爆撃目標しか。

おまえが爆撃照準器なんだとスキッパーは夢のなかでいった。おまえそのものが爆撃照準器なんだ、ディンクスター。

そのとおり。そのとおりだとわかってる。おそろしいけど、それは事実だ。ぼくはただの道具。本物の爆撃手がそこからのぞくレンズにすぎない。押しボタンにすぎない。

その爆撃手ってだれだ、と聞くのかい？

おい、たのむぜ、しっかりしてくれ。

ぼくはよっぽど電話しようかと思った。ねえ、いかれてるだろ？　それとも、そうじ

ゃないのかな。「たとえ夜なかの三時でもいい、いつでも電話してくれ、ディンク」あの人はそういったんだ。そういったときは本気だったと思う——すくなくとも、その点についてはね。ミスター・シャープトンは嘘《うそ》をついてなかった。いまから電話して、こういおうかとも考えた。「なにがいちばんつらいかわかりますか、ミスター・シャープトン？　ぼくがスキッパーのような人間を始末すれば、この世界はもっといい場所になるって、いいましたよね。だけど、あんたらこそスキッパーの同類なんだ」

そうなんだ。このぼくはショッピング・カートさ。あいつらはぼくを使って、狙《ねら》った人たちを追いかける。ゲラゲラ笑ったり、どなったり、レーシング・カーの口まねをしたりしながら。しかも、ぼくの賃金は安い……地階の特売場なみ。これまでにぼくは二百人以上の人たちを殺したけど、〈トランスコープ〉の経費がどれだけかかったと思う？　オハイオ州の田舎町の小さな借家と、ホンダの車が一台。それにケーブル・テレビ。そいつは忘れたくないね。

しばらくそこに立って電話機を見つめてから、ぼくは受話器をおいた。そんなことはいえない。そんなことをするのは、まるでポリ袋を頭からひっかぶって、手首をカミソリで切るようなもんじゃないか。

じゃ、どうすりゃいい？

ああ、神さま、ぼくはどうすりゃいいんですか？

20

最後にこのノートを地下室のタイルの下から出して書きこんでから、もう二週間にな る。あれから二度、木曜の『アズ・ザ・ワールド・ターンズ』を見てる最中に郵便受けがガチャンと鳴るのを聞いて、玄関へカネをとりにいった。映画は四回見にいった。いつも午後に。二度、あまったカネをキッチンのディスポーザーへつっこみ、コインを下水管のなかへ落っことした。歩道の端っこにリサイクル用の青いプラスチックのかごをおいて、そのかげでこっそりやるんだ。ある日、ぼくは〈ニュース・プラス〉へでかけた。『ヴァリエーションズ』か『フォーラム』を買うつもりだったのに、『ディスパッチ』の一面の大見出しを見たら、セクシーな気分がまたふっとんじゃった。**平和使節伝道中のローマ法王心臓マヒで急死**だって。

ぼくのしわざか？　いや、その記事だと、法王はアジアで死んだらしい。ぼくはこの二週間、ずっとアメリカ北西部から動いてない。だけど、まかりまちがえばぼくがやってたかもしれない。もし先週パキスタンを嗅《か》ぎまわってたら、ぼくが犯人になってたかも。

悪夢の二週間。

そしたら、けさ、郵便受けになにかがはいってた。手紙じゃない。いままでにきた手紙は三、四通だけだ(どれもパグからの手紙だったが、もうばったりこなくなって、すごくさびしい)。そうじゃなく、〈Kマート〉のチラシだ。くずかごへ入れようとしたとき、ふたつ折りになってたなかから、なにかがひらひらと落ちた。一枚のメモ。ブロック体の手書き。**やめたいか?** と書いてある。**もしイエスならつぎのメッセージを送れ。〝ポリスの最高の歌は《高校教師》〟**

心臓がどきどきした。この家へはいって、ソファーの上、いままでビロードのピエロがあった場所に、レンブラントの複製がかかってるのを見つけた、あの日の気分。

そのメッセージの下に、だれかがファウダーをひとつ書いてる。ひとつだけなら無害だけど、それを見てると、やっぱり口のなかがカラカラになってきた。本物のメッセージだ。ファウダーがその証拠。だけど、差出人はだれだ? それに、差出人はどこからぼくのことを知ったのか?

書斎へはいった。うつむいて考えながら、ゆっくり歩いた。手書きでチラシのなかにはさんだメッセージ。つまり、この近所の人間だ。この町にいるだれか。

コンピューターとモデムのスイッチをいれた。コロンビア・シティー公立図書館を呼びだした。そこなら安上がりにネット・サーフィンができる……それに、いちおう匿名《とくめい》で。ぼくの送信はシカゴの〈トランスコープ〉を経由するだろうけど、それはかまわない。むこうはなにも疑わないはずだ。こっちが気をつければ。

それに、もちろん、お目当てのだれかがそこにいるとすればの話だけど。

いたんだよ、それが。ぼくのコンピューターが図書館のコンピューターにつながると、画面にメニューが出た。その瞬間、ほかのなにかもちらっと画面に映ったんだ。

スミムがひとつ。

右下の隅に。ほんの一瞬だけど。

ぼくはポリスの最高の歌のメッセージを送り、新聞なら死亡記事のある場所にちょっとした自分のサインを入れた――サンコファイトをひとつ。

まだ書くことはたくさんあるけど――いろんなことが起こりはじめたし、そのスピードはまだまだ上がるはずだけど――そこまで書くのは安全じゃないと思う。これまでのぼくは、自分のことばかり話してきた。もしこれ以上つづけようとしたら、ほかの人たちのことを話さなきゃならなくなる。だけど、もうふたつのことだけはいっときたい。

まず第一に、ぼくは自分のやったことを後悔してる――スキッパーにやったことも含めて。もしそうできるものなら、もとどおりにしたい。自分がなにをやってるかを知らなかったんだ。話にもならない言い訳だと思うけど、それしか言い訳のしようがない。

第二に、ぼくはもう一通だけ特別な手紙を書こうときめた……いままでいちばん特別な手紙を。

ぼくはミスター・シャープトンのeメール・アドレスを知ってる。それに、もっといいものも知ってる。あのメルセデスの高級車のなかで、彼がどんなふうに幸運のネクタイをさすったかの記憶だ。だいじそうにあのシルクの剣の上をさすった手つき。だから、つまり、ぼくは彼のことをじゅうぶんに知ってるわけだ。彼に宛《あ》てた手紙になにをつけたせばいいか、どんなふうにそれを究極的にすればいいかをね。目をつむると、まぶたの裏の暗闇《くらやみ》に単語がひとつうかんでくる――まるで黒い火みたいに、脳をめがけて発射された矢のように恐ろしい単語。そのとても重要な単語というのは、ほら、アーサー王の魔法の剣――

エクスカリバーだ。

L・Tの
ペットに関する
御高説

L.T.'s Theory of Pets

風間賢二訳

本作品集の中で一番のお気に入りといえば、「L・T」だろう。この話の出どころは、思い出せるかぎりでは、「アビーおばさんのアメリカ式人生相談」である。その新聞コラムでアビゲイル・ヴァン・ビューレンは、ペットは人が贈る実に最悪のプレゼントです、と意見していた。ペットとそれをもらった人とがうまがあったと仮定しよう。するとまず、その動物に一日のうちに二度餌《えさ》を与え、排泄物《はいせつぶつ》の後始末を（家の内外で）しなければならないわけだが、これがまさに飼い主の行動を束縛することになる。私の記憶にあるかぎりでは、アビゲイルは、ペットの贈与を「押し付けがましさの行使」と呼んでいた。思うに、それは言いすぎだろう。妻は私の四十回目の誕生日に犬をくれたが、マーローは――そのコーギー犬のことだが、いまでは十四歳で片目しかない――以来、我が家のれっきとした一員である。その間の五年、我が家では、パールという名の、いささか頭のいかれたシャム猫も飼っていた。マーローとパールが情報交換――それを彼ら二匹は、互いに相手のご機嫌を伺うような尊敬の念を持って行なっていた――をしているのを眺めていたときのことである。私はまず、ペットが夫婦のうちの名目上のご主人様ではなく、その連れ合いのほうになついてしまう話を考え始めた。それを執筆しているあいだ、実に楽しかった。そして朗読会に呼ばれたときは必ず、その作品を選び、いつも当然のこととみなして、朗読時間を五十分要求している。参加者は笑ってくれる。それがうれしい。自分がこの作品を気に入っている点は、語り口が予期せぬ変換を経て、ユーモアから遠ざかり、悲しみと恐怖に向かうところである。それは話の末尾で起こる。その時点に到達するまでには、読者の防御は下がっていて、話の情緒的な効果はちょいと上がっている。私にしてみれば、その情緒的な効果がすべてである。私が望むのは、話を読んでいるあなたを笑わせたり泣かせたりすること……あるいは、その両方をいっぺんに。言葉を換えれば、あなたの心情がほしいのだ。何かを学びたいのであれば、学校にいけばいい。

私の友人L・Tは、妻が失踪《しっそう》、あるいは、〈斧男《おの》〉によるもうひとりの犠牲者となって亡《な》くなっている可能性については、これまでほとんど語らないが、妻がどのようにして自分の元から去っていったかに関する話をするのは好きである。彼はその話を、目玉をぐるりと引っくり返して、こう言う。「あいつ、おれをコケにしやがったよ、ったく——首尾よく、見事に、そしてりっぱにな！」L・Tは、ときおり、製造工場の裏の積み降ろし用プラットホームのひとつに座っている男たちに話をしてやり、彼らの昼食をつまみながら、自分の手製弁当を食べる——最近では、彼のために弁当を作ってくれる妻のルルベルが家にいないからだ。男たちは、L・Tが話をすると、声をあげて笑う。その話は、常にL・Tのペットに関する御高説で締めくくられる。実際、私もたいてい笑ってしまう。愉快な話なのだ。展開を知っていても。けれど、なかには笑わない奴《やっ》だっている。誰もが笑うわけではない。L・Tの話はこんなぐあいだ。

おれはタイムカードを四時に押した、いつものようにな。それからビールを二、三杯ひっかけに〈デブズデン〉に行った、これまたいつものようにだ。ピンボールをやってから、家に帰った。そこからなんだな、事がいつもどおりってわけにはいかなくなっちまったのは。朝、目が覚めたとき、その晩、ふたたび頭を枕《まくら》に乗っけるまでに自分の人生にどのぐらい変化が起こるかなんて、まったくわかりっこねえよな。「汝《なんじ》、その日もその時間もわからない」って聖書が言ってるぜ。特にこの詩句は、死について言ってるもんだと信じこんでたけど、どんなことにもあてはまるんだぜ、ったくよ。この世のなんでもかんでもにな。いつヴァイオリンの弦がぶっちぎれるかなんて、ぜったいにわかりっこないってことだ。

うちの私道に入ると、ガレージの戸が開けっ放しになっていて、あいつが結婚のとき持ってきた軽のスバルがなくなっているのが見えたけど、すぐには変だとは思わなかった。あいつは、いつもどこかに出かけていたし――ガレージセールとかそんなところだ――ガレージの戸を開けっ放しにしていたからな。おれはよく言ったもんよ、「ルル、そんなに長いあいだ開けっ放しにしておくとよ、しまいには、その恩恵にあずかる奴が出てくるぜ。侵入して、熊手《くまで》とか草炭の袋とか、ひょっとすると動力芝刈り機でさえかっぱらっていっちまうかもよ。大学出たての安息日再臨派で記章をつけて歩くのを誇りとしているようなお堅い奴でさえ、おまえが通り道にこれ見よがしに誘惑をドーンと差し出しておいたら、盗みを働いちまうだろうし、極悪人だって惹《ひ》きつけることになる。奴ら、善良なおれたちよりその手のことには鼻がきくからな」すると、あいつは、いつもこう言うんだ。「ちゃんとする、L・T、心がけるわ。とにかく、ほんとうにそうするわよ、ハニー」で、あいつはちゃんとするわけだ。そして、一般的な罪人よろしく、ときどきまたぞろ後戻りしちまうのさ。

おれは車を脇《わき》に停めた。そうすりゃあ、どこからにしろ、あいつが戻ってきたときには軽のスバルを車庫入れできるからな。だけど、ガレージの戸は閉めておいたよ。それから、勝手口から家の中に入った。郵便受けを調べたけど、何も入っていなかった。郵便はカウンターに置いてあった。てことは、あいつは十一時以降に外出したにちがいない。というのも、奴は少なくとも十一時までは来ないからだ。つまり、郵便配達人がってこと。

で、ルーシーがドアのそばにいて、シャム猫の流儀で鳴いていた——おれはその鳴き声が好きでね、ある意味じゃあ、キュートだと思うんだけど、ルルはいつだって嫌ってた。赤ん坊の泣き声みたいだからかもな。あいつ、赤ん坊に関係のあることはなんだってゴメンだったんだ。「ガキなんかに用はないよ」てなぐあいさ。

ドアのところにいるルーシーもまた、べつに普段と変わりはなかった。その猫、おれのことが大好きだったんだ。あいかわらずそうよ。いまじゃあ、二歳だぜ。おれたちの結婚生活最後の年の初めから飼ってる猫なんよ。閑話休題。ルルが家を出てから一年たったなんて信じらんないぜ、それと、おれたちって、たった三年しか一緒に生活しなかったなんてことも。でも、ルルベルは影響力のあるタイプだったな。スターの資質を持った女だったよ。あいつを見てると、おれが誰のことをきまって思い出すかわかるか？　かつての人気TVコメディ・ドラマ『ルーシー・ショウ』のルシール・ボールよ。いまそのことを思うと、だからおれは猫をルーシーって名づけたんだな。そんときはそんなこと考えたかどうか覚えちゃいないけどよ。いわゆる、無意識の観念連合ってやつだったのかも。彼女が部屋に入ってくる──ルルベルのことだ、猫じゃない──すると、どういうわけか部屋がパッと明るくなる。そういう人間がだ、いなくなっちまっただなんて、ぜんぜん信じられんよ。当然、戻ってきてくれるものと期待しつづけるわな。

まあ、とりあえずは、猫がいる。そいつの名前、最初はルーシーだったけど、ルルベルはそいつの所作がすっごく気にくわなかったもんで、クルクルルーシーって呼ぶようになって、それが定着しちまった。だけどよ、ルーシーはクルクルパーじゃなかった。ただ、愛されたかっただけなんだ。おれが飼ったことのある他のどのペットよりも愛されたかったんよ。おれ、それまでけっこうたくさんのペットを飼ったことがあったんだ。

ともかくよ、おれは家の中に入って、猫を抱き上げると、ちょいと撫《な》でてやった。するとそいつはおれの肩に登って座り、ゴロゴロ喉《のど》を鳴らしながら、シャム猫の流儀でおしゃべりをした。で、おれはカウンターの上の郵便を調べ、請求書をカゴに入れてから、ルーシーになにか食い物をやろうと思って冷蔵庫のところに行った。おれ、いつも食い残しのキャットフードの缶詰をそこに入れておくんだ。ちゃんとアルミホイルをかけてな。残り物にルーシーは興奮し、缶が開けられる音を耳にすると、おれの肩に爪《つめ》を立てた。猫って、利口なんだよな。犬よりも頭がいい。奴らは他の点でもちがう。この世は、大別すると男と女にわかれるんじゃなくって、猫好きと犬好きの人間とで分類されるのかもよ。あんたらスパム缶詰業者の誰かが、そこんところ考えたことあるか？

ルルは、おれが開けたキャットフードの缶詰を冷蔵庫に入れておくもんで、猛烈に文句を言った。アルミホイルをかぶせてあってもだ。そのおかげで、ほかのものが全部古いツナの味がするんだってよ。だけど、おれはゆずらなかったね。ほかのことに関しては、ほとんどあいつの言いなりだったけど、キャットフードの一件は、おれがほんとうに自己主張した数少ないことのひとつだ。実際は、キャットフードとは何の関係もなかったのよ。猫に関する問題だったんだ。あいつはルーシーが好きじゃなかった、それだけのことさ。ルーシーはあいつの猫だったけど、嫌いだったんだ。

とにかく、おれは冷蔵庫のとこに行った。するとメモが目に入った。野菜の形をしたマグネットで貼《は》り付けられてたよ。ルルベルが書いたやつだった。がんばって思い出すと、こんな感じだったな。

「愛しいL・Tへ――私、あなたを置いて出て行きます、ハニー。早く帰宅しなければ、あなたがこのメモを手にとるころには、私は遠くまで行っているでしょう。あなたが早く帰ってくるとは思いません。結婚してからというもの、けっして早く帰ってきたことがないのですから。でも、少なくとも、ドアを開けるとすぐにこのメモを手にするでしょうね。だって、あなたが家に帰ると、まずすることといえば、私のところにきて、〝ハイ、お嬢さん、ただいま〟と言ってキスをしてくれる、のではなくて、冷蔵庫に直行して、前の日にあなたがそこに入れておいた残りくずの缶詰を取り出して、クルクルルーシーに餌をやることだから。ですから、少なくとも、あなたが二階に上がり、エルヴィスの写真がなくなっていて、クローゼットのわたしの服がほとんど消えているのを目にしてショックを受け、婦人服が好みの（服の下にしか興味のない誰かさんとはちがいます）泥棒に入られたと考えずにすむってことだけはわかります。

私、ときどき、あなたにいらついていました、ハニー。それでもまだ、あなたのこと、魅力的で優しくて素敵だと思っています。あなたは、いつでも私のとろけるほど甘いチェリーパイです。私たちの道がどこに向かおうとも。私、確信しました。自分は、ぜったいにスパム缶詰業者の妻になるように作られたのではないと。思い上がっているわけではありません。来る日も来る日も眠れずに（あなたのいびきを聞かされながら、あら、あなたを傷つける気はないのだけれど、自分のいびきを聞いたことある？）、自分の確信と格闘しているとき、〈お悩み相談ホットライン〉に電話までしました。そして、こんなメッセージをもらいました。「壊れたスプーンはフォークになるかもしれない」初めはなんのことやらわからなかったけど、あきらめませんでした。私は、頭がよくありません。ある人たちのようには（あるいは、自分は頭がいいと思っているような人たちのようには）。でも、私は努力家です。最良の粉ひき器はすりつぶすのに時間がかかるけど、出来ぐあいは最高、と私のおかあさんはよく言っていました。それで私は、中華料理店のコショウひき器のように、このわけのわからないメッセージをすりつぶしていきました。あなたがいびきをかいて、まちがいなく、スパム缶詰にどのぐらい豚の鼻を入れられるか夢見ていた夜更《よふ》けに考えていたのです。その結果、ひらめきました。いかにして壊れたスプーンがフォークになりうるかという格言は、見た目にもとっても美しいと。それというのも、フォークには歯があるからです。そして、その歯は分かれているべきものなのです。ちょうど、あなたと私がいま、別れなければならないように。しかし、それらの歯の根元は同じひとつの柄です。私たちもそう。私たちはふたりとも人間ですね、L・T、互いに愛し合ったり尊敬し合ったりできます。私たち、これまでフランクやクルクルーシーのことで喧嘩《けんか》しましたが、それでもなんとかやってきました。ところがいまや、あなたの人生設計ラインとは別の設計ラインに沿った自分の幸運を探し、あなたの歯先とはちがう歯先で人生のおいしいお肉を突っつく時が到来したというわけです。それに、私、おかあさんが恋しいの」

（こうしたすべてのことが、L・Tが冷蔵庫で見つけたメモにほんとうに書かれてあったのかどうか確証はない。認めるが、すべてほんとうだとは思えない。しかし、彼の語りに耳を傾けている男たちは、話のこの箇所で身をよじって笑う――あるいは、腹の皮をよじることになる、少なくとも――というのも、いかにもルルベル本人が言いそうなことだからである。これに関しては、私が証人となる）

「どうか、私のあとを追わないでください、L・T。そして、私は実家にいることになるでしょうし、あなたはそこの電話番号を知っていますが、電話をせずに、私がかけるのを待っていてくれるとありがたいです。そのうちに電話しますが、その間、いろいろ考えることがありますし、それにこれまでのところ順調に事が運んでいるとはいえ、まだ私は、〝霧の中〟から抜け出ていません。おそらく最終的には、あなたに離婚してくれと頼むことになるでしょう。そう言っておくのが公明正大というものだと思います。私は、これまでも偽りの希望を差し出すような人間ではありませんでした。〝真実を告げて、悪魔をいぶし出す〟ことのほうがよいと信じていますから。どうか忘れないでください、私が憎しみや恨みからではなく、愛の名においてしたことを。どうか覚えておいてください、私が言われたメッセージを、そしていま、私はあなたにあらためてそのメッセージを告げます。壊れたスプーンは偽装したフォークかもしれない。愛をこめて、ルルベル・シムズ」

L・Tは、話のその箇所でいったん口を閉じることにしている。ルルベルがふたたび旧姓を名のっている事実を聴衆に熟考させながら、L・T・デウィットの専売特許たる目玉ぐるり反転をしてみせる。そうしてひと呼吸置いてから、ルルベルがメモに付け加えた追伸を聴衆に話してきかせる。

「私はフランクを一緒に連れて行きますから、あなたにはクルクルルーシーを残しておきます。たぶん、これがあなたの望む選択でしょうから。愛してる、ルル」

デウィット夫妻がフォークであったとしたら、クルクルルーシーとフランクは、そのフォークによぶんについているもうふたつの歯だった。もし、フォークのたとえがなかったなら（私に言わせれば、私は常に、結婚はナイフにより似ていると感じている――それも諸刃《もろは》の剣呑《けんのん》な代物《しろもの》に）、クルクルルーシーとフランクの関係は、L・Tとルルベルとの結婚生活の破《は》綻《たん》の全容を要約するたとえとして語ることができるだろう。それというのも、考えてもみてほしい。ようするに、ルルベルはフランクをL・Tのために（最初の結婚記念日に）買い、L・Tはルーシーを――すぐにクルクルルーシーに改名させられるが――ルルベルのために（二回目の結婚記念日に）買い、そして、ルルが結婚生活から抜け出したとき、けっきょく、ふたりは相手に贈ったペットを自分のものとして受け取ったのだから。

「あいつがおれに犬を贈ってくれたのは、おれがテレビのコメディ番組『そりゃないぜ⁉　フレイジャー』を好きだったからだ」L・Tは言う。「テリアの一種だったけど、なんて言うのかいまは思い出せないな。ジャックなんたらだ。ジャック・スプラット？　ジャック・ロビンスン？　ジャック・シット？　舌の先まで出かかっているのに出てこないこの苛立《いらだ》たしい感じ、わかるだろ？」

誰かがこう言う。『そりゃないぜ⁉　フレイジャー』に出ていた犬はジャック・ラッセル・テリアだと。すると、L・Tは思いっきりうなずく。

「そのとおり！」彼は大声を張り上げ、話を続ける。

たしかに！　ピンポーン！　それだぜ、フランクは、そうさ、ジャック・ラッセル・テリアだ。でもよ、冷酷で手厳しい真実ってやつを教えてやろうか？　いまから一時間後には、その名前は、またまたおれの頭からスッポリ抜け落ちちまうのさ——まあ、そいつは脳ミソの中に残ってんだろうけど、岩の下にあるような感じだな。いまから一時間後に、おれはひとりごちる。「あの男、フランクのことをなんて言ったっけ？　ジャック・ハンドドル・テリア？　ジャック・ラビット・テリア？　近いぞ、近いってことはわかるんだけど……」てなぐあいだ。なぜかって？　理由はだな、思うに、おれはそのチビのクソ野郎が大嫌いだからさ。そいつは、吠《ほ》えるネズ公よ。毛むくじゃらのお漏らし機械だ。最初にそいつを見たときから憎たらしかった。そうとも。あの犬がいなくなってせいせいしたぜ。教えてやろうか？　フランクもおれのこと、同じように思ってたんだ。ったくよ、一目惚《ひとめぼ》れじゃなくって、一目嫌いさね。

飼い犬を訓練して自分のスリッパを持ってこさせる奴《やつ》ってけっこういるだろ？　フランクはおれのスリッパなんか持ってこようとしなかったね。かわりに、スリッパの中にゲロしやがった。そうさ。奴が初めて吐いたとき、おれは気づかずに右足をそんなかに突っ込んじまった。特大の塊が入った生温かいタピオカに足を突っ込んでいるような感じだったぜ。犬の姿は見かけなかったけど、おれの推理はこうだ。奴は、おれがやってくるのを目にするまで、寝室のドアの外で待っていて——寝室のドアの外に潜んでいたわけだ——それから室内に入り、おれの右足のスリッパに胃の内容物を吐き出してからベッドの下に隠れて、愉快なひと騒動をじっくり見物していたんだ。といったことを、ゲロがまだ生温かったのを基礎事実として論理的に導きだしたのさ。クソいまいましい犬め。なにが人間の最良の友だ。その一件のあと、奴を動物収容所送りにしてやろうと思った。ところが、ルルのやつ、猛烈に怒りまくったね。おれが台所で犬に配水管洗浄浣腸《かんちょう》を施そうとしている現場をルルに見つかっちまったと思ってくれ。

「フランクを動物収容所に連れて行くなら、私もそこにぶちこみなさいよ」ルルは泣き出しながら言うのさ。「あなたはフランクのことをそんなふうにしか思ってないのよ。そして私のこともね。ハニー、あなたにとって私たちは、始末したい厄介者でしかないんだわ。それが冷酷で手厳しい真実って奴よ」いやはやまったく、そんな感じで、ガンガン言いまくるわけよ。

「奴はおれのスリッパにゲロしやがった」おれは反撃する。

「犬がスリッパに戻したからって、首をはねるってわけね」とルル。「ああ、シュガーパイ、あなたが我慢しさえすればいいのに！」

「おい、おまえ、犬のゲロで満杯のスリッパに裸足《はだし》の足を突っこんでみろよ、どんな気がするかな」そんとき、おれはトサカにきだしていた。

ただし、ルルにかんしゃく玉を破裂させても、けっしていい結果は生まれない。ほとんどの場合、こちらがキングを持ってれば、あちらはエースを持ってたし、こちらがエースを持ってれば、あちらは切り札を持ってた。女ってやつは、エスカレートしていくもんなんだよな。もしなにかが起きて、おれが苛立つと、彼女はおちょくる。もしおれがおちょくると、彼女は怒りだす。おれが怒ると、彼女は緊急防衛態勢の最高警戒状態を発令して、地下ミサイル格納庫をからにしちまう。こちとら、焦土化されたアホな大地が抗議しているようなもんよ。そんなもん、屁《へ》でもないやね。ところが、ほとんど毎回、喧嘩をするたびに、おれはそのことを忘れちまうんだ。

ルルは言う。「あら、あなた。あたしのチェリーパイがちっこいあんよを、ちょびっと戻した胃液に突っこんだだけなのよね」おれはそこで割りこんで、それはちがうぜ、胃液を戻したなんてよだれみたいなもんで、どでかい汚物がまざったりしてるもんじゃないだろうが、と主張しようとするけど、彼女はこちらに口をはさむすきを与えようとしない。そのときには、彼女は追い越し車線に入っていて、ゆうゆうとこちらをやり過ごし、準備万端、気合も入っていて、さあ、授業を始めますよ、てな感じだ。「言わせてもらうけど、ハニー」彼女は続ける。「あなたのスリッパの中のわずかなよだれは、とっても些細《ささい》なことなのよ。そんなことであなたたち男は私を泣かせるんだわ。たまには、女になろうとしてみたら、どうよ？　いつだって最後には男の性の捌《は》け口にされる女の身になってみたら、どうよ？　あるいは、真夜中にトイレに行くと、男どもが便座を上げっぱなしにしておくもんだから、冷たい水の中にまともにケツをおろしてしまう女の身になってみたら、どうよ？　真夜中のささやかなスキンダイヴィングをしてみなさいよ。しかも、トイレはたぶん流してなかったりする。男どもは、夜中の二時に〈小便妖精《ようせい》〉がやってきて、後始末をしてくれると思ってるんだわ。で、ケツの割れ目を小便に浸していると、突然、自分の脚も小便に濡《ぬ》れていることに気づくの。なんのことはない、自分はレモンスクウォートの中でバチャバチャあがいていたってわけ。それというのも、男どもは、自分のことを射撃の名手だと思っているけど、ほとんどがまともに撃てずに狙《ねら》いをはずすから。酔っていようが素面《しらふ》だろうが、まずトイレの床じゅうを掃除しなさいよ。本試合を始めるまえにね。これまでずっと、私はそんなことをしてきたのよ、ハニー——父親、四人の男兄弟たち、ひとりの元夫、そして、いまではあなたには関係ない何人かのルームメイトたちのために——なのに、あなたは可哀《かわい》そうなフランクをガス室に送る準備をしている。それも、たった一度だけ、たまたまあなたのスリッパにちょっとよだれを垂らしただけなのに」

「おれの〝裏地が毛皮〟のスリッパだ」とおれは言い返すが、そんなのはちょっとした嫌味にしか聞こえない。ルルと暮らしていて問題なのは、我ながら立派なことに、常に、いつ自分が打ち負かされるかわかるということだ。負けるとなると、とことん負けちまう。ぜったいに事実だとわかっていたけど、彼女に言わなかったことがひとつある。あの犬はおれのスリッパにわざとゲロしたってことだ。同様に、奴は、おれが仕事にでかけるまえに自分の下着を洗濯物用バスケットに入れておくのを忘れると、わざとそれに小便をひっかけるんだ。ルルだってブラジャーやパンティーをいたるところにとっちらかしておくこともありえるわけだ——まあ、実際にそうなんだけどよ——ところが、おれが部屋の隅っこにちょこっと靴下を置き忘れたりして職場から帰宅すると、その靴下がジャック・シット・テリア野郎のおかげでレモネード色にグショグショになってるのよ。そのことをルルに言えってか？　んなことしたら、あいつはおれのために精神科医に予約をいれるだろうよ。たとえ、おれの言い分が真実だとわかっていたとしても、そうするね。でなければ、おれの言ってることをマジに受け止めなければいけないかもしれないわけで、でも、あいつはそんなこと、まっぴらごめんだったからさ。ようするに、ルルはフランクを愛していたんだ。そして、フランクはルルを愛していた。奴らは、まるでロメオとジュリエット、ロッキーとエイドリアンだったんだ。

おれたち夫婦がテレビを見ていると、フランクはルルの椅子《いす》に寄って来て、彼女の脇《わき》の床に横たわり、鼻面《はなづら》を彼女の靴の上に乗せる。そんなふうにして一晩中だって、情感たっぷりに愛情を込め、ルルを見上げていやがる。しかも、ケツはおれのほうに向け、ちょいとしたガスの恩恵をまるまるおれに味わわせてやるよといった感じだ。ああ、そうとも、やつはルルを愛していたし、彼女はフランクを愛していたんだよ。なんでだろ？　んなこと、だれにわかるよ。だれにだって愛は神秘的なものさ、詩人をのぞいてはな。思うに、正気な奴なら、詩人が愛について綴《つづ》った作品なんて理解できねえよ。それに、多くの詩人自身だって、まあ、めったにないことだろうが、奴らがちゃんと目覚めて、コーヒーの香りを嗅《か》ぐことのできるまっとうな状態にあれば、愛を理解できるわけがない。

けれど、ルルベルは、けっして自分が飼いたくておれにその犬をくれたわけじゃない。よし、そのことを筋道立てて話してやろう。つまり、男が自分の妻にマイアミ旅行をプレゼントするとしたら、そいつがそこに行きたいからだ。あるいは、妻が夫に室内クロスカントリー運動器をプレゼントするとしたら、彼女は夫が腹の脂肪をどうにかすべきだと思っているということだ――でも、これは取引とはちがうけどな。おれたち夫婦は、はなから互いにメチャ惚れ合っていたんだ。おれはルルのことをわかっていたし、ぜったいの自信をもって言うけど、ルルもおれのことを理解していた。ルルがおれに犬を買ってくれたのは、いつもおれが『そりゃないぜ!? フレイジャー』に出てくる犬を見て大笑いしていたからだ。ルルはおれを喜ばせたかった、それだけのことさ。ルルは、フランクが自分に惚れこむことになるとは、あるいは、自分がフランクに惚れこむなんてわからなかったし、犬がおれのことを嫌いになって、おれのスリッパに吐いたり、ベッドのおれの寝る側のカーテンの裾《すそ》をしゃぶったりすることが、やつの一日における至福の時になるとは、よもや思いもしなかったんだ。

L・Tはニヤニヤ笑っている男たちを見わたす。彼自身はニヤついていないものの、そんなもんよ人生は、てなぐあいに目玉をぐるりと回転してみせる。すると、期待どおりに、男たちがふたたび笑い声をあげる。私も笑う。〈斧男《おの》〉のことを知っているにもかかわらず。

「おれはそれまで嫌われたことがなかった」L・Tは話しだす。

人間にも獣にもな。だから、おれはすごくあたふたしちまった。とてつもなく落ち着かない気分にさせられたね。おれはフランクと友だちになろうとした――まずは自分のために、そして、奴をおれにくれたルルのために――けど、うまくいかなかった。奴も友だちになろうとしたのかもしれない、おれと……犬と、んなことだれにわかる？　そうしたとしても、いずれにしろ、奴にはうまくいかなかった。おれは読んで知ってたからな――『アビーおばさんのアメリカ式人生相談』でだと思うけど――ペットはプレゼントとしてはまさに最悪だってな。そのとおりだぜ。つまり、たとえ動物が好きで、動物もこちらのことが好きでも、こんなふうに言って差し出す贈り物のことを考えてみろよ。「ねえ、ダーリン、この素敵なプレゼントをあげるよ、これ、こっちの口で食べてそっちの口から排泄《はいせつ》する機械でさ、十五年間動くんだ、メリー・ファッキング・クリスマス」でも普通は、贈り物をあげたあとに控えているお楽しみのことだけを考えればいいもんだ。言ってること、わかるよな？

おれたちは、互いにベストをつくしたと思う、フランクとおれのことだけど。けっきょく、互いに相手の根性が気にくわなかったわけだけど、おれたちは双方ともにルルベルを愛してた。思うに、それが理由で、おれがテレビでホーム・コメディ『TVキャスター マーフィー・ブラウン』や映画やなにかを見ているあいだ、ルルと一緒に長椅子に座っていると、奴はときおりこっちに向かってうなるのよ。けっして実際に嚙《か》みつくなんてことはなかったけど。それでも、頭にくるよな。神経にさわるってやつだ。目玉のついたチンケな毛玉野郎がおれにうなってるんだぜ。

「ほれ、聞けよ」おれは言う。「おれに向かってうなってるぜ」

ルルは、おれの頭をこづくのとは大ちがいのやりかたで奴の頭をそっと叩《たた》き、これは猫が喉《のど》をごろごろさせるようなものよ、なんてのたまうんだぜ。奴は、家で静かな夕べを過ごしながら、おれたちと一緒にいるのが幸せなんだ。ほんとうのことを言うと、ルルがそばにいないときは、おれは奴の頭をぜったいに撫《な》でようとしなかった。ときおり、餌《えさ》はあげたし、蹴《け》っ飛ばしたりしなかった（何度かそうしたい誘惑にかられたが、おれは嘘《うそ》つきじゃないから、事実とちがうことは言わない）。けれど、ぜったいに撫でようとはしなかった。嚙みつくかもしれないし、そうしたらおれと奴との取っ組み合いが始まることになるもんな。ほとんどおれとフランクは、ひとりの可愛《かわい》い少女と暮らすふたりの男みたいなもんだった。ペントハウス誌の「フォーラム」で言うところの三角関係《メナージュ・ア・トロワ》ってやつだ。おれたちふたりはルルを愛し、ルルはおれたちの両方を愛してる。でも、おれは、時がたつにしたがって天秤《てんびん》が傾いてゆき、ルルはおれよりもフランクのほうを少し多く愛し始めてるということに気づきだした。たぶん、フランクはけっして口ごたえをしないし、ぜったいに彼女のスリッパにはゲロをしないからだ。それに、フランクと一緒だと、便器汚しの問題はぜったいに起こらない。奴は、外で小便をするからな。といっても、部屋の隅やベッドの下に忘れて脱いだままになっているおれのショーツがレモネード色に染まる件は別としての話だけど。

話のこの箇所で、L・Tは、魔法瓶のアイスコーヒーを飲み終えて、片手の指の関節をボキボキと鳴らす。あるいは両手の指の関節を。話の第一幕が終わり、これから第二幕が始まるという、彼流の合図なのである。

で、ある日、土曜日だ、ルルとおれはモールへ出かけた。ただ、ぶらつきにな、みんながしているように。でもって、J・C・ペニーの店のそばのペット・ノーションズまでやってきた。そこのディスプレイ・ウインドウの前に人だかりがしていた。「あら、なにかしら?」とルルが言うので、おれたちは人の群れをかきわけて前に進んだ。

葉の落ちた枝のついたまがいものの木が立っていて、そのまわりを偽物《にせもの》の草――アストロターフ社の人工芝――が取り囲んでいる。そしてシャム猫が六匹、追いかけっこをしながら、木に登ったり、互いに耳を連打したりしている。

「あら、ちゅーごく、かわいいネコたんじゃない!」とルル。「ああ、ちゅーごく、かわいいちっこい子猫たんじゃない! 見て、ハニー、見てよ!」

「見てるよ」とおれ。ちょうどそのとき、おれは考えてたんだ、今度の結婚記念日にはルルになにを贈ろうかなって。まさに、天の助け。なにか特別な贈り物、彼女をほんとうにびっくり仰天させるようなものがいいなって思ってたんだ。というのも、その前の年のあいだ、おれたちにはなにか際立《きわだ》った出来事があまりなかったからさ。おれは、フランクのことを考えたけど、さして心配しなかった。猫と犬はいつだって漫画の中で喧《けん》嘩《か》しているもんだが、現実では、奴らはたいてい仲良くやってる。おれのそれまでの経験ではな。奴らはたいてい人間同士よりうまくやってるんだ。とくに、外が寒い場合は。

話が長くなるから少しばかりはしょることにするが、おれは、その猫を一匹買って、結婚記念日にルルにあげたんだ。ビロードの首輪を付けて、それにちょっとしたカードをはさんでね。「こんにちは、あたし、ルーシーよ！」とカードに書いておいた。「L・Tの愛を運んできたわ！　おめでとう、二回目の結婚記念日！」

その結果、どんなぐあいになったか、察しがついたんじゃないか？　そうさ。くそったれテリア犬フランクの二の舞さ、今度は逆パターンだけどな。最初のうち、おれはフランクと一緒にいてくそまみれの豚のようにハッピーだったけど、ルルベルも最初のうちは、ルーシーと一緒にいてくそまみれの豚のようにハッピーだった。ルルは、子猫を自分の顔の高さに持ち上げて、赤ちゃん言葉で話しかけてたよ。「ああ、子猫たん、うーん、あたちのたいちぇちゅなちっこい子猫たん、とーっても、かわいいでちゅねえ」とかなんとかしゃべくりまくってた……ルーシーがもの悲しい鳴き声をあげて、ルルベルの鼻の先を叩くまでな。それも爪《つめ》を出した状態で。それから子猫のルーシーは逃げて、台所のテーブルの下に隠れちまった。ルルは笑ってすましていたよ。まるで、これまで自分が体験したことのある一番おかしい出来事で、子猫がすることはなんでも〝かわいでちゅね〟って感じでよ。でも、おれにはわかっちまった。ルルがむかついているのが。

ちょうどそのとき、フランクが部屋に入ってきた。奴《やつ》は、おれたち夫婦の二階の寝室で眠っていたんだ——ベッドのルル側の下でな——けれど、ルルが子猫に鼻先を叩かれたときに、ちょいと悲鳴をあげたもんで、なにごとが起きているのか見に降りてきたというわけだ。

奴はすぐさま、テーブルの下のルーシーを見つけると、子猫がそれまでいたリノリウムの床をくんくん嗅ぎながら、彼女に向かって歩いて行った。

「止めて、ハニー、止めてよ、L・T、喧嘩しちゃうわよ」とルルベル。「フランクが子猫を殺しちゃうわ」

「少し、ほっとこう」とおれ。「どうなるか見てようや」

ルーシーは、猫特有の背中を盛り上げるようにして丸める格好をしたけど、一歩もあとには引かないで、フランクが接近してくるのを見守った。ルルは、おれが言ったにもかかわらず（人の話を傾聴するということは、ルルの防衛拠点のひとつではぜんぜんない）、一匹のあいだに割って入ろうとしながら前に進み出たけど、おれが彼女の手首をつかんで引き止めた。できることなら、奴らのあいだのことは、奴らに解決させるのがベストだ。いつだってそうさ。それが早道ってもんだ。

で、フランクはテーブルの端にたどりつくと、鼻先を下に突っ込み、喉の奥のほうから低いうなり声を発し始めた。

「放してよ、L・T。子猫を助けないと」ルルベルは言う。「フランクがうなってる」

「いや、ちがうね」とおれ。「ただ、喉をゴロゴロさせているだけさ。奴がおれに向かっていつもやってるからわかる」

ルルはおれに熱湯のようなまなざしを向けたけど、なにも言わなかった。おれたちの結婚生活の三年間のうちで、おれが最終的な発言をする機会があった。それは、いつもフランクとクルクルルーシーに関することだった。奇妙だけど、ほんとうだぜ。その他の件では、ルルが実にゆうゆうとおれを言い負かしやがった。けれど、ことペットに関することとなると、ルルは再起不能になった新人選手さながらさ。見境なく興奮しちまう。

フランクはテーブルの下にさらにもう少し頭を突っこんだ。すると、ルーシーがルルベルにしたように、フランクの鼻先を叩いた——ただし、フランクを叩いたときは、爪を出していなかった。おれは、フランクがルーシーを攻撃するものと思ったけど、奴はしなかった。ただ、ウーッとかなんとかうなっただけで、敵に背中を向けちまった。こわかったわけじゃない。たぶんこんなことを思ってたんだろうな。「ああ、そうかい、じゃあ、そこはおまえの場所にしな」そして、居間に戻ると、テレビの前で寝そべっちまったよ。

それが奴らの最初で最後の衝突だったね。奴らはうまく棲《す》み分けをした。ちょうど、おれとルルが一緒に暮らした最後の年に、事態がしだいに悪化していった年に棲み分けをしたように。寝室はフランクとルルのもの、台所はおれとルーシーのもの——クリスマスまでには、ルルベルは子猫のことをクルクルルーシーと呼んでいた——そして、居間は中間領域だった。おれたちふたりと二匹は、結婚生活の最後の年、多くの夕べを居間ですごしたものさ。クルクルルーシーはおれの膝《ひざ》の上にあがり、フランクは鼻面《はなづら》をルルの靴の上に乗せ、おれたち夫婦は長椅子に座り、ルルベルは読書をし、おれは『運命の輪』とか『富める者と有名人のライフスタイル』といった番組を見ていた。後者のことを、ルルベルは『富める者とトップレスの生活』と呼んでたけどな。

猫はルルを毛嫌いしていた、最初の日から。フランクは、ときおりそう思えるのだけど、少なくともおれと仲良くしようとしていた。ところが、いつだってしまいには、奴の本性は自分の快楽に向かってしまうので、おれのスニーカーをしゃぶったり、おれの下着に小便をひっかけたりすることになる。でも、ときどき、精一杯努力しているように見受けられたね。おれの手をなめ、愛想笑いを浮かべているような表情をしてみせるんだ。まあ、それもたいていの場合、奴の嚙みつきたいものが乗ってる皿を、おれが持ってるときの話だけどな。

ところが、猫はちがう。猫は、たとえそうすることが自分の利益になるとしても、人にへつらうようなまねはしない。猫は猫っかぶりじゃない。もっと多くの説教者たちが猫のようなら、この国はふたたび宗教的になるのによ。もし猫に気に入られたら、あとは言わずともわかるよな。逆にそうでなければ、これもわかるだろ。クルクルルーシーは、まったくルルが好きじゃなかった。毛筋ほども。そしてクルクルルーシーは、そのことをはなからはっきりさせていた。おれがルーシーの餌の準備をしてると、あいつはおれの足にまとわりついたもんよ。で、餌をスプーンですくい、皿に落としているあいだ、あいつは猫撫で声を出していた。ルルが同じことをすると、ルーシーは台所の端っこ、冷蔵庫の前に座って、彼女を眺めてる。で、ルルがすっかり用意を終えて姿を消すまで、ルーシーは皿に近づこうとしないんだ。これがまたルルの頭にきた。「あの猫、自分をシバの女王だと思ってるのよ」そうルルは言ったもんさ。そのときには、もう赤ちゃん言葉で話しかけるのはあきらめてたよ。ルーシーを抱き上げることもね。そんなことしたら、手首を引っかかれちまう、たいがいね。

さて、おれはフランクのことが好きだというようにふるまい、ルルはルーシーが好きだというふりをした。ところが、ルルはおれよりだいぶ先にそんな欺瞞《ぎまん》はやめちまった。

推測するに、彼女たちのどちらも、つまり猫も女も、猫っかぶりに耐えられなかったんだろうよ。おれは、ルルが家を出たのは、なにもルーシーのせいだけだとは思ってない――ったく、ルーシーが理由じゃないんだよ――けれど、ルーシーがルルベルに最終的な決断をさせる手助けをしたんだとは思ってる。ペットは長生きするもんだ。だから、おれがルーシーを飼ってる一秒一秒が、長い目でみれば、最終的に駱駝《らくだ》の背中をも打ち砕いちまう一本の藁《わら》となるわけだ。誰かそのことを、『アビーおばさんのアメリカ式人生相談』に教えてやれや！

猫のおしゃべりは最悪のものだったんだろうな、とルルに関するかぎりは。あいつはがまんできなかったんだ。ある晩、ルルベルがおれに言ったよ。「あの猫、ミャーミャー悲しげに鳴くのをやめないなら、L・T、百科事典をぶつけるわよ」

「あれ、悲しそうに鳴いてるんじゃなくって」とおれ。「楽しげにおしゃべりしてんだ」

「あらそう」とルル。「なら、その楽しげなおしゃべりをやめてほしいわね」

するとまさにそのとき、ルーシーがおれの膝に飛び上がってきて、ぴたりと口を閉じたんだ。ルーシーはいつだって、ちょっと低くうなるのを別にして、喉の奥でゴロゴロ音を立てていた。文字どおりゴロゴロと喉を鳴らしてたよ。ルーシーが気にいるように耳のあいだをかいてやっていて、たまたまふと顔をあげると、ルルが読みかけの本に、さっと視線を戻す。でも、おれは、彼女の目に正真正銘の憎悪《ぞうお》が宿っているのを見逃さなかったね。おれにではなく、クルクルルーシーに対する憎しみだ。百科事典を投げつけたかって？　二冊の百科事典ではさんで、グシャと圧殺したいって感じだったね。

ときおり、ルルは台所にやってくると、テーブルの上の猫をつかまえて、ピシャリとぶって追い出した。で、おれはルルに一度きいたことがある。おれがフランクに同じことをしてベッドから追い出すのを見たことがあるかってね——奴は、いつもルル側のベッドに横たわっていて、おぞましい白い毛玉を残していきやがるんだ。で、おれがそうたずねると、ルルは薄笑いのようなものを浮かべやがった。まあ、とにかく、歯並びをおれに見せたわけだ。そして、「あんたがそんなことしようものなら、指が二、三本欠けるのが落ちよ」なんてほざいた。

ときどき、ルーシーはほんとうにクルクルルーシーだったよ。猫ってやつは気分屋で、ときたま、躁病《そうびょう》になる。猫を飼ったことのあるやつなら、誰だってそう言うぜ。目が大きくなってギラつき、尻尾《しっぽ》が毛羽立ち、家じゅうを走り回るんだ。ときどき、後足で立ち上がって、前足で宙にパンチを繰り出しながら踊り跳ねる。まるで、人間には見えないけど、奴らには見えてるなにかと闘ってる感じだよな。ある晩、ルーシーはそんな気分になったんだ。一歳ぐらいのときのことだ——おれが帰宅したらルルベルがいなくなってた日の三週間より前ってことはなかったな。

とにかく、ルーシーが台所からすっ飛んできた。床の上を滑走するみたいな感じで走ってきて、フランクの上に飛び乗ると、居間のカーテンにさっと飛び移り、爪を立てて登っていった。跡には、糸が垂れたちっちゃな裂け目が何カ所かできた。当のルーシーは、カーテンのロッドの上に腰をすえて、大きく見開いた青い目で居間を見わたしながら、尻尾の先を前後にパタッパタッと振っていやがった。

フランクはルーシーに向かって少しジャンプしてから、鼻面をルルベルの靴の上に戻しただけだった。ところが、ルルベルは猫に死ぬほどびっくりさせられたんだな。彼女、読書に没頭していたんだよ。で、猫を見上げたルルベルの目には、またもや例の憎悪が浮かんでいるのを、おれは見たってわけさ。

「いいわ」とルルベル。「もう、じゅうぶん。あの青い目のちっちゃな性悪娘にいい家を見つけてあげましょうよ。もし、私たちが生粋のシャム猫にふさわしい家を見つけられないぐらいマヌケなら、彼女を動物収容所へ連れていきましょう。もう、うんざりよ」

「どういうことだ?」おれはルルベルにたずねた。

「あんた、目が見えないの?」ルルベルがききかえした。「あの猫が私のカーテンにしたことを見てよ！　穴だらけ！」

「穴のあいたカーテンを見たいのなら」とおれ。「二階に行って、ベッドのおれの寝る側のやつを見たらいい。裾《すそ》なんてボロボロだぜ。それというのも、奴がしゃぶるからだ」

「それとこれはちがうの」ルルベルは眼光鋭くこちらを見ながら言ったね。「ちがうのよ、知ってるくせに」

聞き捨てならなかった。とんでもない、そのままにしておけるか。「おまえがちがうと思う唯一《ゆいいつ》の理由は、おまえはおれにくれた犬が好きで、おれがおまえにあげた猫は嫌いだからさ」とおれ。「けど、ひとつ言っておいてやるよ、ミセス・デウィット。猫が居間のカーテンに爪を立てたからって、火曜日にそいつを動物収容所に連れて行ったら、請け合うけど、おれは、犬が寝室のカーテンをしゃぶったということで、水曜日にそいつを動物収容所に連れて行ってやる。わかったか？」

ルルベルはこっちを見た。そして泣き出しやがった。手にしていた本をおれに投げつけ、ゲス野郎呼ばわりした。鬼畜だとよ。おれはあいつをつかまえようとした。少なくとも、おれが仲直りしようという気分になるまでぐらいは、その場にとどめておこうとしたんだ——自分の立場を譲歩せずに仲直りできる方法があればだが、そのときのおれには、一歩も譲る気はなかった——が、ルルベルはおれの手から腕を引き抜くと、部屋を飛び出た。フランクがそのあとを追った。やつらは二階に上がると、寝室のドアを勢いよく閉めやがった。

おれはルルベルに三十分かそこら、冷静になる時間を与えてやった。それから二階に行った。寝室のドアは閉まったままだった。それを開けようとすると、フランクの奴がおれの足に寄りかかってきやがった。そのまま歩いてもよかったけど、奴を床に引きずりながら進むのでは動きが緩慢になるし、それにうるさかった。奴はうなっていたんだよ。マジにうなってたんだ。喉《のど》をゴロゴロいわせていたんじゃない。寝室に入ろうものなら、本気でおまえのムスコを嚙《か》み切ってやるぜ、てな感じだった。おれ、その晩は長《なが》椅子《いす》で寝たよ。そんなこと、初めてだったな。

で、ひと月後、とにかく、ルルベルはいなくなっちまったというわけさ。

もしL・Tが話を時間どおりに締めくくれば（ほとんどの場合がそうだったし、何度も実演しているおかげで、そのタイミングのよさは完璧《かんぺき》だ）、アイオワ州アメスのW・S・ヘッパートン精肉加工処理工場での仕事の再開を報《しら》せるベルがピッタシの間合いで鳴る。おかげで、新入りの質問を受け付けている余裕はないというわけだ（古株の連中は知っていた……質問をしなくともよく知っていた）。たとえば、こんな質問だ。L・Tとルルベルは和解したのかどうか、また、いま彼女がどこにいるのか知っているのか、あるいは——常に変わらぬ最も重要な質問だ——ルルベルとフランクはまだ一緒にいるのか、といったぐあいである。仕事再開のベルほど人生において当惑させる質問を打ち切るものはない。

「それでよ」L・Tは、魔法瓶をしまい、立ち上がって伸びをしながら言う。「この一件は、結果的に、自称〈L・T・デウィットのペットに関する御高説〉を生み出したのさ」

男たちは期待して彼を見つめる。ちょうど、私が初めてL・Tのその決定的なフレーズを口にするのを聞いたときのように。しかし、彼らはいつもがっかりすることになる。ちょうどいつも私がそうだったように。よくできた話は、よりよいオチを有していて当然なのだが、L・Tは決めの言葉をぜったいに変えようとしない。

「もし、自分の連れ合いよりも飼ってる犬や猫とうまがあうなら、ある晩、帰宅したら、冷蔵庫のドアに〝愛するジョンへ〟なんてメモがあることを予期しておいたほうがいい」

L・Tはこの話を、私がすでに述べたように、数多く話して聞かせていた。そしてある晩、彼は私の家に夕食に招かれてやって来たとき、私の妻と妻の妹のために、この話をした。義妹のホリーは二年ほど前に離婚していた。妻が彼女を招待したのは、我が家の食卓で男女の人数のバランスをとるためだった。それだけのためだったと、私は確信している。というのも、妻のロズリンは、L・T・デウィットのことがけっして好きではなかったからである。大方の人は、L・Tのことが好きだ。ほとんどの人が彼のことを両手が温かい水を好むように気に入っている。しかし、ロズリンは、そのおおかたの人のひとりであったためしがなかった。彼女は、冷蔵庫のメモやペットについての話も好きではなかった――私は、妻が話のツボでちゃんとクスクス笑うものの、好きではないことはわかっていた。ホリーは……ちぇっ、わからない。私は、女の子の考えていることがわかったためしがない。ほとんどの時間を彼女は、両手を膝の上にそろえ、モナ・リザのように微笑《ほほえ》みながら座っていた。そのときは、私が悪かった。それは認める。L・Tは話をしたくなかったのだが、いわば私が話をするようにそそのかしたのである。それというのも、夕食を囲む食卓があまりにも静かだったからだ。金属製食器やグラスの立てる音しか聞こえなかった。しかも、妻のL・Tに対する嫌悪を感じ取ることができた。それは彼女から波動となって放射されているように思えた。もしもL・Tに、ジャック・ラッセル・テリアが自分のことを嫌っていると感じることができたのだとしたら、おそらく、私の妻が同じように思っていることを感じ取ることができるだろう。どういうわけか、私にはそんなふうに思えた。

というわけで、L・Tは話をした。ほとんど私を喜ばせるために、だと思う。そして、彼はここぞという話の箇所で、目玉をぐるりと引っくり返してみせた。まるでこう言っているかのように。「ったく、あいつ、おれをコケにしやがったよ、首尾よく、そして見事に、だろ？」すると、妻は話のそこかしこでクスクス笑った――そうした含み笑いは、私にはモノポリーのお金のように嘘《うそ》っぽちに聞こえた——そして、ホリーは伏し目がちにして、モナ・リザの微《かす》かな笑みを浮かべた。他の点では夕食はつつがなく進行し、やがて終わると、L・Tはロズリンに〝楽しくて素敵な食事〟（それがどのようなものであろうと）に対する礼を述べ、妻は相手にいつでも来てちょうだい、また夕食の席でお会いしたいわと返事をした。そこで妻は嘘をついているわけだが、世界の歴史において、二つや三つの嘘がない晩餐会《ばんさんかい》などあっただろうか。というわけで、夕食会は首尾よく幕を閉じた。少なくとも、私がL・Tを車で家へ送り届けるまでは。L・Tは、昔流儀の人ならば花々、当世風の人は電気機具を贈る四回目の結婚記念日をあと一週間かそこらに控えて、ルルベルが家を出てからの一年がどんなだったかを語り始めた。それから、ルルベルの母親が——彼女の家にルルベルはまったく姿を見せていなかった——地元の墓地にルルベルの名前の記された墓標を立てようとしていることについて話した。「ミセス・シムズは、あの娘《こ》は亡《な》くなったものとみなすべきだって言うんだぜ」と言ってから、L・Tは泣き叫び始めた。私は、あまりにも衝撃を受け、あやうくハンドルを切りそこねて道路から飛び出しそうになった。

L・Tがあまりに激しく泣くもので、私は衝撃を受けながら、鬱積《うっせき》した悲しみが心臓発作や血管の破裂やなにかを引き起こして彼を殺してしまうかもしれないと恐れ始めた。L・Tは座席で前後に身体《からだ》を揺すり、両方の手のひらでダッシュボードを打ちすえた。

まるで、そこに彼の内なる邪悪な奴《やつ》がいるとでもいうかのように。ようやく、私は路肩に車を寄せ、L・Tの肩をなだめるように叩《たた》き始めた。彼のシャツをとおして皮膚の熱を感じた。焼けるようだった。

「しっかりしろよ、L・T」と私。「もういいよ」

「彼女に会いたいんだ」L・Tの声は涙にくぐもっていたので、私は、なにを言っているのかほとんど理解できなかった。「死にたいほどたまらなく。家に帰ったって、猫しかいない。ミャーミャー鳴いていやがるんだ。で、すぐにおれも泣いちまう。そして、おれは猫と一緒に泣きながら、やつの皿にぐちょぐちょの餌《えさ》を盛ってやるのさ」

L・Tは紅潮し、涙を流している顔をまともにこちらに向けた。それを思い起こすことは、ほとんど耐えられなかったが、私は耐えた。責任があると感じたのだ。早い話が、けっきょくその晩、ルーシーとフランクと冷蔵庫のメモのことをL・Tに語るようにしむけたのは誰だったのか？　マイク・ウォーレスでもダン・ラザーでもなかった。それは確かだ。そこで私は、L・Tを見つめかえした。さすがに彼を抱きしめる勇気はなかった。彼の内なる邪悪な者がどうにかして飛び出てきて、私に襲いかかるかもしれなかったからだ。それでも、私はL・Tの腕を優しく叩き続けた。

「彼女はどこかで生きてる。おれ、そう思ってんだ」L・Tは言った。その声は、まだくぐもって震えていたが、そこにはかわいそうなぐらい弱々しい抵抗精神のようなものがうかがえた。自分の信じていることではなく、できたら信じたいと願っていることを私に告げていた。私は、そう確信している。

「まあね」と私。「そう信じておくんだ。そうしちゃいけないって法はない、そうだろ？　それに死体やなにかが発見されたわけじゃないし」

「おれ、彼女がネバダのちいさなカジノ・ホテルで歌ってると思うのが好きなんだ」とL・T。「ヴェガスやリノじゃない、彼女はそうしたでっかい観光都市のひとつじゃ成功できない。でも、ウィネマッカやイーリイなら、うまくやれると確信してるよ。その手のどこかの土地だ。彼女は、〝歌手募集〟という看板を見て、実家に戻るのをあきらめた。ほんと、ヴェガスやリノじゃぜったいにうまくいかないわよ、ルーはよくそう言ってた。でも、彼女は歌えるんだよ。あんたが彼女の歌を聞いたことがあるかどうか知らないけど、そうなんだよ。最高だとはおもわないけど、いかしてるよ。おれが初めて彼女を見かけたとき、彼女はマリオット・ホテルで歌ってたんだ。オハイオ州コロンバスだったな。いや、ほかの場所だった可能性も……」

L・Tはちゅうちょしてから、もっと低い声で先を続けた。

「ネバダ界隈《かいわい》では、娼婦《しょうふ》は法で認められてる。どの地区でもそうだというわけじゃないけど、ほとんどでそうだ。彼女は、〈グリーン・ランタン・トレイラー〉とか〈マスタング・ランチ〉なんてところで働いてるんだ。女たちの多くは娼婦の気があるけど、ルーもそうした女のひとりだった。彼女がおれのところに来た、あるいは、おれと寝たと言ってるわけじゃない。だから、どうしてそんなことがわかるのかは言えない。でも、わかるんだな。彼女は……うん、彼女は、そうした場所のひとつにいるにちがいない」

L・Tは口を閉じ、遠くを見つめるような目をした。たぶん、ネバダのトレイラー娼婦館の奥の一室のベッドにいるルルベルを、他の部屋からスティーヴ・アールとザ・デュークスが歌う「シックス・デイズ・オン・ザ・ロード」やテレビのゲーム・ショー「ハリウッド・スクエア」の音を耳にしながら、見知らぬカウボーイの固くなった一物をしゃぶっている、ストッキングのほかにはなにも身につけていないルルベルの姿を想像しているのだろう。ルルベルは売春をしているが死んではいない。道路脇《わき》に乗り捨てられていた車——ルルベルが結婚したときに持ってきた軽のスバル——は、なにも意味しない。動物のまなざしは、とても注意深いように思えるが、たいてい深い意味はないものだ。

「そう思いたければ、信じることができるんだ」L・Tは、手首の内側ではれぼったい目をこすりながら言った。

「そのとおりだ」と私。「まちがいないよ、L・T」昼食を食べているあいだL・Tの話をニヤニヤ笑いながら聞いている男たちは、頬は青白く目は真っ赤、そして肌を熱くして震えている、このL・Tのことをどんなふうに思うだろう。

「ちくしょう」とL・T。「おれ、そんなふうに信じてるんだよ」彼はためらってから、もう一度言った。「ほんと信じてるんだ」

帰宅すると、ロズリンは、寝具を胸まで引き上げ、本を片手にベッドに入っていた。ホリーは、私が車でL・Tを家に送っているあいだに、自宅に帰ってしまっていた。ロズリンは機嫌が悪かった。すぐにその理由がわかった。モナ・リザの微笑みの女性が私の友人にすっかり心を惹《ひ》かれてしまったからである。彼にうっとりさせられたのだ、たぶん。そして私の妻は、まったくもって明らかに、そんなことは許しがたいと思っていた。

「あの人、どうして運転免許を失ったの?」妻はたずね、私が答えるより先に言った。「飲酒運転、そうじゃない?」

「飲酒、そうさ。はい《ウィ》」私は自分の側のベッドに腰を降ろし、靴を脱いだ。「でも、半年も前のことだし、それにあと二カ月酒臭くしていなければ、取り戻せる。そうなると思う。あいつ、断酒会に行ってるんだよ」

妻はうなり声をあげた。明らかに、感銘を受けたというわけではない。私はシャツを脱ぐと、その両腋《りょうわき》を嗅《か》いでから、クローゼットに戻して吊《つ》るした。一時間か二時間、ちょうど夕食のあいだしか着ていなかったからだ。

「ねえ、あなた」と妻。「奥さんが失踪《しっそう》したあとで、警察があの人のことをもう少しちゃんと取り調べをしなかったなんて不思議よね」

「警察は彼に何度か尋問したよ」と私。「でも、なにも新しい情報はえられなかった。彼と奥さんの失踪に関連のある質問はなにも浮かばなかったんだよ、ロズ。警察は彼のことをまったく疑っていなかった」

「あら、あなた自信たっぷりね」

「実際問題として、そうだよ。あることを知ってるんだ。ルルベルは、家出をした日、コロラド東部から母親に電話を入れている。そして、もう一度翌日、今度はソルト・レイク・シティから。彼女、そのときは元気だった。いずれもウィークデイのことで、L・Tは工場にいた。ルルベルの車がカリエンテ近くの農道脇に乗り捨てられているのが発見されたときも、彼は工場にいたんだ。まばたきするまに場所から場所へと魔法のように移動できるのでなければ、彼女を殺せないよ。そのうえ、彼にはその気がなかった。ルルベルを愛していたんだから」

妻はうなった。彼女がときおり発する疑念に満ちた憎々しげな声だ。結婚して三十年近くたつが、いまだにそのうなり声は私を腹立たしい気持ちにさせ、うなるのをやめて、糞《くそ》をするか便所から出るかどっちかにしろと怒鳴りたくなる。つまり、言いたいことを言うか黙るか、どっちかにしろということだ。今度は妻に、L・Tがどんなに泣いていたか、どんなに彼の内面では、釘《くぎ》で留めてないものはすべて引き千切られてしまうほどの嵐《あらし》が吹き荒れていたかを語って聞かせようと思ったが、私はそうしなかった。女性は男の涙を信用しないからだ。そんなことはないと言うかもしれないが、心の底では、女性は男性の涙を信用していない。

「きみが自分で警察を呼ぶべきかもしれないよ」と私。「彼らにきみのちょっとした専門的な助言を与えるがいい。警察が見逃している証拠を指摘するんだ。ちょうど、『ジェシカおばさんの事件簿』のアンジェラ・ランズベリーのようにね」

私は揃《そろ》えたままの両脚を勢いよくぐるりと回してベッドに入れた。妻が明かりを消した。私たちは闇《やみ》の中に横たわっていた。妻がふたたび話し出したとき、口調はやさしくなっていた。

「私、あの人が嫌いなの。それだけのことよ。嫌いよ、これまでずっと」

「うん」と私。「言わなくとも察しはついてた」

「それに、あの人のホリーを見つめる目つきが気に入らない」

ということはつまり、私がけっきょく気づいていたように、妻はホリーが彼を見つめる目つきが気にくわなかったということだ。ホリーが自分の皿を見おろしていないときの目つきが。

「あなた、もう彼を夕食に誘わないでね」妻は言った。

私は黙っていた。夜もだいぶ更《ふ》けていた。私は疲れていた。キツイ昼間のあとで、さらにキツイ晩を過ごし、私は疲れていた。自分が疲れていて、妻が苛立《いらだ》っているとき、一番したくないことは妻との口論だ。その手の口論は、結果的に自分が長椅子《ながいす》で一晩過ごすことになる。したがって、その手の口論を打ち切る方法は、だんまりを決めこむことである。結婚生活において、言葉は雨のようなもの。結婚生活の大地は枯渇《こかつ》した河や瞬《また》く間に乾燥してボロボロの土くれとなりうる細流だらけだ。セラピストは会話の効用を信じているが、彼らのほとんどは離婚しているかオカマかのいずれかである。結婚生活における最良の友は沈黙だ。

沈黙。

しばらくして、我が最良の友は妻の側に寝返りをうち、私から離れ、妻が一日に別れを告げて行く場所へと転がっていった。私は、いま少し横たわったまま目を覚ましていて、カリエンテからさほど遠くないネバダ砂漠の農道脇に、かつては白だったと思われる埃《ほこり》まみれのちいさな車が溝に頭から突っこんで停まっているところを思い描いていた。運転席側のドアは開けっぱなしになっていて、ルームミラーがはずれて床に転がっている。フロントシートは血でぐっしょりと濡《ぬ》れ、獲物を探しに、おそらく試食しにやってきた動物の足跡がついている。

男――当局は犯人を男と想定していたが、たいていいつもそうだからだ――は、この世のそのあたり一帯で五人の女性を虐殺《ぎゃくさつ》していた。三年間で五人。ほぼ、L・Tがルルベルと一緒に暮らしていた期間だ。犠牲者の女性のうち四人は土地の者ではなく、旅行者とか移動労働者だった。男は、どうにかして彼女たちの車を止め、引きずり出すと、強姦《ごうかん》して、斧《おの》でバラバラにし、後始末はコンドルやカラスやイタチにまかせた。五番目の犠牲者は、かなり年のいった農場の女房だった。警察は、この殺人鬼を〈斧男〉と呼んでいる。私がこれを書いている時点では、〈斧男〉は逮捕されていない。また、新たな殺人も犯していない。もしも、シンシア・ルルベル・シムズ・デウィットが〈斧男〉の六番目の犠牲者ならば、彼女で犯行は打ち止めだったといえる。少なくともこれまでのところは。しかしながら、ルルベルを六番目の犠牲者だとするには、いぜんとしてある疑問が残る。その問いは、まだ希望を捨てていないL・Tの心のほとんどを占めるほどではないにしても、片隅に引っかかっている。

シートの血痕《けっこん》は人間のものではなかったのだ。そう判断を下すのに、ネバダ州科学捜査部は五時間とかからなかった。ルルベルのスバルを発見した農場の雇い人は、半マイル先で鳥の群れが空で弧を描いて舞っているのを見た。そこで男はそこに行ってみると、女性のバラバラ死体ではなく、バラバラにされた犬の死骸《しがい》を発見した。骨と歯以外はほとんど残っていなかった。捕食者や清掃動物たちが幸運な一日を過ごしたというわけだ。そもそもジャック・ラッセル・テリアにはさほど肉がついていない。〈斧男〉がフランクを殺《や》ったことは明白だ。となると、ルルベルも同じ運命を歩んだ可能性はある。しかし、確証はない。

おそらく、思うに、彼女は生きている。イーリイの監獄で「幸せの黄色いリボン」を、あるいは「テイク・ア・メッセージ・トゥ・マイクル」をホーソーンのローズ・オヴ・サンタ・フェで歌っているのだろう。三人のコンボをバックにして。赤いヴェストに黒のストリングタイをした若作りの年老いたバンドのメンバーたちを従えて。あるいは、オースティンやウエンドーヴァーでトラック野郎カウボーイたちにおしゃぶりをしてやっているのかもしれない――オランダのチューリップの写っているカレンダーの下で、乳房が正座した太腿《ふともも》に押しつぶされそうになるぐらい前かがみになった格好で。両手にとっかえひっかえしまりのない尻《しり》をつかみ、自分の勤務時間が終わったら、今夜のテレビはなにを見ようかなと考えながら。たぶん、彼女は車を道路脇に寄せて、そこから歩いていったのだろう。普通に人がよくするように。私も覚えがあるし、おそらく、あなただってしたことがあるだろう。ときどき人は、ただチクショウと言って、立ち去ることがある。たぶん、彼女はフランクを残して歩き去ったのだ。誰かが通りかかって、フランクを可愛《かわい》がって飼ってくれるだろうと思いながら。ただ、その通りがかった誰かが、たまたま〈斧男〉で……。

いや、ちがう。私はルルベルに会ったことがある。彼女が犬を荒野に置き去りにして、日に焼かれたり飢えにさいなまれたりして死ぬような目にあわせるとは、私はどうしても思えない。とりわけ、自分の溺愛《できあい》していた犬を捨て去るわけがない。そう、L・Tは、その一件に関しては、少しも誇張していなかった。私は、ルルベルとフランクが一緒にいるところを目撃したことがある。だから、わかるのだ。

ルルベルは、いまだにどこかで生きているかもしれない。建前上は、少なくとも、L・Tの信念は正しい。しかし私は、ドアが開けっぱなしでルームミラーが床に落ちている車と犬の死骸があるのに、カラスが犬と彼女を運び去ったなんてシナリオは考えられないし、カリエンテ近くのどこかで、ルルベルは歌うか針仕事をするかトラックの運転手たちにおしゃぶりをするかして、安全に人知れず元気でいるといったシナリオも考えられない。だからといって、そのようなシナリオはぜったいにありえないというわけではない。私がL・Tに言ったように、警察は彼女の死体を発見したのではなく、単に彼女の車を、そしてその車から少し離れた場所に犬の残骸を見つけたのである。ルルベル自身はどこかにいるかもしれないのだ。あとの判断は読者にまかせよう。

私は眠れず、喉《のど》の渇きを覚えた。ベッドを出て、バスルームに行き、洗面台に置いてあるコップから歯ブラシを取り除いた。そして、コップに水を満たした。閉じた便座に腰をおろして水を飲みながら、シャム猫のたてる音色、気味の悪い鳴き声のことを考えた。シャム猫を愛しているのなら、その鳴き声はすてきに聞こえるにちがいない。しみじみと胸に染《し》み入る音色として聞こえるにちがいない。

道路ウイルスは
北にむかう

The Road Virus Heads North

白石朗訳

この作品に登場する絵を、わたしはじっさいに所有している。いやはや、おっかない話もあったものだ。もとは妻が見つけ、わたしなら気にいるだろうと（気にいらないにしても、なんらかの反応は見せるだろうと）思って、わたしにくれたのだが……はて、誕生日のプレゼントだったか？　それともクリスマス・プレゼント？　思い出せない。しかしはっきりと思い出せるのは、この絵が子どもたちから総すかんを食ったことだ。わたしが仕事部屋に絵を飾ると、子どもたちは口をそろえて、部屋を歩くと絵の人物がその動きを目で追いかけてくる、といいはった（息子のオーウェンはずっと小さいころ、ジム・モリソンの写真にもおなじような恐怖を感じていた）。わたしはといえば、もとから変化する絵をテーマにした小説が好きだし、好きが高じてわが絵にまつわるこの作品を書きあげることになった。実在する絵をもとにして小説を書いたことは、記憶ではほかに一回あるだけだ。「メイプル・ストリートの家」という作品で、これはクリス・ヴァン・オールズバーグが描いた白黒のスケッチに触発されて書いた。短篇集『ナイトメアズ＆ドリームスケープス』（訳注　邦訳は『いかしたバンドのいる街で』『ヘッド・ダウン』の二分冊）に収録されている。また、変化する絵をテーマにして、長篇も一冊書いた。題名を『ローズ・マダー』といい、わたしの長篇のなかでは一、二を争ういい本だろう（この作品も映画になってはいない）。ちなみにこの長篇では、道路ウイルスはノーマンと名を変えている。

ローズウッドの街のガレージセールで最初にその絵を見たとき、リチャード・キンネルが恐怖を感じることはなかった。

その絵に魅いられ、特別な意味をもつかもしれない品物を見つけた人間ならではの幸運を感じはしたが……恐怖？　そんなことはなかった。そのときの自分の感情が、たとえるなら、ある種の違法薬物にめぐりあった若者の気持ちに一脈通じるものだったと気づいたのは、もっとあとになってからだった（自身が茫然《ぼうぜん》とするほどの成功をおさめた小説でなら、キンネルは〝気づいたときには手おくれになっていた〟とでも書いたかもしれない）。

それまでキンネルは、国際ペンクラブのニューイングランド支部大会に出席していた。大会のテーマは〈名声の危険性〉。ペンクラブがこういったテーマを思いつくというのも、わからない話ではなかった――それどころか、心なごむものさえ感じた。会場までは飛行機で行かず、デリーから四百キロ以上の道のりを車で行った。執筆中の作品のプロットが煮つまっており、その行きづまりを打破するために静かな時間が欲しかったからだ。

大会では、パネルディスカッションに出席した。その席ではもっと知恵があってしかるべき人々から、どこでアイデアを得るのか、自分の作品を怖いと思ったことがあるか、などという質問をうけた。そのあと大会のおこなわれた街をトビン橋経由であとにすると、州道一号線にはいった。問題解決の道をさがしているときには、決してターンパイクを利用しない。ターンパイクに車を走らせていると、目覚めたまま夢も見ないで眠っているような状態に誘いこまれてしまう。心が安らぎはするものの、創作の面ではほとんど得るところはない。しかし、海岸ぞいの一般道路をすこし進んではとまりながら車を走らせることは、真珠貝にはいりこんだ砂粒のような作用をもたらしてくれる——精神の働きをそれなりにうながしてくれるばかりか……ときには真珠さえ生みだしてくれるのだ。

ただし、書評家連中はそんな言葉をつかうまい——キンネルはそう思った。昨年のエスクァイア誌で、ブラッドリー・サイモンズはリチャードの長篇『悪夢の街』を書評でとりあげ、その冒頭にこう書いた——「殺人鬼ジェフリー・ダーマーの包丁さばきを思わせるペンさばきで有名なリチャード・キンネルには、大量の嘔吐《おうと》をくりかえす発作という持病がある。そのキンネルは、みずからの最新の反吐《へど》の塊に『悪夢の街』という題名を冠した」

州道一号線にそって車を走らせたキンネルは、リヴィアやモールデン、エヴェレットという街を通過して、ニューベリーポートにたどりついた。ニューベリーポートの先、マサチューセッツとニューハンプシャーの州境からわずかに南下したところに、ローズウッドというこぢんまりした街があった。街の中心部から一キロ半も進んだころだろうか、二階建てのケープコッドコテージの前の芝生に、見るからに安っぽい品物がたくさんならんでいる光景が目に飛びこんできた。アボカド色の電気ストーブに、《ガレージセール》という文字が書かれた看板が立てかけてある。道路の左右には何台もの車が路上駐車していて車の流れが阻害され、ガレージセールがもつ神秘の魅力とは無縁の旅行者たちが、狭くなった道路を文句をいいながら苦労しいしい通りぬけていた。キンネルはガレージセールが好きだったし、なかでもたまに見かける古本の箱が大のお気にいりでもあった。キンネルは渋滞部分を通りぬけると、メイン州やニューハンプシャー州の方向をむいている車の列の先頭にアウディをとめ、歩いて引きかえした。

青と灰色に塗りわけられたケープコッドコテージ前の、たくさんの品物がならんだ芝生を、十人ほどの人々が歩きまわっていた。コンクリートの遊歩道の左に、大型テレビがおいてあった。四本の脚の下には、それぞれ紙製の灰皿が敷いてある。これは純粋に、芝生を傷《いた》めないための配慮だった。テレビの上には《言い値をどうぞ——びっくりすること請けあい》と書いた札がおいてあった。テレビ背面から出ている電源コードが延長コードにつながれて、正面玄関から家のなかにまで通じていた。テレビの横、あざやかな色あいのフラップに《チンザノ》という文字がはいったパラソルの日陰にローンチェアがおいてあり、そこに太った女性がすわっていた。女性の横には小さなカードテーブルがあって、テーブルの上には葉巻の箱とメモ用紙の束のほか、ここにも手書きの札がおいてあった。札には《現金取引のみ。返品お断わり》とある。テレビには電源がはいっており、午後のソープオペラが流れていた。画面では若く美しい男女が、これからセーフセックスなどどこ吹く風といった熱烈な行為をおこなおうとしているところだった。太った女はキンネルを一瞥《いちべつ》すると、すぐ視線を画面にもどした。しばし画面を見ていたあと、女はまたキンネルに視線をむけた。今回女は、いくらか口を尖《とが》らせていた。

《ほう》キンネルは、どこかにあるはずのペーパーバックが詰まった酒の段ボール箱を目でさがしながら思った。《わが愛読者か》

ペーパーバックの箱は見あたらなかったものの、一枚の絵が目に飛びこんできた。絵はアイロン台に立てかけてあり、左右から洗濯物用のバスケットで固定されていた。絵を見たとたん、息がとまった。即座に欲しい気持ちがこみあげてきた。

キンネルは自分でもいささか演技過剰に思えるほどのさりげない足どりで近づくと、絵の前で地面に片膝《かたひざ》をついてすわりこんだ。絵は水彩画で、すばらしいテクニックが発揮されていた。キンネルにとって、そんなことはどうでもよかった——テクニックには興味がなかったからだ（キンネルの作品をとりあげる批評家が指摘している事実ではある）。キンネルが芸術作品にもとめているのは内容であり、心を騒がせる内容であればあるほどよかった。その意味で、この絵は高得点を獲得していた。キンネルはこまごました品物がどっさり詰めこまれたふたつの洗濯物用バスケットのあいだにひざまずき、絵の上にかぶせてあるガラスに指先を走らせた。ついで、周囲にすばやく目を走らせる。おなじような絵がないかと思ったのだ。一枚もなかった。あったのは、どこのガレージセールでもお目にかかるような伝承童謡の女の子を描いた絵や、祈りを捧《ささ》げている人の絵、ギャンブルに興じている犬の絵などばかりだった。

もういちど水彩画に視線をもどしたときには、キンネルは早くもスーツケースをアウディのトランクから後部座席に移そうと考えていた。そうすればこの絵を、トランクにすんなりおさめることができるはずだ。

絵に描かれていたのは、若い男が運転するいかついスポーツカー――グランダムかGTXか、とにかくTトップのある車種だった――が夕暮れのトビン橋をわたっていく光景だった。Tトップがはずされているため、黒い車は中途半端《はんぱ》なコンバーティブルに見えた。若い男は左腕を窓から外に突きだし、右の手首をけだるげにハンドルにもたせかけていた。背後に広がる大空は、黄色と灰色が混じりあった痣《あざ》めいた色の塊で、ピンク色の筋がそのなかにいくつも走っていた。若い男のまっすぐなブロンドの髪の毛は、狭いひたいにかかっている。男はにたりと笑っており、上下にわかれた唇のあいだに歯がのぞいていた——いや、歯ではない。牙《きば》としかいえないものだ。《あるいは、この男が自分で鋭く研ぎあげたのかもしれない》キンネルは思った。《いや、この男は人食いになろうとしているのかも》

キンネルはこれが気にいった。人食い男が夕暮れのトビン橋をわたっている、それもグランダムを走らせてわたっているというアイデアが気にいったのだ。ペンクラブ支部大会のパネルディスカッションの観客たちが、いまの自分を見たらどう思うかも想像がついた——《ああ、たしかにリチャード・キンネルにはもってこいの絵だ。小説のアイデアづくりに活用するんだろう。老いぼれて力をなくしたはらわたをこの絵という羽毛でくすぐって刺戟《しげき》をあたえ、あと一回くらい噴水嘔吐の発作を起こそうとしているのさ》——しかし、あの手の連中の大多数は、ほかはいざ知らずキンネルの作品については、無知蒙昧《もうまい》としかいいようがない。なお始末に負えないことに、連中は自分たちの無知さを後生大事にかわいがり、甘やかし放題に甘やかしている。客と見ればきゃんきゃん吠《ほ》えかかり、新聞配達の少年の足首に嚙《か》みつきさえするような、性格の歪《ゆが》んだ馬鹿《ばか》な子犬をやみくもにかわいがり、甘やかしている飼い主たちとそっくりだ。キンネルがこの絵に引き寄せられたのは、ホラー作家だからではない。キンネルがホラーを書いているのは、この絵のようなものに引きつけられる心根をもっているからだ。ファンからは、よくあれこれの品物が送られてくる。大半は絵で、そのほとんどをキンネルは捨てていた。つまらない、ありふれた絵ばかりだったからだ。けれどもオマハ在住のファンが送ってきた陶製の彫像——怯《おび》えた猿が悲鳴をあげながら冷蔵庫から顔を突きだしているというもの——だけは、手もとに残していた。かけはなれた二要素がぶつかりあうおもしろさが、琴線にふれたのである。この絵にもおなじような特質が感じられたが、こちらのほうがいい。比較にならないほどすぐれている。

いますぐこの絵を手にしたい、一秒でも早くわきの下にかかえこんで、自分の購入意思を表明したい気持ちに駆られながら、キンネルが絵にむかって手を伸ばしたその瞬間、背後から声がきこえた。「あんた、リチャード・キンネルでしょう？」

キンネルは飛びあがり、うしろにむきなおった。例の太った女がすぐ背後に立っており、その巨体で周囲の景色のほとんどすべてを塗りつぶしていた。ここに近づいてくる前に口紅を塗りなおしていたせいで、女の唇は血まみれの笑みを形づくっていた。

「ええ、そうですよ」キンネルはほほえみかえした。

女は絵に視線を落とすと、「あんたなら、まっすぐこの絵に近づくと思ったわ」と、つくり笑いをしながらいった。「だって、あんたの本そのものだもの！」

「ええ、そうですね」キンネルはそういって、とっておきの〝有名人の笑み〟を見せた。

「この絵にはいくらの値段がついてるんです？」

「四十五ドル」女は答えた。「あんただから正直に話すけど、最初は七十ドルという値段をつけたの。でも買い手がひとりもつかなかったから、値引きしたのよ。あしたもういちど来てくれれば、三十ドルで買えるかもしれないわ」

つくり笑いは、恐るべき大きさにまで成長していた。いまやキンネルには、女の引き伸ばされた唇の両端のくぼみに溜《た》まっている、灰色の唾《つば》の蕾《つぼみ》までが見えていた。

「そんな賭《か》けはしたくないな」キンネルはいった。「いますぐ小切手を書きましょう」

つくり笑いは、さらに成長をつづけていた。そのせいで女は、ジョン・ウォーターズの映画に出てくるグロテスクなパロディのように見えていた。シャーリー・テンプルを演じているディヴァインといったところか。

「ほんとは小切手での支払いをうけつけてないんだけど、かまわないわ」そういった女の口調は、ボーイフレンドとのセックスにようやく同意してみせる十代の少女そのままだった。「ただね、ペンを出したついででいいから、うちの娘にあててサインを書いてもらえない？　ロビンというんだけど」

「美しい名前ですね」キンネルは条件反射的に答えた。それから絵を手にもつと、太った女のあとについてカードテーブルまで引きかえした。テーブルの横のテレビでは、情欲に燃える若いカップルが一時的に姿を消し、代わってふすまのようなシリアルをむさぼっている中年女が映っていた。

「ロビンは、あんたの本を残らず読んでるのよ」太った女はいった。「いったいあんたは、どこであんな突拍子もないアイデアを思いつくの?」

「わかりません」キンネルはいちだんとにこやかな笑顔を見せた。「アイデアのほうが、わたしのところに舞いおりてくるんです。驚くべきことだとは思いませんか?」

ガレージセールを切りまわしているこの女はジュディ・ディメントという名前で、隣家の住人だった。この絵の作者を知っているかとキンネルがたずねると、女はもちろん知っている、と答えた。絵を描いたのはボビー・ヘイスティングズであり、ボビー・ヘイスティングズこそいま自分がこうしてヘイスティングズ家の家財を売っている理由だ、というのだ。

「あの子が焼かなかったのは、その一枚だけなの」ジュディはいった。「かわいそうなのはアイリスよ! あの人のことは、ほんとうにかわいそうだと思うわ。ジョージは気にもかけていないと思うけど。わたしにはわかってる——ジョージには、なんでアイリスが家財を売りはらいたがっているかがわかってないのよ」そういってジュディは汗ばんだ大きな顔のなかで、ぎょろりと目玉をまわしてみせた。昔ながらの〝そんなこと信じられる?〟という表情だった。キンネルが破りとった小切手をうけとると、女はこれまでに売った品物や得た代金が書きつけてあるメモ帳をわたしてよこした。「ロビンあてだとわかるように書いてね。お願いだから、ちょっとばかりやさしい言葉のひとつも書いてくれない?」

つくり笑いがよみがえってきた——死を願っていた昔の知人のように。

「ええ、まあ」キンネルはそう答え、ファンへのお決まりの感謝の言葉を書きつけていった。サインをするようになって二十五年、いまでは手もとをまったく見ないでも文章がすらすらと書けるまでになっていた。「この絵とヘイスティングズさん一家の話を教えてもらえますか?」

ジュディ・ディメントは、お気にいりの逸話を披露しようとする女の姿そのままに、肉づきのいい両手を組みあわせた。

「今年の春、ボビーは二十三の若さで自殺したのよ。信じられる? たしかにあの子は〝悩める天才〟といった感じの若者だったけど、でもあの家で暮らしてたんだもの」そういってジュディはまたもや目玉をまわし、〝信じられる?〟とキンネルに問いかけてきた。「ボビーは七十枚、いや八十枚もの絵を描いたの。おまけにスケッチブックにもたくさん。絵はぜんぶ地下室にあったわ」そういってあごでケープコッドコテージをさし示し、夕暮れのトビン橋を車でわたっていく魔物めいた若者を描いた絵に視線を落とす。「アイリス——っていうのは、ボビーの母親だけど——がいうには、絵のほとんどは、これよりもっとずっとひどいものだったらしいの。恐ろしさに髪の毛が逆立つような絵だったんですって」

ジュディは声をささやきにまで低めると、ひとりの女の客をちらりとながめやった。女はヘイスティングズ家の半端な銀器のコレクションや、映画《ミクロキッズ》をテーマにした〈マクドナルド〉のプラスティック製コップの充実したコレクションを見ていた。

「絵のほとんどが、セックスがらみだったのよ」

「それはまた……」キンネルはいった。

「最悪だったのは、ドラッグ中毒になってから描いた絵ね」ジュディ・ディメントはつづけた。

「ボビーが死んだあとになって——あの子は、いつも絵を描くのにつかってた地下室で首を吊《つ》ったんだけど——クラックを売るのにつかってる小さなガラス壜《びん》が百個も見つかったわ。まったく、ドラッグは怖いと思わない？」

「ええ、たしかに」

「ともかく、ボビーは藁《わら》にでもロープにでもすがりたいところにまで追いつめられたのね——洒落《しゃれ》をいってるつもりはないんだけど。で、あの子はスケッチや絵をぜんぶ——といってもこの一枚だけは残して——裏庭に運びだして、焼き捨てた。それから地下室にもどって、首を吊ったの。シャツの背中に遺書がピンでとめてあってね。こう書いてあったの——『わが身に起こっていることに耐えられなくなった』って。恐ろしい話だと思わない？　ねえ、こんな恐ろしい話って、きいたこともないでしょう？」

「ええ」キンネルは充分に誠実な口調でいった。「たしかにそのとおりです」

「さっきもいったけど、ジョージの好きにさせていたら、あの人はそのままこの家に住みつづけてたでしょうね」ジュディ・ディメントはそういってロビンあてのサインが書かれた紙を手にとると、キンネルの小切手の横にならべて、しきりにかぶりをふった――ふたつのサインが似ていることが感に堪えないとでもいうのだろうか。「でも、男ってそうじゃないのよ」

「そうじゃないというのは？」

「女にくらべて感受性が鈍いのね。死ぬすこし前のボビー・ヘイスティングズときたら、骨と皮ばっかりに痩《や》せこけてて、いつも汚いなりをしてた――ぷんとにおうくらいにね。家にいるときも出かけるときも、ずっとおんなじTシャツを着てたし。レッド・ツェッペリンの絵がはいってるTシャツよ。目は充血して赤かったし、頬っぺたにはひげともいえないような無精ひげがもじゃもじゃになってて、おまけに十代に逆もどりしたみたいに、にきびだらけになってた。でもね、アイリスはあの子を愛してたの。いうでしょう、母親の愛はすべてを見すかしてしまう、って」

　先ほどまで銀器やコップを見ていた女性が、《スター・ウォーズ》のプレースマットのセットをもってやってきた。ジュディは代金として五ドルをうけとると、その売上をメモ帳の《鍋《なべ》つかみと鍋敷の一ダース・セット》という文字の下に丁寧に書きこみ、またキンネルに顔をむけた。

「ふたりはアリゾナに引っ越していったのよ。アイリスの親戚《しんせき》をたよってね。ジョージはフラグスタッフの街で仕事をさがしてるって話をきいたけど――製図工なのよ――仕事が見つかったかどうかは知らない。もし働き口が見つかったのなら、あの人の姿をローズウッドで見ることは金輪際ないでしょうね。で、あの人は――アイリスは、わたしに売ってほしい品物すべてに印をつけていって、売上金の二割はわたしの手数料にしていいっていったの。残りのお金を小切手で送ってくれって。でも、たいした額にはなりそうもないわ」といって、ため息をつく。

「この絵は傑作ですね」キンネルはいった。

「ええ。ほかの絵をボビーが焼いてしまったのが残念。ここにあるほかの絵は、ガレージセール定番のクソみたいな絵ばっかりだから――汚い言葉でごめんなさい。あら、それはなに？」

キンネルは絵を裏返しにしていた。絵の裏に、かなり長いダイモテープが貼《は》りつけてあった。「絵の題名のようですね」

「なんて書いてあるの？」

キンネルは絵の左右をつかむと、ジュディにも文字が読めるようにしてかかげた。そのせいで、絵がちょうどキンネルの目の高さになった。キンネルは食いいるように絵を見つめ、不気味というほかはない絵の主題にあらためて引きこまれた。スポーツカーを走らせる若者。いかにもわけ知りで恐ろしげな笑みをたたえる若者。その笑みがあらわにしているのは、鑢《やすり》をかけて先端を尖《とが》らせた、さらに恐ろしげな歯……。

《ぴったりだ》キンネルは思った。《この絵にぴったりの題名があるとすれば、これ以外にはない》

「〈道路ウイルスは北にむかう〉」ジュディは読みあげた。「うちの息子たちが絵を運びだしてきたときには、こんなのにまったく気がつかなかった。これ、ほんとに題名だと思う？」

「まちがいないですよ」キンネルは、ブロンドの若者の笑みから目が離せなかった。《おれは知ってるんだ》その笑みはそう語りかけてきた。《あんたが一生かかっても知りえないことを、おれは知ってるんだぞ》

「とにかく、これを描いた人間はドラッグにやられてたってことを忘れちゃいけないみたいね」ジュディの口調には動揺がのぞいていた。本心から動揺しているんだ――キンネルは思った。「こんな絵を描くんじゃ、自殺して、母親に胸が張り裂けるような思いをさせたのも当然だわ」

「さて、わたしも北にむかわなくては」キンネルはそういって、絵をわきの下にはさみこんだ。「いろいろとありがとう――」

「ミスター・キンネル？」

「なんでしょう？」

「運転免許証を見せてもらえます？」ジュディが自分の要求を皮肉っぽいものだとは思っておらず、ユーモラスなものだとさえ思っていないことは明らかだった。「あなたの小切手の裏面に、免許証の番号を控えておかなくちゃいけないから」

キンネルは絵を地面におき、ポケットに手を入れて財布をさぐった。「ああ、いいですとも」

先ほど《スター・ウォーズ》のプレースマットを買った女が自分の車に引きかえす途中で足をとめ、芝生の上のテレビで放映されているソープオペラに見いっていた。女はキンネルが向こう脛《ずね》に立てかけた絵にちらりと目をむけた。

「まあ」女はいった。「そんな気味のわるい古い絵をだれが欲しがるのかしら？　これからは家の明かりを消すたびに、その絵のことを思い出しそう」

「なにかこの絵に不都合でも？」キンネルはたずねた。

メイン州とニューハンプシャー州の州境から南に十キロほどの場所にあるウエルズには、キンネルの叔母のトルーディが暮らしていた。キンネルはまばゆい緑色に塗られたウェルズの給水塔(いちばん上には《緑を守ってメインに金を》というユーモラスな標語が大書されている)をぐるりとまわるインターチェンジを出て、その五分後には叔母の住むこぢんまりした塩入れ型家屋のドライブウェイに車を乗り入れていた。ここの庭では、紙製の灰皿に脚を載せたテレビが芝生に沈みこんでいるようなことはなく、叔母が丹精こめた花が咲き乱れているだけだった。小便がしたかったが、この家でトイレを借りられるのに、わざわざ道路ぎわの公衆トイレをつかいたくはなかった。それだけではなく、親族一同の最新のゴシップを仕入れたいという事情もあった。その分野でトルーディ叔母のあつかう商品は一級だった——いってみれば叔母は、デリカテッセン業界における〈ゼイバーズ〉の地位にいるのだ。もちろん、新たに購入した品を叔母に見せたい気持ちもあった。

玄関先に迎えに出てきたトルーディはキンネルを抱きしめると、トレードマークのようになっている軽い小鳥のようなキスを顔一面に浴びせかけてきた。子どものころはこのキスをされると、全身がふるえたものだ。

「叔母さんに見てほしいものがあって」キンネルはいった。「きっと、パンティストッキングが吹き飛んじゃいますよ」

「まあ、魅力的なお話だこと」トルーディ叔母は両の肘《ひじ》を手でささえるように腕を組み、愉快そうな顔でキンネルを見つめた。

キンネルは車のトランクをあけて、買ったばかりの絵をとりだした。たしかに絵は叔母にも効果を発揮したが、キンネルの期待した効果ではなかった。一瞬にしてその顔が色をうしなったのだ――それは、キンネルが生まれてこのかたはじめて見る光景だった。「まあ、恐ろしい」トルーディはのどを絞めつけられたような、無理やり低く抑えているかのような声でいった。「二度と見たくないわ。あんたがなんでこんなものに引きつけられたかはわからないではないけれどね、リッチー、あんたが遊び半分の気持ちでも、これは空想の世界にはおさまらないものよ。いい子だから、トランクにしまっておくれ。ソーコ川まで行ったら緊急避難路に車を乗り入れて、橋からその絵を川に投げ捨てること

とね」

キンネルは茫然《ぼうぜん》として叔母を見つめた。叔母は、唇のふるえを抑えているのだろう、口をきっぱり真一文字に結び、細長い指をしたその手はもう一方の肘をつつんでいるだけではなく、いまやその場から飛び立って逃げだしたい自分を押さえこむように、力いっぱいつかんでいた。いまこの瞬間、トルーディは六十一歳ではなく九十一歳に見えた。

「叔母さん？」キンネルはなにがどうなっているのかもわからないまま、おずおずとたずねかけた。「叔母さん、具合でもわるいんですか？」

「あれのせいだよ」トルーディは右手を肘から離すと、絵を指さした。「あんたのほうが強く感じないのが不思議なくらいだ。まったく、あんたみたいに想像力のゆたかな男

がね」

いや、たしかにキンネルはなにかを感じはした。その点は疑いない。だからこそ、絵をひと目見るなり小切手帳を出しはじめたのだ。しかし、トルーディ叔母はべつのものを感じとっている……あるいは、おなじものをもっと強く。キンネルは絵をひっくりかえし、自分に絵柄が見えるようにすると（これまでは叔母に見えるようにかかげていたため、例のダイモテープで打たれた題名が目の前にあったのだ）、あらためて絵に視線をむけた。絵をひと目見るなり、キンネルは胸と腹にたてつづけのワンツー・パンチを食らった気分になった。

絵が変化していた——これがパンチ・ナンバーワン。大幅な変化ではないが、変化したことは明らかだった。若いブロンド男の笑みをたたえた口もとが前よりも大きく広がり、鑢で研ぎあげた人食いの牙《きば》が前よりたくさん見えるようになっていた。両目は前よりもさらに細められており、そのせいで男の表情がなおいっそうわけ知りで、不気味なものになっている。

笑みにほころんだ口の大きさ……先端の尖った歯が前よりも若干よく見えるようになったこと……細められた目のかたむき具合……これはすべて、主観的なものだ。人間ならそういった点を勘ちがいすることもあるだろうし、キンネル自身、この絵を買う前に詳細に絵柄を調べたわけではない。おまけにあのときは、金玉も凍る寒さのなかでも話しだしたらとまらないと思えるジュディ・ディメントに、気をそらされっぱなしだった。

しかし、パンチ・ナンバーツーもあった。これは断じて主観の範囲に分類されるようなものではない。アウディのトランクという闇《やみ》のなかで、ブロンドの若い男は窓から突きだした左腕をひねっていたのだ。そのせいでキンネルにも、それまで隠されていた刺青《いれずみ》が見えるようになっていた。蔓草《つるくさ》がからみつき、切っ先に血のりがついた短剣という絵柄で、その下に文字が書いてある。《よりは死》という文字を読めば、キンネルのような大ベストセラー作家でなくとも、どんな文字が隠されているかはわかる。《不名誉よりは死》という文句。いかにも、この手の不吉な旅人が腕の刺青にしそうな文句ではないか。

《右腕にはスペードのエースの刺青があるはずだぞ》キンネルは思った。

「この絵がきらいなんだね、叔母さんは？」キンネルはたずねた。

「ええ」トルーディはそういって、さらにキンネルを驚かせる行動に出た。キンネルに背中をむけ、外の光景（午後の灼熱《しゃくねつ》の日ざしを浴びる、人影のない眠っているような街路の光景）に見いっているふりをしたのだ——絵を視野に入れずにすむように。「それどころかね、その絵を心底憎んでるの。さあ、そんな絵は車にしまって、はいってらっしゃい。どうせトイレに行きたいんでしょう？」

水彩画がトランクにしまわれるなり、トルーディ叔母はいつもの如才なさをとりもどした。ふたりはキンネルの母親（パサデナ在住）や妹（バトンルージュ在住）、それに別れた妻のサリー（ナシュア在住）のことを話しあった。サリーは一種の宇宙マニアの変人で、いまはダブルワイドのトレーラーハウスの自宅で動物保護施設を運営、そのかたわら毎月二種類のニューズレターを発行していた。〈生存者たち《サヴァイヴァーズ》〉というニューズレターには、占星術関連の情報や精神世界にまつわる実話というふれこみの記事が満載。〈訪問者たち《ヴィジターズ》〉のほうは、異星人と接近遭遇をした人々の体験談を掲載している。キンネルはもう、ファンタジーやホラーをテーマにした大会には参加していなかった。サリーのような人種は一生にひとりでたくさんだ——キンネルはそう思っていた。

トルーディ叔母が車までキンネルを見おくりに出てきたときには、四時半になっていた。キンネルは、叔母がお義理で口にした夕食への誘いを断わった。

「いまから出発すれば、明るいうちにデリーのすぐ手前まで行けそうですからね」

「それはいいのよ」トルーディはいった。「さっきは、あんたの絵にひどいことをいっちゃってごめんなさいね。あんたがあの絵を好きなのは当然よ……だってあんたは昔っから……いっぷう変わったものが好きだったんだもの。わたしはただ、感じ方がちがうだけ。だって、あの顔の恐ろしいことといったら」そういって身をふるわせる。「なんというか、こっちが見つめてると……あの男がにらみかえしてくるみたいだった」

キンネルはにやりと笑って、トルーディの鼻の頭にキスをした。「叔母さんだって、ゆたかな想像力をもってるじゃないですか」

「そりゃそうよ、これは家系なんだから。ほんとに、もう一回くらい洗面所に行っておかなくて大丈夫？」

キンネルはかぶりをふった。「ついでだからいっておきますけど、叔母さんの家に寄った理由はトイレ休憩じゃないんですよ」

「そう？　だったらなんで寄ったの？」

キンネルはにやっと笑った。「叔母さんなら、行儀のわるい人間と気だてのいい人間の区別がつくからです。それに叔母さんは、自分の知っていることを出し惜しみしたりしないし」

「さあ、早くお行きなさい」トルーディはそういいながらキンネルの肩を押しだしたが、内心ほっとしているのは明らかだった。「わたしだったら、大急ぎに急いで家に帰りたいと思うでしょうね。いくらトランクのなかといっても、あんな男がわたしのうしろの暗がりに潜んでるなんて我慢できないわ。ほら、あんたもあの歯を見たでしょう？　ああ、怖い！」

キンネルは景色と交換にスピードをえらんでターンパイクに車を乗り入れ、グレイのサービスエリアまで来たところで、もういちど絵を見てみようと思いたった。叔母の不安の一部が病原菌のようにキンネルにも乗りうつっていたが、それが問題の本質でないこともわかっていた。問題の本質は、絵がはっきり目で確認できるほど変化していたことにあった。

サービスエリアには、ありふれた食べ物屋――ハンバーガーの〈ロイロジャーズ〉、アイスクリーム・コーンの〈ＴＣＢＹ〉――があったほか、建物の裏手にはピクニックや犬の散歩のための、ごみが散乱している狭苦しい空地がもうけてあった。キンネルはミズーリ州のナンバープレートをつけたヴァンの横に車をとめると、深々と息を吸いこんで吐きだした。そもそもボストンまで車で出かけたのは、執筆中の新作にとり憑《つ》いたプロット・グレムリンの息の根をとめるためだった。考えてみれば、皮肉きわまることではないか。往路の時間は、パネルディスカッションで聴衆から厳しい質問を投げかけられたら、どう答えればいいかと考えるだけでつぶれた。それなのに、そんな質問はひとつもなかった。キンネルがどこでアイデアを得るかを知らず、自作に怖い思いをすることもある、というふたつの事実を教えられた聴衆は、あとはエージェントの見つけ方を知りたがっただけだった。

そして帰路についているいま、キンネルはいまいましい絵のこと以外、なにひとつ考えられない状態になっていた。

絵はほんとうに変化したのか？　もしほんとうに変化していたら……ブロンドの若者が腕をほんとうに動かし、その結果それまで隠れていた刺青が見えるようになったというなら……サリーが出しているニューズレターに記事が書ける。それも、なんと四回連載で。その反対に、絵がまったく変化などしていない場合……どうなる？　幻覚を見ているのか？　神経衰弱を起こしている？　馬鹿《ばか》ばかしい。いまの生活は万事秩序だっており、気分は爽快《そうかい》ではないか。いや……爽快だったというべきか。あの絵に感じている魅力がなにかほかのものへと変化しているいま、もっと暗いなにかに変化しているいまとなっては。

「くだらない！　最初に見まちがえたに決まってるじゃないか」

キンネルは声高にいいながら、車から降り立った。そうかもしれない。そうであっても不思議はない。脳みそがへまをして五官に狂いが生じたのは、なにもこれがはじめてではないのだ。しかもそれが、生業《なりわい》の一部ではないか。ときどき想像力が、いささか……なんというか……

「活発になりすぎるんだ」キンネルはそうひとりごちながら、トランクをあけた。絵をトランクからとりだして目をむけてから、たっぷり十秒のあいだ、キンネルは息をすることも忘れて絵に目を釘《くぎ》づけにしていた。心の底からこの絵が怖くなった。それは茂みの奥から〝ガラガラ〟という音がきこえてきたときの恐怖、下手に刺戟《しげき》すればちくりと刺してくる昆虫を目にしたときの恐怖にも似ていた。

ブロンドの運転者は、いまや歯茎がすっかり見えるほど大きく口をひらいて、その狂気の笑みをキンネルにむけていた。まちがいない、こいつはおれを見てる——キンネルは確信した。それにあわせるように、目も爛々《らんらん》と光って笑っていた。おまけにトビン橋も消えていた。ボストンの高層建築群も見えなくなっている。夕方の日の光もない。絵のなかはほぼまっ暗になっており、車とその荒くれ運転手を照らしているのは、道路の反対側に一本だけ立っているバッテリー式の街灯の光と、車のクローム鍍金《めっき》の部品だけ。キンネルの目には、車——いまではグランダムであることにほぼ確信がもてた——が州道一号線ぞいの小さな街にはいっていくところのように見えた。さらにキンネルは、その街の名前を断言していいとも思った。自分自身がほんの数時間前に車で走りぬけてきた街といえば……

「ローズウッドだ」キンネルはつぶやいた。「ああ、ローズウッドだ。まちがいない」

道路ウイルスは北にむかう。そのとおり——キンネル自身の車とおなじように、ブロンド男はあいかわらず窓から左腕を突きだしていたが、腕の曲げ具合がもとにもどっていたため、刺青はもう見えなかった。しかし、キンネルには刺青があるとわかっているのではないか？ しかり、わかりきった話だ。

ブロンドの若者は、いかれた犯罪者専用のブタ箱から脱走してきたメタリカのファンのように見えた。

「なんてこった」

キンネルはささやいたが、その声は自分の口ではなく、どこかほかの場所から流れてきたものに思えた。底に穴のあいたバケツから水が流れ落ちていくように、全身から一気に力が抜け落ちていった。駐車場と犬の散歩エリアをわけている縁石にどさりとへたりこむ。ふいに、これこそ真実でありながら、これまで自分の作品で一回も書かなかったことだ、と思いいたった。これこそ、理性ではまったく判断できないことがらに面と向かいあった人々の現実での反応なのだ。たとえ頭のなかだけとはいえ、人は自分が失血死をしかけているように感じるのである。

「この絵を描いた男が自殺したのも無理はないな」キンネルはあいかわらず絵に目をむけ、男の凄《すご》みのある笑みや狡猾《こうかつ》さと愚かしさを同時にたたえた目を見ながら、声を絞りだした。

《シャツの背中に遺書がピンでとめてあってね。こう書いてあったの》ジュディ・ディメントはそう話していた。《『わが身に起こっていることに耐えられなくなった』って。恐ろしい話だと思わない？》

ああ、たしかにこんな恐ろしい話はない。

いい、ほんとうに恐ろしい。

キンネルは立ちあがると絵の上部をつかんで、犬の散歩エリアを横切るように大股《おおまた》で歩きだした。正面以外には目をむけず、ひたすら犬が落としていった〝地雷〟に目を光らせる。絵を見おろしたりはしなかった。両足は小刻みにふるえて頼りなく感じられたが、それでもしっかりと体をささえてくれているようだった。すぐ前方、サービスエリアのいちばん奥に立ちならんだ並木に近いあたりに、白いショートパンツと赤いホールタートップ姿の若く愛らしい女が立っていた。女はコッカスパニエルを散歩させていた。女はキンネルに笑顔を見せかけたが、すぐキンネルの顔になにかを見てとったのだろう、あわてて口をきっぱり結んだ。それから女は、早足で左に方向を転じた。コッカスパニエルのほうは、そんなに速く歩きたくないらしい。そこで女は、げほげほ咳《せ》きこむ犬を力ずくで引きずりながら離れていった。

サービスエリアの裏はひねこびた松の林の斜面で、いちばん下まで降りきったところは植物と動物双方の腐敗臭がただよう沼地になっていた。一面松葉でおおわれた地面は、さながら道ばたのごみの吹きだまりだった——ハンバーガーの包み紙、ソフトドリンクの紙コップ、〈TCBY〉の紙ナプキン、ビールの空缶、タバコの吸殻。いかにも女の子らしい書体で《火曜日用》という刺繍《ししゅう》がはいった破れたパンティが落ちており、その横には使用ずみのコンドームが蛞蝓《なめくじ》の死体のような姿をさらしていた。

ここまでたどりついたキンネルは、思いきってもう一回、絵に視線をむけることにした。絵柄がなおも変化していた場合にそなえ、内心で身がまえる――絵が額縁のなかで映画のように動いている事態さえ予測した。しかし、絵はまったく変化していなかった。そんな必要はないんだ――キンネルはそう思いいたった。ブロンドの若者の顔だけで充分ではないか。ドラッグで頭がいかれた人間の笑い顔。先端の尖《とが》った歯。あの顔はこういっている――

《やあ、老いぼれ、なに考えてる？　文明なんか、おれにとっちゃ屁《へ》でもない。おれさまは、筋金いりのジェネレーションXの代表さ。つぎの千年紀はここ、このごきげんにぶっ飛ばすクールな車のハンドルのすぐうしろにあるんだぜ》

この絵を目にしたトルーディ叔母がまっさきに口にしたのは、絵をソーコ川に投げ捨てろという助言だった。ソーコ川はすでに三十キロばかり後方に過ぎ去っていたが……

「ここでいい」キンネルはいった。「ここで用が足りるはずだ」

キンネルは競技後のフォトセッションで、なにかのトロフィーをかかげるポーズをカメラの前でとるスポーツマンよろしく両手で絵を高々ともちあげると、そのまま斜面の下にむけて投げ飛ばした。絵は二回の宙返りを演じ、そのたびに額縁が夕方近くの霞《かす》んだ日の光を反射して輝いたのち、一本の木に激突した。ガラスの覆《おお》いが砕けた。絵は地面に落ちて、ダストシュートに投げ落とされたように、乾ききった松葉の絨毯《じゅうたん》が敷きつめられた斜面を勢いよくすべり落ちていった。やがて絵は沼にはまりこみ、葦《あし》のあいだから額縁の角《かど》がひとつ突きだしているだけになった。その部分をべつにすれば、いま見えているのは地面に散らばったガラスの破片だけで、それ以外はもうまったく見えない。キンネルには、それがほかのごみと見事に調和しているように思えた。

　体の向きを変えて車に引きかえしはじめたとき、キンネルは早くも心のこてを手にしていた。壁に専用の穴をつくって、今回の出来ごとをそこに埋めこむとしよう——そう思うそばから、これこそ大多数の人々がこの手の出来ごとに遭遇したときにとる行動なのかもしれない、という思いが浮かんできた。嘘《うそ》つきや〝なりたがり《ワナビー》〟たち（いや、この場合には〝なりたがり馬鹿《ワナアス》〟というべきか）は〈生存者たち〉のような出版物むけに自分たちの幻想を書きなぐり、これこそ真実だといいはる。一方、正真正銘のオカルト現象にうっかり遭遇した人間たちは固く口を閉ざして、こうしたこてをつかう。なぜなら、自分たちの生活にこの手の亀裂《きれつ》が出現したら、なんとしても処置を講じる必要があるからだ。手をこまねいていれば、亀裂はどんどん広がって、遅かれ早かれすべてを飲みこむ巨大な穴になってしまう。

　ふっと顔をあげると、先ほどの若く愛らしい女が——おそらく、これだけ離れれば安全だろうと当人が思っている距離をおいて——不安そうなまなざしをキンネルにむけていた。キンネルの視線に気づくや、女はくるっと体の向きを変え、レストラン・ビルにむかって歩きはじめた——今回もコッカスパニエルを無理やり引きずっていたほか、ヒップの揺れを極力抑えようとしているようすがうかがえた。

《おれをいかれた人間だと思ってるんだろう、かわい子ちゃん?》キンネルは思った。いま見ると、車のトランクがあいたままだった——それが、大きくひらいた顎門《あぎと》に見えた。力まかせにトランクを閉める。《おまえもそう思ってるし、アメリカの小説読者の半分もおなじことを思ってやがる。でも、おれの頭はいかれてなんかいない。断じていかれてはいない。おれはただ、ちょっとしたどじを踏んだだけ。そのまま通りすぎればいいものを、つい魔がさしてガレージセールなんぞに立ち寄った。だれがやらかしても不思議はないどじだ。おまえがやらかしたって不思議じゃなかった。それにあの絵は——》

「なんの絵の話だ?」リチャード・キンネルは熱い夏の夕暮れにむかってたずねかけ、笑みを浮かべようとした。「絵なんて、どこにもないじゃないか」

それからキンネルは運転席に体をすべりこませて、アウディのエンジンをかけた。燃料計に目をむけると、針はすでに半分以下のところをさしていた。家に帰りつくまでには給油が必要だが、もうすこし先まで進んでからガソリンを入れたかった。いまはただ、自分と先ほど捨てた絵のあいだに何キロかの道路を——最低でも一キロ半くらいは——おきたい一心だった。

デリーの市境からひとたび外に出ると、カンザス・ストリートはカンザス・ロードと名前を変える。さらに周辺の合併した街（といっても実態は、なにもない田園地帯だが）の境界を越えると、こんどはおなじ道がカンザス・レーンと呼ばれるようになる。そこからほどなくして、カンザス・レーンは自然石でつくられた左右二本の石柱のあいだを通りぬける。コールタールの舗装は途切れ、ここから先の道は砂利敷きになっている。十三キロ東ではデリー一の繁華街を抜けていた道が、ここでは小高い丘の上にあがっていくドライブウェイになる。皓々《こうこう》と月が光る夏の夜ともなれば、ここはイギリスの詩人アルフレッド・ノイズの謳《うた》う世界そのままの光景にさえなる。そして丘の頂上に、風雨にさらされて古びた板材でつくられた瀟洒《しょうしゃ》な四角形の屋敷が建っていた――窓はマジックミラー、厩舎《きゅうしゃ》はじっさいにはガレージとしてつかわれ、屋上では衛星放送受信アンテナが夜空にむいている。以前、デリー・ニューズ紙の茶目っけあふれた新聞記者が、この家のことを〝ゴアが建てた家〟と呼んだことがある。アメリカ合衆国副大統領をつとめた男のことではない――〝血のり《ゴア》〟だ。そして作家リチャード・キンネルは、ここをただ〝自宅〟と呼んでいた。この夜キンネルは、疲れの入り混じった満足感とともに自宅前に車をとめた。この日の朝九時にボストン・ハーバー・ホテルの客室で目覚めて以来、一週間ぶんに匹敵する時間を過ごしてきたかのような気分だった。

《もうガレージセールには行くものか》月の面《おもて》を見あげながら、キンネルは思った。

《二度とガレージセールには行かないぞ》

「アーメン」口に出してそういうと、キンネルは家にむかって歩きはじめた。車をガレージに入れるべきなのかもしれないが、かまうものか。いまの願いは一杯飲んで、簡単な食事——電子レンジで調理できるもの——を腹に入れ、そのまま寝ることだけ。できることなら、夢も見ないで眠りたい。きょうという一日を過去のものとして葬《ほうむ》り去るのが待ちきれなかった。

鍵《かぎ》を鍵穴にさしこんでひねり、防犯装置の操作パネルの数字キーで3817と打ちこんで、警告の電子音を黙らせる。それから玄関ホールの明かりをつけてドアをくぐりぬけ、押しつけるようにドアを閉じてから、体の向きを変えかけたそのときだった。つい二日前までは、額装された自著のカバーのコレクションが飾られていた壁が目に飛びこんできて——キンネルは悲鳴をあげた。悲鳴といっても、頭のなかだけの悲鳴だった。口からは、ざらついた音をたてながら空気が吹きだしてきただけ。〝どすっ〟という音とメロディをともなわない小さな金属音が耳をついた——力の抜けた手からキーホルダーが逃げていき、両足のあいだのカーペットの上に落ちたのだ。〈道路ウイルスは北にむかう〉は、もはやグレイのサービスエリア裏手にあるごみ捨て場には転がっていなかった。

いまその絵は、玄関ホールの壁を飾っていた。

しかも、絵柄がまたしても変化していた。例の車は、ガレージセールがおこなわれていた家の庭の前にとめられていた。いまもまだ、さまざまな品物がところ狭しとならべられていた。ガラス食器、家具、陶器製の小さな人形（パイプをふかすスコッチテリア、お尻《しり》を丸出しにした幼児、ウインクをする魚）。しかしいまそのすべては、キンネル邸の上空を進みつつある月、しゃれこうべのような月の光を浴びて光っていた。テレビもまだそこにあった――電源もはいったまま、青白い光を芝生に投げかけている。そしてテレビの前、ひっくりかえったローンチェアのとなりに横たわっていたのは……仰向けになったジュディ・ディメントだった。しかも、全身がそろって横たわっていたわけではない。一拍おいて、残りの部分が見つかった。アイロン台の上だった。もはやなにを見ることもなくなった双眼が、月の光で五十セント硬貨じみた輝きをはなっていた。

グランダムのテールライトは、にじんだ赤とピンクの水彩絵具。キンネルに車体後部が見えたのは、これがはじめてだった。そこには飾りの多い書体で、横幅いっぱいにこう書かれていた――《道路ウイルス》。

《考えてみれば当然だ》キンネルは麻痺《まひ》したような頭で考えた。《あの男じゃない、車のほうなんだから。だけどこの手の男にとっちゃ、そんなちがいはどうだっていいんだ》

「こんなことが現実にあるわけはないぞ」キンネルは小声でささやいたが、これはまぎれもない現実でもあった。あるいは自分が、この手のことを認めぬいささか狭量な精神のもちぬしだったなら、こんなことは起こらなかったかもしれない。しかし、現実に起きているのだ。さらに絵を見つめているうちに、ジュディ・ディメントの小さなカードテーブルの上にあった札が思い出されてきた。《現金取引のみ》とあった（とはいえ、あの女はキンネルの小切手をうけとった——万一のための配慮として、運転免許証の番号を小切手の裏に書き写しはしたが）。そしてそこには、べつの文句も書いてあった。

《返品お断わり》

キンネルは絵の前を歩いて通りすぎ、リビングルームに足を踏みいれた。自分が自分の皮をかぶっているだけの他人になった気分だった。同時に、心の一部分が最前つかったこてをさがしもとめていることも感じられた。どうやら、そのこての置き場所を誤ったようだった。

テレビのスイッチを入れ、つづいてテレビの上にある東芝製のBSチューナーの電源も入れる。チャンネルをV‐14にあわせているあいだも、玄関ホールの壁を飾る絵が後頭部を押してくる感触がずっと感じられた。どうやってかはいざ知らず、キンネルの先まわりをしてこの家にやってきたあの絵が。

「近道を知っていたにちがいないな」キンネルはそうひとりごち、声をあげて笑った。

今回の絵では例のブロンド男の姿がほとんど見えなかったが、運転席にはぼんやりとした人影があって、これがあの男だろうと見当はついた。道路ウイルスは、ローズウッドでの仕事をおえた。これからまた北にむかう時間だ。つぎに車がとまるのは──。

キンネルはその先をすっかり知りたくはない一心で、自分の思いをぶあつい鉄の蓋《ふた》の下に封じこめた。

「なんだかんだいっても、思い過ごしってことも考えられるんだから」無人のリビングルームにむかってつぶやく。そうつぶやいても不安がなだめられるどころか、自分のかすれてふるえがちな声にひときわ恐怖がつのっただけだ。「これは、なんというか……」

しかし、さいごまで言葉を完結させることはできなかった。頭に浮かんだのは昔の歌の一節だけ……五〇年代初期のフランク・シナトラの亜流が、形ばかりのヒップを気どったスタイルで声を張りあげて歌っている──《これはきっと、すごいことのはじまりなんだ……》

テレビのステレオ・スピーカーから流れているのは、シナトラではなくポール・サイモンの曲をストリングス用にアレンジしたものだった。テレビの青い画面には白いコンピュータ風の文字で、《ニューイングランド・ニューズワイアにようこそ》という文字が表示されている。その下に一連の操作法が書かれていたが、いちいち読む必要はなかった。ニューズワイア中毒であるキンネルは、操作法をすべて諳《そら》んじていた。受話器をとりあげて電話をかけ、マスターカードの番号を打ちこみ、つづいて508と打つ。

「お客さまがご要望になりましたのは（わずかな間《ま》）マサチューセッツ州中央部および北部ニュースです」ロボット音声が応答してきた。「ご利用いただき、まことにありが――」

キンネルは受話器をもどすと、ニューイングランド・ニューズワイアのロゴに視線をむけ、いらいらと指を鳴らしながらつぶやいた。

「さあ、早くしろ、早く出てこい」

画面に光がまたたき、青い背景が緑色に変わった。文字が画面の上にむかってスクロールしていく。トーントンでの民家の火事のニュースだった。つづいて、ドッグレースの八百長事件の最新情報、そのあとは今夜の天気予報――よく晴れたおだやかな夜になる、ということだった。緊張がほぐれかけ、玄関ホールの壁で見たと思っているものを、はたしてほんとうに見たのだろうか、あるいは長時間にわたるドライブの疲れで遁走《とんそう》状態になっただけなのか、などと考えはじめたときだった。テレビから鋭い電子音が鳴り響き、《**臨時ニュース**》の文字が出てきた。キンネルはその場に立ったまま、画面をスクロールしていく文字を見つめた。

〈NEN速報・八月十九日午後八時四十分〉ローズウッドでとなりの留守宅のために仕事をしていた女性が惨殺《ざんさつ》された。被害者はミセス・ジュディス・ディメント

（三十八歳）。隣家の庭でガレージセールをおこなっていたところを、刃物でめった切りにされて死亡したもの。悲鳴をきいた者がいなかったため、ミセス・ディメントは、午後の八時になって道路の反対側に住む住人がテレビの音の大きさに苦情をいうためにこの庭をおとずれるまで発見されなかった。発見者であるマシュー・グレイヴズ氏によれば、ミセス・ディメントは頭部を切断されていたという。「あんな恐ろしい光景は生まれてはじめて見ましたよ」

「生首がアイロン台の上に載ってました」グレイヴズ氏は語っている。

氏はまた格闘の物音をきいた覚えもない、きこえていたのはテレビの音だけだったが、グラスホッパーマフラーを装着していると思われる車が、州道一号線を遠ざかっていく大きな音もきこえた、と話している。この車が犯人のものである疑いもあり――

いや、疑いなどではない。単純明快な事実だ。

息切れを起こしたわけではないが、それでも荒い息をつきながら、キンネルは急いで玄関ホールに引きかえした。絵はまだ壁にかかっていたが、絵柄はまた変化していた。ぎらりと輝く白いふたつの円――ヘッドライト――があり、そのうしろにうずくまるような黒い車の影が見えていた。

《やつがまた移動してるんだ》キンネルは思った。まっ、さ、き、に念頭に浮かんだのは、トルーディ叔母のことだった。やさしいトルーディ叔母さん、行儀のわるい人間と気だてのいい人間の区別がつく女性。そのトルーディ叔母はウエルズに住んでおり、ウエルズとローズウッドは六十キロしか離れていない。

「神さま、お願いです、お願いします。どうかこの男が海岸ぞいの道路を走りつづけますように」キンネルはそういいながら、絵に手を伸ばした。思い過ごしだろうか……それとも左右のヘッドライトの間隔がほんとうに大きくなりつつあるのか？　いま目の前で、この車がほんとうに動いているとでもいうように？　目では確かめられないものの、着実に動いている懐中時計の分針のように？　「お願いです、この男に海岸ぞいの道を走らせつづけてください」

キンネルは絵を壁から引き剝《は》がすと、絵をもったまま走ってリビングに引きかえした。煖炉《だんろ》の前には衝立《ついたて》がおいてあった。当然だろう、ここに火を入れたいと思うようになるのは、早くてもあと二カ月後だ。乱暴に衝立を横にどけ、絵を煖炉に投げこむ。薪《まき》載せ台にぶつかって、絵を覆《おお》っていたガラスが――グレイのサービスエリアでいちど割れたはずのガラスが――粉々に砕けた。そのあとすぐキッチンに駆けこみながらも、キンネルは、これが成功しなかったらどうすればいいのか、と考えていた。

《成功するはずだ》キンネルは思った。《こうすれば成功すると決まっているんだから。

そう、これで大丈夫だとも》

キンネルはキッチンのキャビネットをあけると、中身を両手でかきまわした。オートミールの箱が転がり落ち、塩入れが転がり落ち、酢の壜《びん》が転がり落ちた。壜はカウンターに落ちて割れ、鼻と目が酢の強烈なにおいの攻撃にさらされた。

ここにはない。目あての品はここにはない。

キンネルは食品庫に駆けこみ、ドアの裏側に目を走らせた。だが、あったのはプラスティックのバケツと家具の磨き剤〈オー・シーダー〉だけ。つづいて乾燥機の横の棚に目をむける。あった――練炭の横に目的の品がおいてあった。

液体燃料。

キンネルは液体燃料をつかむと、走って引きかえした。その途中で、キッチンの壁にかかった電話にちらりと視線をむける。立ちどまって、トルーディ叔母に電話をかけたくなった。相手が叔母なら、信憑性《しんぴょうせい》が問題にされることはない――お気にいりの甥《おい》から電話をもらい、家から出ろ、いますぐに家から出ろ、といわれれば、叔母はかならずその言葉にしたがうはず……しかし、ブロンド男が叔母を尾行したら？　叔母を追いかけたら？

追いかけるに決まっている。あの男が追いかけることを、キンネルは知っていた。

キンネルは急いでリビングを横切り、煖炉の前に立った。

「そんな」思わずささやき声が洩《も》れる。「そんな……馬鹿《ばか》な」

割れたガラスの下にある絵は、もはや近づきつつあるヘッドライトの絵ではなくなっていた。いま絵には、ターンパイクの出口ランプとしか思えない鋭くカーブした道を走っている、グランダムが描かれていた。車の黒々とした側面部分を月が照らし、液体になったサテンのような煌《きらめ》きを見せている。背景には給水塔がそびえたち、月の光があるせいで、そのいちばん上に書かれた標語はわけなく読みとれた。《緑を守って》とある。《メインに金を》。

液体燃料の最初のひとふりは、絵に命中しなかった。キンネルの手が激しくふるえていたために、割れずに残っていたガラスの上を流れて、道路ウイルスの車体後部をにじませただけにおわった。深呼吸をして狙《ねら》いをさだめ、もういちど液体燃料をふりだす。こんどは液体燃料が、先ほど薪載せ台にぶつかって割れたガラスの穴を通りぬけて絵に直接かかり、絵の表面を流れ落ちて絵具を断ち切っていく。溶けた絵具が流れ落ちていき、〈グッドイヤー・ワイドオーバル〉のタイヤを煤《すす》まじりの涙のしずくに変えた。

キンネルは炉棚の上の壜から装飾用のマッチを一本とりだし、炉床にこすりつけると、ガラスの穴から落としこんだ。たちまち絵に火がつき、炎がうねりながらグランダムと給水塔を飲みこんでいった。まだ額縁に残っていたガラスが黒く変色したかと思うと、一気に割れてはじけ飛び、燃えあがる破片のシャワーを降らせた。キンネルはスニーカーでガラスの破片を踏みつけ、ラグマットに燃えうつらないうちに炎を消しとめた。

キンネルは電話に近づくと、自分が泣いていることにも気づかぬまま、トルーディ叔母の家の電話番号を打ちこんでいた。三度めの呼出音と同時に、留守番電話の応答メッセージがきこえてきた。

「お電話ありがとうございました」トルーディが話していた。「こんなことをいえば、泥棒を手招きするようなものだとわかっていますが、いまわたしはケネバンクの映画館にハリソン・フォードの最新作を見にいってます。もし泥棒にはいりたいのであれば、わたしの陶器の豚さんコレクションだけには手を出さないで。そうでない場合は、〝ピー〟という音のあとでメッセージをどうぞ」

キンネルはちょっと待ち、精いっぱいしっかりした声を出すよう心がけながらいった。「トルーディ叔母さん、リッチーです。帰ったら電話をもらえますか？　何時になってもかまいません」

受話器をもどしてテレビに目をやり、あらためてニューズワイアに電話をかける。今回打ちこんだコード番号は、メイン州のものだった。電話線の反対側でコンピュータがいまの命令を処理しているあいだ、キンネルは煖炉に引きかえし、黒くねじくれた物体を火かき棒で叩《たた》き壊した。すさまじい悪臭だった――これにくらべれば、こぼれた酢のにおいもお花畑に思えるほどだ。しかし、気にならなかった。絵が完全に消えて灰になったのだから、この悪臭にもそれだけの価値はある。

《もし、あの絵がまたよみがえってきたら？》

「そんなはずがあるものか」キンネルはそういって火かき棒をもとの場所にもどし、テレビにむきなおった。「ぜったいにそんなことはないとも」

とはいえ、画面をスクロールしていくニュースが更新されるたびに、キンネルは立ちあがって内容を確かめにいった……州内のウエルズ‐ソーコ‐ケネバンク地域で六十歳代の女性が殺されたというニュースは流れていなかった。それこそ《今夜ケネバンクの映画館にグランダムが高速で突っこみ、すくなくとも十人の人々が死亡した》などというニュースがいつ出てきても不思議はないと思って、画面に目を貼《は》りつかせていたが、そのたぐいのニュースもなかった。

十一時十五分過ぎに、電話の呼出音が鳴った。キンネルはひったくるように受話器をとりあげた。「はい？」

「トルーディよ。どうしたの、大丈夫？」

「ええ」

「あんまり大丈夫そうじゃない声ね。なんだか声がふるえてるし……妙な響きがあるわ。

なにかあったの？　どうかしたの？」そのつぎの言葉にキンネルは悪寒《おかん》をおぼえたものの、意外な驚きはかけらもなかった。「おまえがあんなに喜んでたあの絵が理由なんでしょう？　まったく、いやな絵だこと！」

これをきいて、なにがなし心が安らいだ。叔母がここまで鋭く見当をつけてきたことにも安らぎはあったし……もちろん、叔母の身が安全だとわかって安心したこともあった。

「ええ、そうかもしれません」キンネルは答えた。「こっちに帰ってから、なんだか薄気味がわるくなったんで、絵を焼いたんです。煖炉で」

《叔母さんはいずれ、ジュディ・ディメントのニュースを知るはずだぞ》内面の声が警告してきた。《たしかに叔母さんの家には二千ドルもする衛星放送の受信アンテナはないけれど、ユニオン・リーダー紙は購読してるんだ。あの事件はトップ記事になるにちがいない。それを見たら、叔母さんは二と二を足して答えを出す。なにせ叔母さんは、馬鹿なんかじゃないんだから》

たしかに、それが真実であることに疑いはないものの、これ以上の説明は朝まで延ばしてもいいだろう。そうすれば、いまより頭もまともになっているだろうし……正気をうしなわずに道路ウイルスのことを考える方法もわかるはずだ……それに、これがほんとうにおわったと確信することもできるだろうし。

「ああ、よかった」トルーディは力強くいった。「どうせなら、灰もばら撒《ま》いて捨てたほうがいいわ！」そういって言葉を切る。つぎに口をひらいたとき、叔母の声は低くなっていた。「で、あんたはわたしのことが心配だったのね？　あの絵をわたしに見せたものだから」

「ええ、すこしは心配してました」

「でも、もう気分がよくなったでしょう？」

キンネルはうしろに体をのけぞらせて、目を閉じた。そのとおり、気分はよくなっていた。「ええ、まあ。映画はどうでした？」

「よかったわ。ハリソン・フォードの軍服姿がとってもすてきだった。まあ、あごの肉のたるみをもうちょっと引きしめてくれれば——」

「おやすみなさい、トルーディ叔母さん。またあした話しましょう」

「あら、ほんとに？」

「ええ」キンネルは答えた。「話せると思いますよ」

そういって電話を切ると、キンネルはまた煖炉に歩み寄り、火かき棒で灰をかきまぜた。スクラップと化したフェンダーと道路のごく一部分が見えたが、それだけだった。どうやら必要なのは、炎だけだったらしい。超自然的な魔物のたぐいを殺すには、それが伝統的な方法ではなかったか？　そうに決まっている。キンネル本人もなんどか自作に書いたではないか。いちばん有名なのは、悪霊《あくりょう》がとり憑《つ》いた鉄道駅をテーマにした『出発』だ。

「ああ、そうとも」キンネルはいった。「燃えろよ、ベイビー、燃えるんだ」

そのあと、自分への約束だった酒を飲もうかと考えをめぐらし、先ほど壜が割れて酢がこぼれていることを思い出した（いまごろこぼれた酢は、おなじくこぼれたオートミールに染《し》みこんでいるにちがいない。考えるだけでもぞっとする）。そこで、まっすぐ二階の寝室に行くことにした。本のなかの世界では――たとえばリチャード・キンネルの本のなかでは――こんな出来ごとの直後に眠るなど問題外である。

現実の世界でなら、なにごともなく眠れるだろう――キンネルはそう思った。

驚いたことにキンネルは、シャワーを浴びたまま居眠りをした。髪の毛をシャンプーの泡だらけにして、うしろの壁にもたれかかり、シャワーの水滴を胸にうけながら。夢のなかで、キンネルはあのガレージセールに逆もどりしていた。紙製の灰皿を敷いておかれたテレビには、ジュディ・ディメントが出演していた。断ち落とされた頭部は、もとどおり胴体につながっていた――しかし、検屍官《けんしかん》のおざなりな針仕事の痕跡《こんせき》ははっきり見えた。首のまわりを、不気味なネックレスのような縫い目がとりまいていたのだ。

「さて、〈ニューイングランド・ニューズワイア〉の最新ニュースです」ジュディはいった。前々から真に迫った夢を見ることの多かったキンネルには、ジュディが話すにつれて、首の縫い目がわずかずつ広がるのがはっきりと見えた。「ボビー・ヘイスティングズは、すべての絵をもちだして焼いたんですよ。ミスター・キンネル、あなたの絵も例外ではありません。あの絵はいま、まちがいなくあなたのものですね。返品お断わり——あなたはあの札を見たのですから。ええ、わたしがあなたの小切手をうけとったんですもの、ご満足いただけたでしょう？」

《絵を残らず焼き捨てた……ああ、ぜんぶ焼いたに決まってる》キンネルは水っぽい夢を見ながら思った。《ボビー・ヘイスティングズの遺書には、自分の身に起こっていることが耐えられないとあった。お祭り騒ぎがそこまで盛りあがったら、人は特別な一枚だけを焚火《たきび》から救っておこうなどと、立ちどまって考えたりはしないものだ。ボビー、きみは〈道路ウイルスは北にむかう〉というあの絵に、特別ななにかを塗りこめたんだね？　それも、おそらくはまったくの偶然で。きみには才能があった。それはひと目でわかる。ただしきみの才能は、あの絵のなかで起こっていることと、いっさい関係がないんだ》

「世の中には生き残りに長《た》けたものがあるんですよ」テレビのなかで、ジュディ・ディメントがそう話していた。「どれほど力を尽くして捨て去ろうとしても、そういう品物はかならず自分のもとに帰ってくる。かならず帰ってくるんです——ウイルスのように」

キンネルは手を伸ばして、チャンネルを変えてみた。しかし、いくらチャンネルをまわしても、すべての局がこの《ジュディ・ディメント・ショー》を放映中のようだった。

「あの男は大宇宙の地下室に穴をあけた——そうもいえるかもしれません」ジュディはそう話していた。「ボビー・ヘイスティングズのことです。その穴から飛びだしてきたのがこれです。すてきでしょう?」

ここでキンネルの足がすべった——完全に足を前に突きだして尻《しり》もちをつくようなことはなかったが、あわてて目を覚ますには充分だった。

瞼《まぶた》をひらくなり、石鹸《せっけん》が流れこんできて目に激痛が走った(うたた寝をしているあいだに、〈プレル〉のシャンプーの泡が太く白い川となって顔に流れ落ちていたのだ)。キンネルは両手をカップの形にしてシャワーの水流の下にさしだし、その水で顔の泡を洗い流した。いちど洗って、もう一回洗い流そうと手を出したとき……なにか物音がきこえた。耳ざわりな重低音だった。

《馬鹿なことを考えるな》キンネルは自分を叱《しか》った。《きこえたのはシャワーの音だけだ。それ以外はすべて思い過ごしだぞ》

しかし、音は思い過ごしなどではなかった。

キンネルは手を伸ばして、シャワーをとめた。

〝ごろごろ〟という音はまだつづいていた。低くパワーに満ちた音。外からきこえてくる。

キンネルはシャワー室を出ると、全身から水をしたたらせながら、二階の寝室を横切って歩いていった。髪の毛にまだシャンプーの泡がたっぷりついていたせいで、うたた寝のあいだに髪が白くなったように見えた――ジュディ・ディメントの夢が原因で、一瞬にして白髪になったかのように。

《なんでおれは、あんなガレージセールに立ち寄ったんだろう？》自分に問いかけても、答えはわからなかった。おそらく、世界じゅうさがしても答えを知る者はいまい。

ドライブウェイを見おろす窓に近づくにつれて、〝ごろごろ〟という音はますます大きくなってきた。夏の夜の月明かりをうけて、アルフレッド・ノイズの詩の世界から出てきたように輝いている、あのドライブウェイだ。

カーテンを横に動かして外に目をむけながら、気がつくとキンネルは別れた妻のサリーのことを思い出していた。ふたりが出会ったのは、一九七八年の世界ファンタジー大会の席上だった。そのサリーはいま、トレーラーハウスに住んで、ふたつのニューズレターを発行している。ひとつは〈生存者たち〉、もうひとつは〈訪問者たち〉。ドライブウェイを見おろしているそのとき、3Dステレオグラムの二枚の絵が重なるように、キンネルの頭のなかでふたつの誌名がぴたりと重なりあった。

いまこの家に、ひとりのまぎれもない生存者が訪問者となってやってきたのだ。グランダムが家の正面でアイドリングをつづけていた。二本のテールパイプから出てくる白い煙が、静かな夜の空気のなかに立ち昇っていく。車体後部に書きこまれた装飾文字が、いまははっきりと読みとれた。運転席側のドアはあけはなたれたまま。それだけではない――ポーチ前の階段に光が洩れているところから察するに、キンネルの自宅の玄関ドアもまた、あけはなたれているようだ。

《鍵《かぎ》をかけ忘れたんだ》キンネルは、もはやなんの感覚もなくなった手でひたいの泡をぬぐいながら思った。《防犯装置をセットしなおすのも忘れた……そうはいっても、この男が相手ではなんの意味もなかったにちがいないが……》

ともかく、この化物がトルーディ叔母のもとに行くような事態だけは阻止できたのかもしれない。それなりに意味のあることだ。しかし、それを思ってもいまは心が安らぐどころではなかった。

生存者たち。

巨大なエンジンの低いうなり。たぶん、最低でも四バルブの四四二馬力、弁は研削してあり、フューエルインジェクションまで搭載するという徹底した改造ぶりだろう。

キンネルはいっさいの感覚がなくなった足で立ったまま、体の向きを変えた。両手いっぱいに泡をかかえた全裸の男。ベッドの上にかかっている絵が目にはいった。まさしく予想どおりだった。絵のなかでは、グランダムがキンネル邸の前にとまっていた。運転席側のドアがあけはなたれ、クローム鍍金《めっき》をほどこされたテールパイプから排気ガスの煙がふた筋、立ち昇っている。絵のアングルの関係で、自宅の玄関ドアがあけはなたれているのも見えたし、細長く伸びた人間の形の影が玄関ホールの床に落ちているのもくっきりと見えた。

生存者たち。

生存者たち、そして訪問者たち。

いよいよ階段をあがる足音がきこえてきた。ずしりと重く階段を踏む足音。現物を目にしなくても、ブロンドの男がバイク用のブーツを履いていることがわかった。腕に《不名誉よりは死》などという刺青《いれずみ》をしている人間は、決まってバイク用のブーツを履き、フィルターなしのキャメルを吸っている。いってみれば法律のようなもの。

それにナイフ。あの男は、刃わたりが長く、切れ味の鋭いナイフを持参しているだろう。ナイフというより山刀といったほうがいい品だ。なめらかな弧を描いてふりおろせば、その一撃で人間の首を断ち切ることのできる刃物。

そしてあの男は、にたにたと笑っているはずだ――鑢《やすり》で先端を尖《とが》らせた人食いの牙《きば》を剝《む》きだしにして。

キンネルは、そういったことすべてを知っていた。なんといっても想像力ゆたかな男だからだ。

他人に絵を描いてもらう必要のない男だからだ。

「いやだ」キンネルはささやいた。だしぬけに、自分がまったくの全裸であることが痛烈に意識され、全身の皮膚が凍えるほど冷たくなった。「いやだ……頼む……出ていってくれ」

しかし、いうまでもなく足音は着々と近づいてきた。この手の男を相手に、出ていけといっても無駄なこと。なんにもならない。そんな形で物語が幕を降ろすことはぜったいにないのだ。

男がもうすぐ階段をあがりきることが、足音でわかった。外ではグランダムが、月光に照らされたまま低くうなりつづけている。

足音はいまや廊下を近づいている。すり減った踵《かかと》が、磨きあげられた堅木ばりの床をこつこつと叩《たた》いていた。

キンネルの体を、恐るべき麻痺《まひ》がわしづかみにしていた。必死で麻痺の魔手をふりほどき、寝室のドアにむかって身を躍らせた。男が来る前に鍵をかけようと思ったのだ。しかし、石鹼まじりの水たまりに足をすべらせて、こんどはほんとうに仰向けに倒れ、オーク材の床板に背中をしたたか打ちつけた。ドアが〝かちり〟という音とともにあき、バイク用のブーツが部屋を横切って全裸で横たわるキンネルに近づいてきた。その目に見えていたのは、ベッドの上の壁にかかった絵だった。絵のなかでは、道路ウイルスがキンネルの家の前でアイドリングをつづけ、運転席側のドアがあけはなたれたままになっていた。

そして、運転席のバケットシートはまっ赤な血の海になっていた。《そうか、おれはこの家から連れだされるんだ》キンネルはそう思い、目を閉じた。

ゴーサム・カフェで
昼食を

Lunch at the Gotham Café

白石朗訳

ニューヨーク滞在中のある日、わたしはこぎれいな外観のレストランの前を通りかかった。店内をのぞくと、給仕頭がカップルをテーブルに案内しているところだった。カップルは口論のまっ最中。わたしと目があうと、給仕頭は宇宙全体を見まわしてもこれ以上はあるまいという、すさまじい皮肉のこもったウインクを送ってよこした。ホテルにもどったわたしは、この作品を書きはじめた。執筆中の三日間というもの、わたしは身と心のありったけを本篇に吸いとられていた。わたしにとってこの作品のかなめは、頭のいかれた給仕頭ではなく、離婚手続を進めているカップルの奇々怪々な関係である。彼らなりの意味あいにおいて、このカップルは給仕頭以上に頭がいかれている。くらべものにならないほど。

その日、勤務先の証券会社から帰宅すると、ダイニングルームのテーブルに妻からの置手紙——というよりもメモというべきか——があった。この家を出ていく、離婚したい、追って顧問弁護士から連絡が行く、とあった。わたしはテーブルのキッチン側の椅子《いす》に腰をおろし、信じられない思いでこの手紙をなんども読みかえした。しばらくして立ちあがったわたしは寝室に行き、クロゼットをのぞいた。ダイアンの服はすべて消え失《う》せていた（例外は、もらいもののスエットパンツとジョーク・トレーナーだけ。スパンコールをちりばめた生地の前面に、**《リッチ・ブロンド》**という文字が書かれている）。

わたしはダイニングルームのテーブルにもどると（といっても、じっさいにはテーブルはリビングルームの端におかれていた——ここは3LDKのアパートメントにすぎない）、ダイアンがのこしていった数行の文章にもういちど目を通した。なんの変化もなかったが、半分からになった寝室のクロゼットを見たあとでもあり、その内容を信じる方向に気持ちがむかっていた。じつに寒々しい置手紙だった。〝愛をこめて〟の文句もなければ、〝幸運を祈る〟の文句もなく、〝よろしく〟のひとことさえない。〝元気で〟

というのが、精いっぱいのぬくもりだ。そのすぐ下には、ダイアンの名前が書きなぐってあった。

キッチンに行ってコップにオレンジジュースをそそいだが、つかみあげようとした拍子に床に落としてしまった。ジュースがキャビネットの下段に飛び散り、コップは砕けた。ガラスの破片をつまみあげようとすれば手を切るのはわかっていて――手がふるえていたからだ――それでもつまみあげ、結局は手に切り傷をつくってしまった。傷は二カ所、どちらも深い傷ではない。頭にはくりかえし、これはなにかの冗談だという思いが浮かんでいたが、そうでないことにも気がついていた。ダイアンはあまり冗談が好きな性質《たち》ではない。しかし肝心なのは、これまでわたしがなんの気配にも気づかなかったことだ。毛ひと筋も感じたことはない。気づかなかったわたしは愚かなのか？　あるいは感性が鈍いのか？　それから数日間が経過し、二年間におよぶ結婚生活のこの半年ないし八カ月のことをあれこれ思いかえすうちに、自分はおそらくその両方だったという結論に達した。

その晩、パウンドリッジにあるダイアンの実家に電話をかけて、妻がいるかどうかをたずねてみた。

「いることはいますが、あなたとは話したくないといってます」母親はそういった。

「もう電話をなさらないでください」

受話器を耳にあてているあいだに、電話は切れていた。

その二日後、ダイアンの顧問弁護士であるウィリアム・フンボルトが職場に電話をかけてきた。自分の話し相手がわたし——スティーヴン・デイヴィスであることを確認しおえると、この男はすぐさまわたしを気やすげにスティーヴと呼びはじめた。いささか信じられない事態だと思われるかもしれないが、これは嘘《うそ》いつわりない事実である。弁護士とはかくも不気味な連中だ。

フンボルトはわたしに、来週早々にも〝予備的な書類〟が手もとにとどくはずだといい、さらに〝家庭という企業を解体させる前に家計のあらまし〟を用意しておくことを薦めてきた。さらに〝突然の資金の移動〟をしないよう助言し、今回の〝経済的に困難な時期〟にかぎっては、どれほど些細《ささい》な品でも、買った品物の領収書を保存しておいたほうがいい、ともいってくれた。さらにさいごのさいごになって、わたしも自前の弁護士を見つけるべきだという提案を口にしもした。

「ちょっと話をきいてもらえるかな」わたしはたずねた。デスクにすわっていたわたしは、顔を伏せると、ひたいを左手で覆《おお》った。コンピュータ画面のまぶしい灰色の眼窩《がんか》をのぞきこまなくてもいいように、目をきつく閉じる。いやというほど泣いていたせいだろう、両目はまるで砂が詰まっているような感じだった。

「もちろん。喜んでうかがいますよ、スティーヴ」

「話はふたつある。最初は……きみがいった〝家庭という企業を解体させる前に〟とは、現実には〝結婚生活をおわらせる前に〟という意味だが……もしぼくがダイアンの所有物を騙《だま》しとろうとしているとダイアンが考えているのなら、それは勘ちがいだといっておく」

「なるほど」フンボルトはいった。同意は示さないが、わたしの主張は理解できたというしるしの返事だった。

「第二点。きみはダイアンの弁護士であって、わたしの弁護士ではない。それなのにきみはわたしをファーストネームで呼んでおり、わたしにはそれが恩着せがましくも鈍感そのものの行為に思える。あといちどでも電話でおなじ呼び方をしたら、即座に電話を叩《たた》き切るからな。顔をあわせた場でおなじことをされたら、わたしがどれだけ敵対的な態度をとれるものかを実地に教えてやる」

「スティーヴ……ミスター・デイヴィス……わたしが思うに……」

わたしはかまわず電話を切った。ダイニングルームのテーブルにダイアンの置手紙――いちばん上の部分には、妻がつかっていたアパートメントの鍵《かぎ》が三本、ペーパーウエイト代わりに載せてあった――を見つけたあの日以来はじめて、わたしは胸のつかえがおりた気分を味わっていた。

その日の午後、法務部の同僚に相談をもちかけると、離婚関係の仕事をしている友人を推薦された。離婚専門弁護士の名前はジョン・リングといい、翌日会う約束をした。それから、なるべく遅くに帰宅して、しばらくアパートメントのなかをうろうろと歩いた。映画でも見にいこうと思ったものの、見たい映画はひとつも見あたらず、テレビをつけてはみたが、こちらにも見るべき番組などひとつもなく、結局また家のなかをうろうろする羽目になった。そのさなか、気がつくとわたしは寝室にいた。地上十四階のひらいた窓の前に立ち、タバコというタバコを窓から投げ捨てていた――それこそ、デスクのいちばん上の抽斗《ひきだし》の奥にあった古ぼけた黴《かび》くさいヴァイスロイの箱までも。このタバコは、かれこれ十年はそこに眠っていたにちがいない――十年、いいかえれば、わたしがこの世界にダイアン・コスロウなる生物が存在することすら知らない時代から。

二十年間、一日に二十本から四十本のペースで喫煙をつづけてはいたが、禁煙しようという衝動が唐突にわいた記憶もなければ、喫煙に反対する声が内面からきこえてきた記憶もない――いわんや、禁煙をするのなら妻が家を出てから二日後が最適だ、などという心の提案を耳にした記憶など皆無である。わたしはただ、手つかずの一カートンと半分になったカートン、近くにあった二、三の封を切った箱を窓から外の闇《やみ》に投げだしただけだ。それからわたしは窓を閉め（タバコという商品を投げ捨てるよりは、その商品の利用者本人を投げ捨てるほうが効率的ではないか、などという思いはいちどとして頭をかすりもしなかった――そんな情況ではなかったのだ)、ベッドに横たわって瞼《まぶた》を閉じた。眠りにむかってただよい落ちていくあいだ、ふとあしたは人生最悪の一日になるにちがいないという思いがわいてきた。さらに、どうせあしたの昼ごろになれば、またタバコを吸いはじめるに決まっている、とも思った。最初の予測についてはただしかったが、二番めは見こみちがいだった。

それから十日間――わたしがニコチン禁断症状の最低最悪の部分を経験していたこの時期は、たしかに苦難に満ちていたし、不愉快な思いをすることもしばしばだったが、予想していたほど悲惨ではなかったかもしれない。もちろん何十回となく――いや、正確には何百回となく――タバコに手を出す寸前までいったものの、一本も吸わずにすませた。タバコを吸わなくては気が狂うと思ったこともいちどや二度ではなかったし、街でタバコを吸っている人とすれちがうと、《そいつをおれによこせ、それはおれのタバコだぞ！》と叫びかけたい衝動にも駆られたが、それでも吸わなかった。

最悪なのは、深夜だった。タバコをやめれば熟睡できるだろうと考えていたようだが(といっても確証はない――ダイアンが家を出てからあとというもの、あらゆる思考プロセスが記憶のなかで曖昧《あいまい》にぼやけてしまっているのだ)、そうは問屋が卸さなかった。

ときには夜中の三時までまんじりともせず、枕《まくら》の下で両手を組みあわせて天井をにらみつけたまま、ダウンタウン方面にむかうサイレンの音やトラックの地響きなどを耳にしていた。そういったおりには、アパートメントの建物と道路をはさんで筋向かいにある、韓国人経営の二十四時間営業のスーパーマーケットのことを考えた。思いはさらに、店内の白い蛍光灯におよぶ——それこそ、キューブラー゠ロスがその著書で記録している臨死体験を連想しないではいられないほどのまばゆい光が、商品陳列棚の隙間《すきま》から歩道にこぼれ落ちているさまも頭に思い描いた。あと二、三時間もすれば、紙の帽子をかぶったふたりの若い韓国人の男がそのディスプレイを果物で埋めつくすはずだ。さらにわたしは、おなじく紙の帽子をかぶってカウンターについている年かさの韓国人のことも思った。男の背後にはタバコのラックがある——それも、映画の《十戒》でチャールトン・ヘストンがシナイ山から運びおろしてきた石板ほどにも巨大なラックだ。わたしは考える——このまま起きあがって着替えて道路を横断し、タバコをひと箱（あるいは九箱でも十箱でも）買ってこようか、それから窓べに腰をすえ、東の空が白んで朝日が顔を出すまでずっと、マルボロにつぎからつぎへと火をつけて過ごそうか。じっさいにそんな挙に出たことはなかったが、それでも明けがたになって、羊の数ならぬタバコの銘柄を頭のなかで数えあげながら、ようやく眠りについたことはなんどとなくあった——ウィンストン……ウィンストン100……ヴァージニアスリム……ドーラル……メリット……メリット100……キャメル……キャメル・フィルター……キャメル・ライト……。

それからしばらくして——はっきりいえば、結婚生活のさいごの三、四カ月のことを、もっとすっきりした頭で考えられるようになってからという意味だが——このとき禁煙しようと思いたったことが、当初考えていたほど無思慮な行動ではなく、前後の見さかいない愚行とはほど遠かったことがわかりかけてきた。わたしは天才でもなければ英雄でもないが、この決断自体は天才的かつ英雄的なものだったように思う。そういったことは現実に起こりうる——われわれ人間が自分自身を凌駕《りょうが》することが。とにもかくにも、この決断でわたしは、ダイアンが家を出てからの日々に心をしっかりたもつための土台を得ることができた。わたしの悲しみが、こんなことでもしなければ得られなかった語彙《ごい》を獲得したというところだ。

もちろん、あの時点で禁煙したことが、あの日のゴーサム・カフェでの事件でひと役買ったにちがいないと考えたことはあるし、この考えにもいくばくかの真実はあるだろう。しかし、あんな出来ごとを予見できる人間がいるだろうか？　人間はみずからの行動の最終的な結果を事前に見通すことはできないし、また見通そうと努める人間もほとんどいない。人間の行動の大半は、現在の楽しみをすこしでも長つづきさせるため、あるいは現在の苦しみにピリオドを打つためのものにすぎないからだ。そして、高貴このうえもない大義のもとで行動したときですら、その連鎖の末端に位置する鎖の輪から人の血がしたたり落ちる事態が発生することは、決して珍しくもなんともない。

わたしが西八三丁目通りをタバコで空襲してから二週間後のある日、またしてもフンボルトから電話がかかってきた。今回フンボルトは、封筒の宛名《あてな》を読みあげてでもいるように、一貫して〝ミスター・デイヴィス〟という呼びかけを守っていた。フンボルトは、わたしがミスター・リングを通じて各種書類のコピーを送ったことに礼を述べてから、〝われわれ四人〟が昼食の席で一堂に会する時期がやってきた、と語った。われわれ四人となれば、ダイアンも来ることになる。ダイアンが家を出ていった日以来、妻の姿をまったく見ていない。いや、あのときでさえじっさいに〝見た〟とはいえまい。なにせダイアンは、枕に顔を埋《うず》めて眠りこけていたのだから。話をしたことも一回もない。心臓の鼓動が激しくなり、受話器を握る手の手首のあたりで、血管がどくどくと脈打っているのが感じられた。

「話しあいで詰めなくてはならない詳細な点が多々ありますし、関連するさまざまな合意事項についても話しあいが必要ですから、そういった面での仕事を進めはじめるにもいい機会かと思いましてね」フンボルトはいい、わたしの耳もとで単調な笑い声をあげた。冷淡な大人が子どもをおざなりに褒めているときのような笑い声。「当事者同士に顔あわせをさせるのに先だって、いくばくかの期間をおくというのは、つねに変わらぬ最上の手段でしてね。ちょっとした冷却期間というやつです。しかしながら、この段階でじっさいに顔をあわせれば、それなりの利益が――」

「話をはっきりさせてくれ。きみがいっているのは――」

「昼食会ですよ。あさってはいかがです？　予定に組みこめますかな？」

《もちろん、組みこめるに決まってるさ》その声はこう語っていた。《もういちどダイアンの顔を見て、あわよくばほんのわずかでも手にふれられるとなればね。そうだろ、スティーヴ？》

「どのみち木曜日の昼にはなんの予定もないから、問題はないね。こちらも顧問弁護士を同席させるべきかな？」

またしても、あの悦にいったふくみ笑い。その声がわたしの耳のなかで、型どりしたゼリー菓子のようにぶるぶるとふるえた。「ええ、ミスター・リングも同席を願うことでしょうね」

「場所の心あたりはあるのか？」一瞬、その昼食の代金はだれが支払うのだろうかという疑問が頭をよぎり、ついで世間知らずな自分に思わず微苦笑が洩《も》れた。手がタバコをもとめてポケットをさぐり……その拍子に爪楊枝《つまようじ》で親指の爪《つめ》の下を刺してしまった。わたしは痛みに顔をしかめ、爪楊枝をつかみだし、血がついてはいないかと楊枝の先端を調べた。血がついていないとわかると、楊枝を口にくわえた。フンボルトがなにかいっていたが、ききのがした。爪楊枝を目にしたとたん、自分がタバコもないまま世間の荒波に揉《も》まれている存在であることを、痛切に再認識させられていたからだ。

「すまない、いまなんと？」

「五三丁目通りのゴーサム・カフェはご存じですか、とたずねていたんです」フンボルトは答えた。その声に、わずかな苛立《いらだ》ちがのぞいていた。「マディスン・アヴェニューとパーク・アヴェニューのあいだの」

「いや、知らないが、見つけられると思う」

「正午では？」

「正午でかまわないよ」わたしはいった。ダイアンへの伝言をたのもうかという思いが頭をよぎった――小さな黒いスパンコールがついていて、両サイドの上のほうまでスリットがはいっている、例の緑のワンピースを着てほしい、という伝言を。「ただ、弁護士の都合も確かめないとね」

いかにも尊大で憎々しげなひとことではないか――わたしは思った――こんな言葉をつかわずにすむ日が、いまから待ち遠しかった。

そのあとジョン・リングに電話をかけた。リングはわたしが払った着手金（法外とまではいえないが、かなりの額だった）に見あうだけ、ぐずぐずと言葉をならべたてたあげく、〝いまの段階〟でのこの種の会合は当を得たものだと思う、という意見を述べた。電話を切って、コンピュータの前にすわっても、いったいどうすれば手もとに一本のタバコすらない状態で、ダイアンとふたたび顔をあわせられるのだろうかと思いめぐらさずにいられなかった。

昼食会が予定されていた日の午前中に、ジョン・リングが電話をかけてきた。どうしても出席できなくなった、ついてはわたしも出席をとりやめるべきだ、という電話だった。

「わたしの母親なんですよ」そう話すリングは、いかにも忙《せわ》しそうだった。「階段から転がり落ちて、腰骨を折ったんです。母がいるのはバビロンでね。わたしはこれからペン・ステーションに行きます。列車に乗らないといけないので」

口調だけきいていると、これから駱駝《らくだ》に乗ってゴビ砂漠を横断するのかと思いこんでしまいそうだ。

わたしはしばし考えをめぐらせながら、新しい爪楊枝を指のあいだでもてあそんだ。コンピュータのキーボードの横には、先端がぼろぼろになった使用ずみの二本の楊枝がおいてある。これは気をつけなくては。わが胃が楊枝を嚙《か》み砕いた小さく鋭い破片でいっぱいになっているようすが、やすやすと想像できた。せっかく悪習を断ち切っても、べつの悪習で穴埋めをしてしまうのは、どうやら避けられないことのようだ。

「スティーヴン？　きこえていますか？」

「ああ」わたしは答えた。「お母さんのことは気の毒だね。ただ、やはり昼食会には行こうと思うんだ」

リングはため息をついた。つぎに話しはじめたとき、弁護士の声には焦《あせ》りの調子ばかりか、同情の響きも混じっていた。「奥さんに会いたいお気持ちはわかりますよ。だからこそ、あなたには細心の注意を払って、いかなるミスもおかさないようにしていただきたいんです。たしかにあなたはドナルド・トランプじゃないし、ダイアンもイワナ・トランプではありません。けれども、書留郵便で裁判所命令がもらえるような簡単な話でもない。あなたはじっさい、おひとりでかなりの業績をあげてきている。とくにこの五年間は――」

「それはわかってるが――」

「――そしてその五年間のうち、さ・ん・ね・ん・か・んは――」リングはわたしの発言を押しつぶして話しつづけた。コートのように法廷用の声をまといだしていた。「ダイアン・デイヴィスはあなたの正妻でも内縁の妻でもなかったし、どれほど拡大解釈をしたところで、助力者とすらいえない立場だった。ただのパウンドリッジ出身のダイアン・コスロウでしかなかったし、あなたが花びらを投げたりコルネットを吹き鳴らしたりするまでは、それ以上の存在ではなかったんです」

「たしかに。それでも妻に会いたいんだ」そのとき胸中で考えていたことを知ったら、リングはあきれて口もきけなくなるだろう――わたしは、ダイアンがあの黒いスパンコールを散らした緑のワンピースを着てくるかどうかを確かめたかったのだ。なぜなら、その服がわたしのお気にいりであることを、ダイアンはいやというほど知っているからである。

リングはまたしてもため息をついた。「この会話は、これ以上つづけていられませんな。でないと列車に乗り遅れそうだ。これを逃すと、一時十分まで列車がないんです」

「だったら、とっとと駅に行けばいい」

「わかりました。しかし、その前にいまいちどだけ、あなたに考えなおしてもらう努力をさせてください。今回のような会合は、馬上槍《やり》試合みたいなものです。騎士をつとめるのは弁護士です。依頼人は――一時的ではありますが――一介の従者に身を落とし、片手にサー・ベンゴシの槍を、片手で騎士が乗る馬の手綱をしっかりと握っていることになります」その口ぶりから、リングが昔からこのたとえを愛用していることが読みとれた。「そしてわたしが行けないにもかかわらず、あなたが出席しようというのは、たとえるならこういうことです――あなたはわたしの駄馬にうちまたがり、槍ももたず甲《かっ》冑《ちゅう》もまとわず、面頰《めんぽお》で顔を守ることもせず、おそらくタマを守るサポーターもないまま、敵に速駆けで突っこんでいくんですよ」

「ダイアンに会いたいんだよ」わたしはいった。「ダイアンのようすを見たい。元気かどうかを確かめたい。顔を見たいんだ。いや、きみが来ないとなったら、フンボルトは話をしないといいだすかもしれないぞ」

「ええ、そうなればいいんですが」リングはいい、小さく皮肉っぽい笑いを洩らした。「では、なにをどう話したところで説得は不可能と、そういうことですね？」

「そのとおり」

「了解しました。でしたら、いくつか指示を出しますから、それにしたがってください。もしあなたがこの指示にしたがわず、ことを台なしにしたと判明した場合には、わたしは今回の件から手を引かせてもらうほうがましだ、と判断するかもしれません。おわかりですか？」

「わかってる」

「けっこう。まず、ダイアンを怒鳴ったりしないこと。これが大原則その一です。いいですね？」

「わかった」ダイアンを怒鳴りつけるつもりなどない。ダイアンが家を出てから二日後にタバコをやめられたのだから——おまけにやめたままでいられたのだから——時間にして百分ほど、料理にして三皿ほどのあいだは、ダイアンを〝あばずれ〟呼ばわりせずにいられるはずだ。

「フンボルトにも怒鳴らないこと。これが第二の大原則です」

「わかった」

「そう簡単に〝わかった〟といわないほうがいい。あなたがフンボルトに好意をもっていないことはわかってますし、その気持ちはおたがいさまでしょうから」

「フンボルトとは、いちども会ったことがないんだぞ。それなのにどうして、あの男がわたしについて、ああでもないこうでもないという見解をもてるというんだ?」

「馬鹿《ばか》をいっちゃいけません。フンボルトは見解をもつことで金を稼いでる人間ですよ。ですから、心からわかったといえるとき以外には、〝わかった〟などとはいわないことです」

「心からわかったよ」

「けっこう」リングは口ではそういったものの、心から〝けっこう〟と思っているわけではないことは、口調から明らかだった。時計を確かめている男の口調だった。「実務レベルの話にはぜったいに乗らないように。和解の金額面を話しあうのも禁物です——たとえ、〝かりにこういう条件を提示したら、そっちはどう思うかな?〟程度のことでもいけません。スキンシップ・レベルの話に終始させることです。もし先方が怒って、実際的な問題を話しあうつもりがなかったのなら、なぜ昼食会に出てくることに同意したのかときかれたら、さっきわたしに話したことを、そのままいえばよろしい——妻にもういちど会いたかったからだ、とね」

「わかった」

「この段階で先方ふたりが席を立っても、それでも我慢できますか？」

「ああ」我慢できるかどうか心もとなかったが、まあできるだろうと思った。それにリングが列車に乗りたがっていることも、強く感じられた。

「弁護士として——あなたの顧問弁護士としていいますが、これは自殺行為のようなものです。かりにこの一件が法廷で裏目に出るようなことがあったら、わたしはすぐさま休廷をもとめてあなたを廊下に引っぱりだし、〝だからいわんこっちゃない〟と、そういってやります。さあ、話はすっかりわかってもらえましたか？」

「ああ。では、お母さんによろしく」

「まあ、今夜には話ができるでしょう」リングはいった。あきれて目玉をぎょろつかせている調子が声に混じりだしていた。「それまでは、ちょっと連絡がとれそうにありません。さて、ほんとうに走っていかないと」

「オーケイ」

「いっそダイアンが、あなたをすっぽかせばいい」

「きみならそういうと思ってたよ」

リングは電話を切って、母親の見舞いのためバビロンにむかった。つぎにリングに会ったのはその数日後で、ふたりのあいだには会話をとどこおらせるものがあった。もし、あとすこしでもよく知りあっていれば、ちゃんと話しあいもできたはずだ。リングの目にはある思いが読みとれたし、おなじ思いがわたしの目に浮かんでいることもリングには見てとれたはずだ——すなわち、リングの母親が階段から落ちて腰骨を折っていなければ、リングもまたウィリアム・フンボルト同様に命を落とす結果になったかもしれない、という思いが。

会社からゴーサム・カフェまでは歩いていった。会社を出たのが十一時十五分、十一時四十五分にはくだんのレストランの筋向かいの歩道に立っていた。早めに来たのは、精神安定のためだった——いいかえると、この店がフンボルトのいったとおりの場所にあるかどうかを確認するためである。わたしはそういう性質《たち》の人間だし、ずっと以前からそれは変わらない。結婚当初にダイアンから〝強迫観念にとり憑《つ》かれた性格〟と評されたが、さいごにはもうすこし理解が深まっていただろう。他人の力量というものをたやすくは信じないというだけのことだ。なるほど、これが人の癇《かん》にさわりがちな性格であることは認めるし、ダイアンに気も変にならんばかりの思いをさせていたことも知ってはいる。しかし——どうやら妻にはついぞ理解できなかったようだが——じつはわたし自身もこんな自分を愛しているとはとてもいえない。けれども、変化にほかより長い時間を必要とするものもある。そして、どれほど努力しようと変えられないものもあるのだ。

レストランは、フンボルトがいったとおりの場所にあった。店の目印は緑色の日よけで、《**ゴーサム・カフェ**》の文字が書かれている。ガラスの一枚板がはめられた窓には、白い線画で都会の高層ビル群がえがくスカイラインが描きこまれていた。外観は、ニューヨーク・トレンディそのもの。同時に、ありふれた店にも見えた——ミッドタウンに林立する、目の玉が飛びでるような代金をとる八百軒ばかりのレストランの一軒、という意味で。

待ちあわせの場所を確認すると、一時的にせよ心が落ちついた(この問題については落ちついたというべきだろう。ダイアンとの再会を控えて、わたしは鬼のように緊張していたし、タバコが死ぬほど恋しくてたまらなかった)。わたしはマディスン・アヴェニューを北にむかって歩き、十五分ばかり旅行用鞄《かばん》の店をひやかした。ただのウィンドウショッピングはまずい。ダイアンとフンボルトがアップタウン方面からやってきたら、姿を見られてしまう。たとえ背後からでも、ダイアンは肩のラインと上着の垂れ下がり具合をひと目見ただけで、わたしだと見やぶるだろう。そんなことは願い下げだ。こちらが早めに来たことを、ふたりに知られたくはない。足もとを見られかねないし、哀れにさえ思われかねない。そこで、店のなかにはいった。

店では必要でもない傘を一本買い、わたしの時計で正午ちょうどに店をあとにした。これなら、ゴーサム・カフェの入口を十二時五分にくぐれるはずである。かつて父から、こんな教訓をあたえられた――自分が行く必要のある場所には五分前に到着することを心がけよ。そして相手から必要とされている場所には、五分遅れて行け。じつのところ、だれがなにを、なぜ、どのくらいの時間にわたって必要としているのかもわからない段階に達してはいたが、それでも父の教訓を守るのがもっとも安全な道筋に思えた。相手がダイアンひとりなら、わたしは約束の時刻きっかりに到着していたことだろう。

いや、そういったらたぶん嘘《うそ》になる。もし相手がダイアンひとりだったら、わたしは最初に到着した十一時四十五分にそのまま店内に行って、ダイアンを待ったはずだ。

わたしは日よけの下でしばしたたずみ、店内をのぞきこんだ。店内は明るく、これでこの店のポイントが上がった。わたしは、自分たちがなにを飲み食いしているかもわからないような薄暗いレストランに、根ぶかい嫌悪《けんお》をいだいている。この店は壁が純白で、明るい色あいの印象派の絵画が飾られていた。なんの絵かはわからないが、それは問題ではない――その原色と、のびやかで大胆な筆づかいが、カフェインのような効果を視覚にもたらすからだ。ダイアンを目でさがすと、それらしい女性の姿が見つかった――

細長い店内のなかばほど、壁ぎわの席にすわっている。だが、しかとはわからない。こちらに背中をむけているし、なによりわたしはダイアンと異なり、悪条件のもとで人を見わける勘をもちあわせていない。しかし、その女性と同席しているがっしりした体軀《たいく》の禿《は》げた男は、十中八九フンボルトその人に見えた。わたしは深呼吸をひとつすると、レストランのドアをあけて、店内に足を踏みいれた。

タバコの禁断症状には二段階がある。そして常習者をつくりだしてしまうのは、おおむねこの二段階めの禁断症状だと断じてかまうまい。肉体的な禁断症状は十日から二週間にわたってつづき、その症状の大部分――発汗、頭痛、筋肉の痙攣《けいれん》、眼球の搏動《はくどう》、不眠、いらつきなど――は消えていく。それにつづいておとずれるのが、もっと長期間にわたる心理的禁断症状だ。この症状には、軽微なものから中程度のものにわたる憂鬱《ゆううつ》症、悲哀、無快感症（ひらたくいえば感情の起伏がまったくなくなることだ）、健忘症などがふくまれることがあり、さらには一時的に失読症の一種まで出ることがある。こういったことを知っているのも、ひとえに読書の賜物《たまもの》だ。ゴーサム・カフェでの事件を思いかえすにつけ、わたしのこうした知識はしごく重要に思えてくる。たぶんみなさんなら、このテーマへのわたしの傾倒ぶりを、〈趣味の領域〉と〈強迫観念の王国〉のあいだに位置づけてくださるだろう。

第二段階禁断症状でもっとも一般的な症状はといえば、それは軽微な非現実感覚である。ニコチンには、神経細胞の情報伝達を活性化し、集中力を増す作用がある——ひらたくいえば、頭脳の情報ハイウェイの道幅を広げてくれるのだ。一大飛躍を遂げさせてくれるわけでもないし、成功をもたらす思考に必要不可欠というわけでもないが（ただし大多数のタバコ中毒者は、必要だと信じている）、いざニコチンがなくなってしまうと、まるで世界が夢の色あいを帯びたかのように思えてくる——人々や車、それに街頭で見かけるちょっとしたエピソードなどが、巨大なクランクをまわして巨大な円柱を回転させる舞台係がどこかに隠れており、その舞台係が操作している動くスクリーンに投影された映像として、かたわらを通りすぎていくだけのように感じられることがたびたびあった。それは、四六時中わずかに薬に酔っている状態と似ている。なんとなれば、この感情には無力感とモラルの疲弊がともなうからだ。ものごとは——いい方向であれわるい方向であれ——ただ進むべき方向にむかって進むしかない、という感覚。なぜそんなふうに感じるかといえば、それは人が（といっても、ここで話しているのはもちろんわたし自身の体験だが）タバコを吸わないということだけに忙しく、ほかのことをしているひまがないからだ。

こういったことが、じっさいの出来ごとにどの程度関係しているのかはわからない。しかし、多少の関係があることはわかっている。というのも、その給仕頭を見るなり、なにかがおかしいと感じたからだし、話しかけられて、たちどころにそれが確信に変わったからだ。

給仕頭は背が高く、年は四十五歳ほど、ほっそりした体形で（といってもこれはタキシード姿でのことで、ふつうの服を着ていたら骨と皮だけに見えただろう）、口ひげをたくわえていた。片手には革表紙のメニュー。いいかえれば、ニューヨークに掃いて捨てるほどある高級レストランに、掃いて捨てるほどいる給仕頭たちとおなじように見えた。ただし、蝶《ちょう》ネクタイがわずかにかしぎ、シャツになにかがついている点がちがった。ジャケットのボタンがかけられている箇所のすこし上に、ひとつだけ染《し》みがついていたのだ。グレイヴィか、もしくは黒っぽいゼリーの粒のように見えた。さらに数筋の髪の毛がぴったりとうしろに撫《な》でつけられているのが目にとまるにおよび、往年のテレビドラマ『ちびっこギャング』に出ていたアルファルファを連想して、あやうく爆笑しかけ——わたしがひどく神経質になっていたことをお忘れなく——唇を噛《か》んで笑いをこらえなくてはならなかった。

「いらっしゃいませ」わたしがレセプションに近づいていくと、給仕頭がいった。じっさいには、〝いらさいませ〟というようにきこえた。ニューヨークの給仕頭は、みなおなじ訛《なま》りをもっているが、どこの訛りなのかは決して特定できない。八〇年代のなかばにつきあっていたある女の子——ユーモアのセンスのある娘《こ》だったが、あいにくかなり重度のドラッグ依存習慣ももちあわせていた――が、こういったことがある。給仕頭たちはみんな、ひとつの小さな島の出身で、だからみんなおなじ言語をしゃべるのだ、と。

「何語だい？」わたしはたずねた。

「インギン・ブレー語よ」娘の答えに、わたしは大笑いした。

デスクごしに、先ほど店の外から見かけた女性――このときにはそれがダイアンであることをほぼ確信していた――を見やったとたん、あの娘との会話が思い出されて、わたしはまたしても唇の内側を噛まなくてはならなくなった。その結果、フンボルトの名前を口にしたものの、半分息が詰まったくしゃみといった感じの音しか出せなかった。給仕頭の青白く秀《ひい》でたひたいに皺《しわ》が寄った。その視線がわたしの目をしっかりと見すえる。デスクに近づいていくときには茶色の瞳《ひとみ》かと思っていたのだが、いまは黒く見えていた。

「いまなんとおっしゃいました？」給仕頭はたずねてきた。その声は〝いあなとおっさいました？〟ときこえ、その表情は〝くそくらえ、この野郎〟と告げてきている。ほっそりとした長い指、ひたいとおなじように青白い指――コンサート・ピアニストの指のようだった――が、苛立《いらだ》たしげにメニューの表紙を叩《たた》いていた。メニューからつきだしている紐《ひも》の先についている、たわけた本のしおりのような房飾りが前後に揺れていた。

「フンボルトだ」わたしはいった。「三名のテーブルだ」

気がつくと、給仕頭の蝶ネクタイ——かなりかしいでいるため、左端があごとのどのあいだの部分にかすりそうになっている——と、雪のような純白のシャツについた染みから目が離せなくなっていた。こうやって近くで見ると、もはやグレイヴィにもゼリーにも見えなかった——乾いた血の染みのように見えた。

給仕頭は予約簿に目を落とした。後頭部のくせ毛がひと筋、きちんと撫でつけられたほかの髪の毛の上で前後に揺れている。櫛《くし》の目のあいだから頭皮がのぞいていたし、タキシードの肩には点々とふけが散っている。優秀なフロアマネジャーなら、こんなだらしない服装で店に出るような部下はすぐ馘《くび》にするだろう——そんな思いが胸をかすめた。

「はい、うけたまわっております、ムッシュー（あい、うけたああっておいます、ムスー）」どうやら給仕頭は、フンボルトの名前を見つけたらしい。「お連れさまは——」

給仕頭はいきなり口をつぐむと、これまで以上に眼光の鋭くなったその両目で——そんなことが可能であればの話だが——わたしの背後、下のほうをひたとにらみすえた。「その犬をここに連れてくるんじゃない！」給仕頭は語気鋭くいった。「その犬をここに連れてきちゃいけないと、いったいなんどいったらわかるんだ！」

叫び声をあげたわけではなかったが、それでもかなり大きな声だったので、教会の説教壇めいたデスクのそばのテーブルにいた食事客の何人かが食事の手を休め、怪訝《けげん》な面もちであたりを見まわした。

わたしも周囲を見まわした。給仕頭がこれほど語気荒くいうのだから、当然だれかが、犬を連れてきているのが見えると思ったのだが、背後にはだれの姿もなく、もっともなことながら犬の姿も見あたらなかった。理由は見当もつかないが、給仕頭が〝犬〟といったのは、わたしがクロークに預けわすれた傘のことではないか、という思いが頭をよぎった。もしかすると給仕頭の一族郎党が住む島では、〝犬〟というのは傘をさす俗語——それも、どう見ても雨が降りそうもない日に客がもっている傘をさす俗語——なのかもしれない。

給仕頭に視線をもどすと、相手はすでにメニューを両手でもって、デスクから離れていた。わたしの背後にだれもいないことには、すでに気づいていたにちがいない。というのも給仕頭はわたしの肩ごしに視線を投げ、わずかに両眉《りょうまゆ》を吊りあげていたからだ。いまその顔には、慇懃《いんぎん》な問いかけ——こちらにいらしていただけますか、ムスー？——の表情しか見あたらなかった。わたしは歩きだした。男のようすをどこか妙に思ったものの、とりあえず歩きだしたのだ。これまでいちども足を運んだことがなく、また二度と来るとは思えないレストランの給仕頭のようすが変であっても、時間と労力を費やしてどこがどう変なのかをつきとめるような真似《まね》のできる立場ではない。なにせ、これからフンボルトとダイアンを——それもタバコ抜きで——相手にしなくてはならないのだ。ゴーサム・カフェの給仕頭には、犬の一件もふくめ、自分の問題には自分で対処してもらうよりほかになかった。

ダイアンがこちらをふりかえった。最初はその顔にも目にも、凍りついたような礼儀正しさ以外にはなにも見あたらなかった。ついでその表情のすぐ下に……怒りが見えた……というか、怒りが見えたように思えた。ひとつ屋根の下で暮らしていたさいごの三カ月か四カ月間は、じつによく口論をしていたが、いま感じているような隠された怒りを見た記憶はない。きっと化粧と新しい服（スパンコールなしの青い服で、長いか否《いな》かにかかわらずスリットはない）と新しいヘアダイが怒りを隠していたにちがいなかった。同席していた巨漢の男がなにかいい、ダイアンが手を伸ばして男の腕にふれた。男がこちらに顔をむけて立ちあがりかけたとき、ダイアンの顔に怒り以外の表情があるのが見てとれた。わたしへの怒りのほかに、わたしへの恐怖もあった。ダイアンがまだひとことも発していなかったにもかかわらず、早くも妻への激怒が芽ばえていた。ダイアンの目に浮かんでいたのは、完全な拒絶の光だった——つまり、目と目のあいだに《**追って通知あるまで休業**》というプレートをかかげているも同然だった。こんなあつかいを受けるいわれはない、と思った。

「ムッシュー」給仕頭がいい、ダイアンの左側の椅子《いす》を引きだした。わたしの耳にはその声もろくにはいっていなかったし、奇矯な行動や曲がった蝶ネクタイのことも、念頭からすっかり消え去っていた。いまにして思えば、このとき禁煙以来はじめて、つかのまとはいえタバコの問題も脳から撤退していたようだ。わたしはただ、ダイアンの慎重に組み立てられた表情を見つめながら、おのれに驚嘆するばかりだった——これほど激しい怒りを感じていながら、ダイアンを見ているだけで痛みすらともなう欲望を感じていたからだ。しばらく会わないことで、他人への好意がふくらむか、反対にしぼむかはどうあれ、新鮮な目で見られるようになることはまちがいない。

さらに、予測していたものがすべてそこに見えるだろうかと、思いをめぐらすだけの時間もあった。怒りは？　怒りが見えることは考えられたし、ほとんど確実といってもよかった。ある程度までわたしに怒っていなければ、そもそも最初から家を出るはずはなかったではないか。しかし恐怖とは？　なぜダイアンがわたしを恐れる道理がある？　ダイアンに手を上げたことは、ただのいちどもない。口論のさなかに声を荒らげたことはあるが、それはおたがいさまだ。

「ごゆっくりランチをお楽しみください」給仕頭が、「どこかほかの宇宙から声をかけてきた。サービス業に従事する人々は、いつもはその宇宙に滞在しており、われわれ客がなにかを必要としているとか、あるいは苦情を申し立てるとかした場合にのみ、こちらの宇宙に顔だけ突きだしてくるのである。

「ミスター・デイヴィス。わたしがウィリアム・フンボルトです」ダイアンの連れがいい、ひびがはいったように見える大きな赤い手をさしのべてきた。握手は短時間で切りあげた。手以外の部分もおなじように大きな男だったし、顔は赤らんでいた——その日最初の一杯を口にした常習的呑《の》み助《すけ》にしばしば見られるたぐいの赤らみだった。見たところ年齢は四十代のなかば。頬の肉はたるんでいるが、これがあと十年もすれば、あごの下にだらんと垂れ下がった肉袋となるのだろう。

「よろしく」わたしはそういったが、じつのところシャツに染みのある給仕頭のことが念頭になかったのと同様、自分がなにを口にしているのかにもまったく考えがむいていなかった。とにかく握手の儀式を一刻も早くおわらせて、薔薇色《ばらいろ》とクリーム色の顔や薄紅色の唇をもち、小柄ですらりとした体形のブロンド美人に視線をむけたい一心だった。このブロンド美人はほど遠くない昔、前橋《ぜんきょう》がふたつある鞍《くら》そっくりに、このわたしの尻《しり》をがっしりとつかまえたまま、「やってやってもっとやって」と耳もとでささやく趣味のあった当人だ。

「ミスター・リングはどちらに？」フンボルトはそういいながら、あたりを見まわした（芝居がかっていることだ、とわたしは思った）。

「ミスター・リングはロングアイランドにむかっているよ。母親が階段から落ちて腰の骨を折ったといってね」

「それは大変だ」フンボルトはそういうと、半分からになったマティーニのグラスをテーブルから取りあげ、爪楊枝《つまようじ》に刺したオリーブが唇にくっつくほどグラスをかたむけて、中身を一気に飲み干した。「ミスター・リングからどんな話をきいてきたのかも、あらかたわかりますよ」

この言葉もきこえてはいたが、わたしはなんの注意もむけなかった。このときばかりはフンボルトの言葉も、本心からききたいラジオ番組のかすかな雑音ほどの意味もなくなっていた。わたしはダイアンを見つめた。以前よりも明敏で、かつ愛らしくなったダイアンのようすには、心からの驚嘆を禁じえなかった。別居期間はまだたったの二週間で、おまけにダイアンはパウンドリッジの両親、アーニーとディー・ディー・コスロウ夫妻のもとで暮らしていたというのに、それだけのあいだでわたしの知らないことを学んだかのような雰囲気だった。

「元気にしてるの、スティーヴ？」ダイアンがたずねた。

「ああ」そういってから、「いや、元気じゃない」といいなおす。「きみがいなくて寂しいよ」

これを受けとめたレディから返ってきたのは、用心ぶかい沈黙だけ。あの大きな青緑色の瞳はわたしを見つめているが、それ以上のものはない。社交辞令のお返しもなければ、〝わたしも寂しかった〟のひとつもない。

「それから禁煙もしたよ。おかげで、精神安定にものすごい障害が出てる」

「ついに禁煙したの？　よかったわね」

またしても怒りの火照《ほて》りを感じた。この木で鼻をくくったような慇懃ないいぐさに、はらわたが煮えくりかえる思いだった。〝あなたが嘘《うそ》をついているのはお見通しだが、そんなことはどうだっていい〟といわんばかり。思えば二年のあいだ毎日のように、ダイアンはわたしのタバコについて、ありとあらゆる非難を浴びせていた気がする――タバコを吸っているとあなたが癌《がん》になる、わたしも癌になる、あなたが禁煙するまでは、子どもをつくることは考える気にもなれない、だからその件でなにか話をしようと思っているのなら、話すだけ無駄――それがいま、いきなりどうでもいい問題となったわけだ。なぜなら、このわたしがもはやどうでもいい存在になったからである。

「さて、片づけなくてはいけない仕事がありますな」フンボルトがいった。「よろしければ、話しあいにかかりましょう」

　かたわらの床に、いかにも弁護士にふさわしい、大きな箱形のブリーフケースがおかれていた。フンボルトはうなり声をひとつあげてそのブリーフケースをつかみあげると、となりのあいている椅子――母親が腰骨を折らなければ、わたしの弁護士がすわっていたはずの椅子――においた。それから留め金をはずしはじめたが、この時点でわたしは注意をむけるのをやめた。はっきりいえば慎重になっていた。警戒していたのではない――いま大事なのは優先順位だ。つかのま、リングから電話をもらったことがありがたく思えた。あの電話のおかげで、問題がすっきり整理されたのである。

わたしはダイアンに視線をむけた。「もういちどやりなおしたいんだ。仲なおりできないだろうか？　チャンスはまだあるんじゃないかな？」

ダイアンの顔に純然たる恐怖が浮かぶのを見て、わたしはそれまで自分がすがりついていたとは気づきもしなかった希望の念が、たちまち砕け散るのを感じた。ダイアンはなにもいわず、わたしではなくフンボルトに目をむけた。

フンボルトは多少面食らっているようすで肩をすくめると、からになったマティーニのグラスにちらりと目を落とした。おおかた、最初からダブルを注文しておけばよかったと悔やんでいるのだろう。「ミスター・デイヴィスが弁護士を連れず、おひとりでいらっしゃるとは知りませんでした。それでしたら、事前にわたしに電話でご一報くださるべきでしたな。しかし、お知らせいただかなかった以上、わたしとしては以下のことをおつたえする義務があると考えます。すなわち今回の会合にゴーサインを出すにあたって、ダイアンの頭のなかには、いかなる形でも結婚生活を継続しようという意向はありません。離婚を望む気持ちはもう固まっています」

フンボルトはちらりと確認をもとめる視線をダイアンに送り、確認を得た。ダイアンは気負いこんだようにうなずいていた。左右の頬は、わたしがこのテーブルについたときよりも、さらに赤らんでいる。しかもそれは、わたしが頭のなかで恥ずかしさと関連づけて考えているたぐいの赤らみではなかった。

「ええ、そう思ってもらってかまわないわ」ダイアンがいい、その顔にまたあの激しい怒りがのぞいた。

「なぜ?」自分の声に混じった、〃めえめえ〃という羊の鳴き声めいた哀れっぽい響きが気にくわなかった。しかし、手のほどこしようがなかった。「どうして?」

「なにをいいだすかと思えば。まさか、そんなこともわからないとでも?」

「ぼくにはさっぱり——」

ダイアンの頬はこれまで以上に赤くなり、その赤みはいまやこめかみにまで達しかけていた。「ええ、きっとわかってないのね。これこそ象徴的だわ」

水のグラスを手にとろうとしたダイアンは、上から五センチぶんほどの水をテーブルクロスにぶちまけた。手がふるえていたからだ。わたしの思いは一瞬にして——〃ずどん〃と銃声が響くように——ダイアンが家を出ていった日に引きもどされた。あの日、オレンジジュースのはいったコップを床に落としてしまったこと……手のふるえがおさまるまで、ガラスの破片を拾おうとしてはいけないと自分に注意をうながしたこと……にもかかわらず破片を拾って、結局は切り傷で痛い思いをしたこと。

「やめてください、そんな話は非生産的です」フンボルトがいった。本格的な乱闘がはじまりもしないうちから収拾にかかる、子ども用遊び場の監督官はだしの口調だったが、肝心の〝ダイアンのぶーたれリスト〟のことはまるきり忘れているようだった。その両目は店内の奥半分をなんども往復している――このテーブル担当のウェイターをさがしているのか、あるいはだれでもいい、とにかく視線をあわせてくれるウェイターをさがしているのだろう。いまこのときばかりは、イギリス人が〝わが分身〟と呼ぶしろものを入手することに入れあげるあまり、わたしたちのことは眼中にもないようすだった。

「ぼくが知りたいのは、ただ――」わたしはいいかけた。

「あなたがなにを知りたがっていようと、そんなものはわれわれがここにこうしてあつまっている理由とはなんの関係もありません」フンボルトがいった。つかのまではあれ、心の底から警戒しているような声だった。この男がこれほど真剣に注意を払ったのは、卒業証書を手にしてロースクールから外に足を踏みだした日以来ではあるまいか。

「ええ、そう、ようやくね」ダイアンがいった。緊張もあらわな切迫した口調だった。「ようやく、あなたがなにを望んでいるかではなく、あなたになにが必要かということが問題になるわけよ」

「どういう意味かさっぱりわからない。しかし、話をきく気はあるよ」わたしはいった。「いっしょにカウンセリングをうけてもいい。ぼくとしてもやぶさかじゃないが、その条件が――」

ダイアンは両手を肩の高さにもちあげて、手のひらを上にむけると、「まったく、ミスター・マッチョがニューエイジの地におもむいたというところね」といって、手を膝《ひざ》にもどした。「何日もたったあとで、あなたは鞍に高くうちまたがって、夕陽にむかって消えていった。ちがうといってよ、ジョー」

「もうやめたまえ」フンボルトがダイアンにいった。ついで視線を依頼人から、まもなくその依頼人の〝前夫〟と呼ばれることになる男にうつす（どのみち、そういうことになるのだ——この時点では、タバコをやめたことでもたらされたわずかな非現実感といえども、この自明の真理を覆《おお》い隠すことはできなくなっていた）。「おふたりのどちらかが、あとひとことでもその種の発言をなさった場合、わたしはこの昼食会の中止を宣言しますぞ」そういって、薄笑いを見せる。ここまであからさまなつくり笑いだと、かえって魅力的に見えることに気づかされた。「まだ本日の特別料理さえ、ちゃんときいていないというのに」

この発言——ふたりとおなじテーブルについてからはじめての、食べ物への言及——は、凶事が勃発《ぼっぱつ》する寸前になされたものだった。このときちょうど、近くのテーブルからサーモンの芳香がただよってきたことはいまでも覚えている。タバコをやめて二週間が経過し、わたしの嗅覚《きゅうかく》は信じられないほど鋭敏になっていたが、いまのわたしには——とりわけサーモンにかんするかぎり——それを恩恵だと考える気にはなれない。以前は好物だったのだが、いまはサーモンの味はもとより、その香りにさえ耐えられなくなった。苦痛と恐怖と血と死のにおいに思えてしまうからだ。

「はじめたのはそっちよ」ダイアンが口をとがらせた。

《そっちがはじめたんじゃないか。家を出ていったのは、そっちなんだぞ》わたしはそう思ったが、口には出さなかった。フンボルトが本気のようだったからだ――ここでわたしたちが、校庭で子どもたちがする〝ぼくはやってない、やったのはおまえだ〟的ののしりあいをはじめたがさいご、フンボルトはダイアンの手を引いて、レストランから出ていってしまうだろう。たとえ、あともう一杯酒が飲めそうだとなっても、その足を引きとめることはできまい。

「わかった」わたしは穏やかにいった……この穏やかな声を出すために、必死の努力が必要だった。嘘じゃない。「はじめたのはぼくだ。さて、つぎの話題は？」

もちろん、きかずともわかっていた。書類、書類、また書類。このみじめな境遇でひとつだけ満足を味わえるとしたら、自分は弁護士の助言にしたがい、いかなる書類にもサインをするつもりがないばかりか、どの書類にも目を通すつもりさえない、とふたりに告げてやることくらいだろう。いまこの場で新品の服をまとったダイアンの両肩をつかみ、小石を入れた瓢簞《ひょうたん》を揺さぶる要領で体を揺さぶってやりたいという、強烈な衝動が突きあげてきた。

《自分だけがこんな目にあったと思っているのか？》そう怒鳴りつけてやりたい。《自分だけがこんな目にあっているとでも思っているのか？　それなら、このマルボロマンがいいことを教えてやろう、スイートハート――いいか、きみは依怙地《いこじ》で身勝手なだけのあばず――》

「ミスター・デイヴィス？」フンボルトが丁寧にたずねてきた。

わたしはあわてて弁護士に顔をむけた。

「これで話をきいていただけますな。いえね、あなたのお心がまたお留守になっていたようですので」

「いや、そんなことはないね」

「けっこう。まことにけっこう」

フンボルトが書類の束をいくつかとりだした。束は色とりどりのクリップでとめられていた――赤、青、黄、紫。ゴーサム・カフェの壁を飾る印象派の絵とよく調和している。それを見て、自分が今回の会合にのぞむにあたって、はかり知れないほど無防備な状態であることに思いいたった。顧問弁護士が十二時三十三分発の列車でバビロンにむかっているからだが、ほかにも理由がある。まずダイアンは新しい服を着てきている。フンボルトはデザイナー・ブリーフケースをもっているうえに、クリップで束ねている。ところがこっちは――外はいい日和《ひより》だというのに――傘一本しかもっていないからだ。椅子《いす》の横の床に寝かせた傘を見おろすと（それまでは確かめようという気さえなかった）握りの部分にまだ値札がぶら下がっているのが目にとまった。そのとたん、自分がコメディ女優のミニー・パールになったような気がした。

大多数のレストランが店内での喫煙を禁止してからの例に洩《も》れず、この店もすばらしい香りに満ちていた——花とワインと淹《い》れたてのコーヒー、それにチョコレートやペストリーの香り——しかし、いちばんはっきり嗅《か》ぎとれたのはサーモンの香りだった。すばらしい香りだ、サーモン料理を注文してもいいかもしれない、などと考えたことは覚えている。さらに、今回の会合のような場でものが食べられるのなら、どんなところに行っても食べられるぞ、などと考えていたことも覚えている。

「ここに何枚かの書類があります。これはあなたとミズ・デイヴィスがおふたりで刻苦精励して築きあげた財産に、どちらかが不当に手をかけることのないよう確実を期す一方、おふたりが経済的に困るような事態を防ぐためのものです」フンボルトはいった。「それ以外にも、裁判所からの予備的な通告書類があり、これにもサインをいただきたい。また、今回の事態が裁判所の決定によって解決するまでのあいだ、あなたが所有する債券と財務省短期証券を第三者に預託するための書類もあります」

わたしは口をひらきかけた——いかなる書類にもサインするつもりはないし、それできょうの会合がおひらきになるのなら、いっこうにかまわない、というつもりだった。しかし、ひとことも口にできなかった。給仕頭にさえぎられたからだ。給仕頭は言葉を発しているだけではなく大声でわめいてもいて、わたしはその声を正確に書きあらわそうとはしたのだが、いくら〝い〟の文字をつらねたところで、あの声をきちんと表現できるとは思えない。腹に蒸気がぱんぱんに詰まり、のどにやかん用のホイッスルがついているみたいだった。

「あの犬……きいいいいいいっ！……あの犬のことは口をすっぱくしていっただろうが……きいいいいいいっ！……おかげでいつも寝られやしない……きいいいいいっ！……あのくそあま、顔を切れといいやがった……きいいいいいっ！……おちょくるのもたいがいにしろ……きいいいいいっ！……おまけにこんどはここに犬を連れてきたな……きいいいいいいっ！」

むろん、店内は一瞬にして水を打ったように静まりかえった。食事客が料理から顔をあげたり、会話を中断したりしているなか、痩《や》せこけて青ざめたこの黒服の男は、顔を前に突きだし、足をせかせかと鋏《はさみ》のように動かすコウノトリめいた歩き方で店内を歩きまわっていた。給仕頭の蝶《ちょう》ネクタイはいまや定位置から九十度ずれて、六時をさす時計の針のようになっていた。手をうしろで組み、腰を曲げてわずかに前かがみになって歩くその姿に、わたしは六年生の文学の授業で読まされた本の挿画を思い出した――ワシントン・アーヴィングの小説に登場する哀れな教師、イカボッド・クレーンである。

給仕頭が視線をむけ、つかつかと歩いて近づいているのは――このわたしだった。わたしは催眠術にかかったような気分で、給仕頭をじっと見かえした——それはまるで、受けるはずのない司法試験を夢のなかで受けさせられているような気分、あるいはおなじく夢のなかで、一糸まとわぬ姿のままホワイトハウスでディナーの饗応《きょうおう》を受ける栄誉に浴しているような気分だった。もしフンボルトが行動を起こさなければ、わたしはそのままの状態でいたにちがいない。

椅子がうしろに引かれる音を耳にして、わたしはフンボルトに目をやった。この弁護士は片手で軽くナプキンをもったまま、立ちあがっていた。驚いている顔つきだったが、そこには怒りもうかがえた。たちまち、ふたつの事実に気がついた——フンボルトは酔っている、それもかなり酔っているという事実と、そのフンボルトがこの事態をみずからのもてなしと力量への侮辱だと考えているという事実である。なんといっても、このレストランを選択したのはフンボルトなのだ。それが、あろうことか——儀式進行をつかさどる司会役の男が正気をうしなったのである。

「きいいいいいいいっ！……きさまに教えてやる！　ああ、教えてやるのも、こ、これがさいごだ……」

「いやっ、あの人、お洩らししてる」近くのテーブルにすわっていた女性客がつぶやいた。小声だったが、給仕頭がつぎの絶叫にそなえて空気を吸いこんでいる合間の静寂のなかでは、はっきりときとれた。その言葉が正しいこともわかった。痩せ男のスラックスの股間《こかん》はぐっしょりと濡《ぬ》れていた。

「こっちに来い、このぼけが」フンボルトはそういって、給仕頭にむきなおった。給仕頭は背中にまわしていた左手を前に突きだした。その手には、これまで見たこともないほど巨大な包丁が握られていた。刃わたり六十センチはあったにちがいない。しかも切っ先の部分は、むかしの海賊映画に出てきた短剣《カトラス》よろしく、わずかに反り身になっていた。

「気をつけろ！」わたしはフンボルトに叫んだ。同時に壁ぎわのテーブルにすわっていた、縁なし眼鏡をかけた痩せた男が、口いっぱいに頰ばっていた茶色い料理の小片を、目の前のテーブルクロスにむかって一気にぶちまけていた。

フンボルトは、わたしの叫びも、もうひとりの男の悲鳴も耳にははいっていないようすで、渋面に壮絶な気迫をただよわせ、ひたすら給仕頭をにらみつけていた。

「わたしがこの店に来ることは二度とないと思ってもらおうか。これがこの店のやりかた——」フンボルトはいいかけた。

「きいいいいっ！　**きいいいいいっ！**」給仕頭は絶叫しながら、包丁を横にひとふりして空気を切り裂いた。小声のしのび笑いのような音、ささやき声で文章を読みあげているような音がした。その文章にピリオドを打ったのは、包丁がウィリアム・フンボルトの右の頰に突き刺さる音だった。たちまち、傷口から鮮血が微細なしぶきとなって爆発するような勢いで盛大に噴きあがった。血しぶきは、テーブルクロスに扇形の点描画といういろどりをほどこした。そして、わたしははっきりと見た（この光景は死ぬまで忘れられないだろう）――鮮やかな赤い血の一滴がわたしの水のグラスのなかに躍りこみ、薄紅色の細い線をまるで尾のようにうしろに引きずりながら、グラスの底めがけてぐんぐん潜っていくのを。それは血でできたオタマジャクシを思わせた。

フンボルトの頬がぱっくりと割れて、歯がのぞいていた。血をほとばしらせる傷口をフンボルトが手で押さえると同時に、チャコールグレイのスーツの肩に白っぽいピンク色をしたものが載っているのが見えた。すべてがおわってからようやくわかったのだが、いまにして思えばあれはフンボルトの耳たぶだったにちがいない。

「耳の穴かっぽじってよっくきけ！」給仕頭は、どくどくと血を流しているダイアンの弁護士にむかって、激怒もあらわに叫びかけていた。ほとばしり、指のあいだから流れでてくるその鮮血さえなければ、コメディアンのジャック・ベニーがトレードマークのダブルテイク演技をしているときそっくりに見えたはずだ。「道ばたにたむろしてる、騒ぎ屋のダチ公に教えてやれ……このみじめな……きいいいいいいっ！……**犬かぶれ野郎め！**」

ほかの客たちも悲鳴をあげるようになっていた。そのほとんどは、血を目にしたがゆえの悲鳴だろう。フンボルトは大男で、刺された豚のように血を流していた。床に落ちていく血が、壊れたパイプから水がしたたり落ちるときのような音をたてていた。白いシャツの前面は、いまや一面朱《あけ》に染まっていた。最初は赤かったネクタイが、どす黒く変色していた。

「スティーヴ？」ダイアンの声。「スティ、、、、ーヴン？」

そのダイアンの背後、わずかに左に寄った場所のテーブルでは、男女のふたり連れが食事をしていた。その男のほう――三十歳ほどで、役者のジョージ・ハミルトンがかつてハンサムだったという意味ではハンサムな男だったが――がいきなり立ちあがると、レストランの正面の出口めざしていっさんに走りはじめた。

「トロイ、あたしをおいてかないで！」デート相手が悲鳴をあげたが、トロイはふりかえりもしなかった。図書館の本を返却すべきなのにすっかり忘れていたか、あるいは車のワックスがけの約束を忘れていた男のように見えた。

それまで店内は麻痺《まひ》状態に支配されていたのかもしれない――あれだけたくさんのことを目にして、しかもそれを記憶しているように思えるのに、ほんとうに麻痺状態に支配されていたかどうかはわからないのだ――それがここに来て、一気に崩れた。さらに悲鳴があがり、ほかの人々も席を立ちはじめた。あちこちでテーブルがひっくりかえった。グラスや陶器が床に落ちて砕けた。給仕頭の背後を、ひとりの男が連れの女性の腰にしっかりと腕をまわして、足早に通りすぎていった――女の手はまるで鉤爪《かぎづめ》のように男の肩をつかんでいた。つかのま、女のほうと視線があったが、その目はギリシア彫刻のように空虚だった。顔は血の気をうしない、恐怖のあまり妖婆《ようば》もどきの顔つきになっていた。

すべては、おそらく十秒、せいぜい二十秒以内の出来ごとだったろう。記憶のなかでは一連の写真、あるいはフィルムのコマのような形になっているが、そこに時間の要素は欠けている。給仕頭アルファルファが背後から左手を前に出してきて、包丁が目にはいってからしばらく、わたしにとって時間は存在しないものとなっていたのだ。そのあいだタキシードの男は、特殊な給仕頭言語で——わたしの昔のガールフレンドが〝インギン・ブレー語〟と呼んだあの言語で——無意味な言葉の洪水を吐きだしつづけていた。一部はたしかに本物の外国語だったし、一部は英語にはちがいないものの、なんの意味ももたず、一部は衝撃的で……そら恐ろしくなるようなしろものだった。ニューヨークのギャング、ダッチ・シュルツが死の床で語った、支離滅裂な陳述をお読みになったことはあるだろうか？　ちょうどあんな感じだった。大半は記憶にない。記憶にのこっている部分については、一生忘れることはあるまい。

フンボルトは切り裂かれた頰に手をあてたまま、よろよろとあとじさった。膝の裏側が椅子の座面にあたり、そのままどさりとへたりこむ。

《たったいま、癌《がん》の告知をされた人みたいだ》わたしはそんなことを思った。それからフンボルトは、大きく見ひらいた目にショックをたたえて、ダイアンとわたしに顔をむけようとしはじめた。両目から涙がにじんでいるのを目にとめる時間はかろうじてあったが、給仕頭はすぐに包丁の柄を両手でつかむと、フンボルトの頭の中心部に叩《たた》きこんだ。タオルの山を杖《つえ》で打ちすえたような音がした。

「ぶううつ！」フンボルトは叫んだ。それがこの男が地上でさいごに発した単語であることには確信がある——〝長靴《ブーツ》〟だ。ついで涙を流す目がでんぐりがえって白目をむきだし、前に突きだした腕のひとふりでテーブルから自分のグラスを払い落としながら、ばったりと前に倒れこんで、料理の皿に顔を埋《うず》めた。それと同時に給仕頭は——髪の毛は、いまやすべてうしろに撫《な》でつけられていた——長い刃物をフンボルトの頭部からねじりながら引き抜いた。頭部の傷から鮮血が一種のカーテンのような形で噴きだして、ダイアンのワンピースの前に降りそそいだ。またもや両手を肩の高さにまでもちあげて、手のひらを上にむけたが、これはさっきのような怒りの動作ではなく恐怖のしぐさだった。ダイアンは金切り声で悲鳴をあげ、ついで血まみれの手を顔にぴったりとあてて目をふさいだ。給仕頭はダイアンには目もくれなかった。その代わり、わたしのほうにむきなおってきたのだ。

「きさまのあの犬ときたら」給仕頭は、ふつうの会話同然の口調でそういった。背後では恐怖に浮き足だった人々が悲鳴をあげながら出口めざして暴走しているというのに、そちらにはひとかけらの関心をむけるでもなく、存在を認めているそぶりさえ見せていない。その目はすこぶるつきに大きく、すこぶるつきに黒かった。わたしの目にはまたもや茶色に見えていたが、虹彩《こうさい》を黒い輪がとりまいているようだった。「きさまのあの犬ときたら、えらく怒ってるじゃないか。コニー・アイランドじゅうのラジオをいっせいに鳴らしたって、あの吠《ほ》え声にはかなうまいよ、このくそったれめ」

　わたしは傘を手にもっていた。どれほど努力しても思い出せないことのひとつが、この傘をいつ手にとったのか、ということである。自分の口が二十五センチ近くも広げられたことを知ったフンボルトが茫然《ぼうぜん》と立ちすくんでいたあいだのことにちがいないが、ただ思い出せないのだ。ジョージ・ハミルトンに似た男が出口めざして全力疾走していったことも覚えているし、連れが名前で呼びかけたので、その男の名前がトロイだったことも覚えているが、旅行鞄《かばん》の店で買った傘をいつ手にとったのかは、まったく思い出せない。それでも傘を手にしていたし、握り拳《こぶし》の下側からは値札が突きだしていた。給仕頭がこちらに上体を突きだし、お辞儀をしながら包丁をわたしめがけて一閃《いっせん》させるようなしぐさを見せたときには——もちろん、わたしののどに包丁を叩きこむつもりだったのだろう——わたしは傘をふりあげ、いうことをきかぬ生徒をヒッコリーの杖で叩いた昔の教師よろしく、傘で給仕頭の手首を打ちすえていた。

「うぎゃっ！」手を鋭く上から叩きつけられた給仕頭がうめき声をあげ、わたしののどに突き立つはずだった包丁は、濡れそぼってピンク色に染まったテーブルクロスをざくりと切り裂いた。しかし給仕頭は倒れずに、包丁を引き抜いた。もういちど傘で包丁を持つ手を狙《ねら》っても、こんどは打ちそんじるだろうと思ったのだが、そんなことはなかった。顔めがけて傘をぶんまわし、横っつらを下から上へと薙《な》ぎ払う会心の一撃を見舞ってやれた——とはいえ、これは傘での精いっぱいの一撃という意味だ。それと同時に、傘がぽんとひらいた。まるでスラップスティック映画のおちのシーンだった。

しかし、とうてい笑えなかった。わたしの傘が殴りつけた場所をあいている右手で覆《おお》いながら、よろよろとあとじさっていく給仕頭の姿が、完全にこちらの目から隠れてしまったからだ。給仕頭の姿が見えないのは、どうにもいやだった。どうにもいや？　そんなものではない、すくみあがるほどの恐怖だ。とはいえ、怖さを感じたのはこのときがはじめてではなかったが。

わたしはダイアンの手首をつかみ、無理やり引っぱって席を立たせた。ダイアンはひとこともいわずに立ちあがり、一歩わたしに近づいたところで、ハイヒールでよろけてしまい、ぶざまにわたしの両腕のなかに倒れこんできた。胸のふくらみが押しつけられるのが感じられ、そのふくらみを生温かいねっとりした水分が覆っているのも感じられた。

「きいいいいいいっ！　このおまんこ野郎！」給仕頭はそう叫んできた。いや、この呼びかけは〝おっぱい野郎〟だったかもしれない。そんなことは問題ではないことは百も承知だが、しばしば問題に思えることがある。夜も更《ふ》けてくると、このちっぽけな疑問がほかの幾多の大きな疑問とおなじように、頭にとり憑《つ》いて離れてくれなくなるのだ。

「このくそまんこ野郎！　あれだけのラジオありったけだぞ！　ダバダを黙らせろ！　カズン・ブルーシーくそくらえ！　**きさま**なんぞくそくらえ」

　給仕頭はテーブルをまわって、わたしたちに近づきだしていた（その背後の領域はいまや完全な無人となって、西部劇映画で喧嘩《けんか》騒ぎが起こったあとの酒場の様相を呈していた）。わたしの傘はまだひらいた状態のまま、先端をわたしと反対側にむけてテーブルに載っていた。給仕頭は腰をその傘にぶつけた。傘が給仕頭の前に落ちる。相手が傘を足で蹴飛《けと》ばすあいだに、わたしはダイアンを再度しっかりと立たせて、店の奥へと引っぱっていきはじめた。正面玄関はまずい。あまりにも距離がありすぎるだろうし、よしんばたどり着けたところで、恐怖に駆られて悲鳴をあげる人々でいまなおごったがえしているはずだ。給仕頭の目あてがわたしなら——あるいは、わたしたちふたりなら——苦もなく追いつけるはずだし、こっちは七面鳥のカップルよろしく切り裂かれて一巻のおわりだ。

「虫けらども！　きさまら虫けらども！……きいいいいいいっ！……おまえの犬には贅

沢だろうよ、あん？　ぎゃんぎゃん吠えるあのくそ犬にはな！」
「あいつをとめて！」ダイアンが叫んだ。「わたしたちふたりとも、あいつに殺されちゃうわ！　あいつをなんとかしてったら！」
「きさまを腐らせてくれるわ、下衆めが」さらに接近してくる。どうやら傘は、それほど長くは給仕頭の前進を押しとどめられなかったらしい。「きさまら、まとめて腐らせてやる！」

目の前に三つの扉が見えた。そのうちふたつは、公衆電話のあるアルコーブのなかで向かいあわせになっている。男性用と女性用の洗面所。だめだ。入口の扉そのものに鍵《かぎ》がかかった男女共用の洗面所であっても、役に立たないことに変わりはない。あの手のいかれ野郎ならば、洗面所の鍵のネジくらいなんなく吹き飛ばすだろうし、ひとたびそうなったら、こっちは逃げ場を完全にうしなう。

そこで、ダイアンを三番めのドアにむかって引きずっていった。一気に突き抜けると、そこは清潔な緑色のタイルと強烈な蛍光灯の明かり、ぎらぎら輝くクローム鍍金《めっき》と、むせかえるような料理の香りの世界だった。なかでもあたりを支配しているのは、サーモンの香りだった。フンボルトには本日の特別料理をたずねる時間がついになかったが、わたしはすくなくともそのひとつを知ったようだ。

ウェイターが片手の手のひらの上で、料理の皿の満載されたトレイをバランスをとって載せた姿で立っていた。口をあんぐりあけ、目を大きく見ひらいている。そのさまは、アイザック・シンガーの有名な短篇に出てくる〝ばかものギンペル〟そっくりだった。

「いったいなに——」といいかけるウェイターを、わたしは突き飛ばした。トレイが宙を舞い、皿やグラスが壁にぶつかって砕け散った。

「おい！」ひとりの男が叫んだ。白いスモックを着て、雲形の白いシェフ帽子をかぶっている。首のまわりには赤いバンダナを巻きつけ、片手にはブラウンソースとおぼしき液体がしたたるレードルをもっていた。「勝手にはいってこられちゃ困るじゃないか！」

「外に出たいんだ」わたしはいった。「あいつは正気じゃない。あいつは——」

そこで天啓のごとく、説明をはぶいて説明する名案がひらめいた。わたしは一瞬だが、つきりダイアンの左の乳房の上、ぐっしょりと濡《ぬ》れたワンピースの布地に手をかぶせた。これっきりダイアンとは二度と親密な接触をしていないが、すばらしい感触だったかどうかはわからない。それからわたしはシェフにむかって手をかかげ、フンボルトの血で染まった手のひらを見せつけた。

「た、大変だ」シェフはいった。「さあ、こっちだ。奥へ来い」

その瞬間、われわれが通りぬけてきた扉が勢いよくひらいて、給仕頭が飛びこんできた。目はぎらぎらと光り、髪の毛は体を丸めたヤマアラシの棘《とげ》さながらに四方八方に突きだしている。給仕頭はぐるりとあたりを見まわし、ウェイターに目をとめたものの無視してから、わたしを目にするや、すぐさま突進してきた。

わたしはダイアンを引きずってまたもや走りだし、やみくもに手をふりまわして、ぼってりした腹をもつシェフの体を押しのけた。その横を走りぬけた拍子に、ダイアンのワンピースの前部がシェフの上着にこすれ、べったりと血の汚れがついた。シェフがわたしたちといっしょに来ないのが見えた——給仕頭に正面から立ちむかおうとしていたのだ。警告したかった——そんなことをしてもどうにもならない、世界最悪のアイデアだし、それが人生さいごのアイデアになることはまちがいない、と。しかし、その時間はなかった。

「おい!」シェフが叫んだ。「おい、ギイ、いったいなんのまねだ?」

ふつうに発音すれば〝ガイ〟となる名前を、シェフはフランス流に、〝自由《フリー》〟と韻を踏むように発音し——それっきりなにもいわなくなった。フンボルトの頭蓋《ずがい》に包丁が突き立ったときを思い出させる、鈍い〝どすっ〟という音がしたかと思うと、シェフが悲鳴をあげた。水っぽい悲鳴だった。ついで——いまでも夢でうなされるのだが——重苦しい水音のような〝びしゃ〟という音がきこえた。なんの音なのかは知らないし、知りたいとも思わない。

わたしはダイアンを引っぱって、二台のレンジ台にはさまれた狭い通路に飛びこんだ。レンジからは、かなり強い熱気がむんむんと放射されている。つきあたりに扉があった。

二本の幅の広い鉄の差し錠がおりている。上の差し錠に手をかけたとき、ギイ、別名〈地獄の給仕頭〉がわけのわからぬことをわめきながら、あとを追ってくるのがきこえた。

錠から手を離したくはなかったし、あの男が包丁をふりまわせばとどく距離に到達する前に、この扉をあけて外に出られると、そう信じたかった。しかし、わたしの頭のべつの部分はもっと知恵があった。わたしはダイアンを扉に押しつけると、その体の前に進みでて、それこそ氷河時代にまでさかのぼることのできる防護行動をとり、給仕頭にむきなおった。

給仕頭は包丁を握った左手を頭の上にかかげて、レンジ台のあいだの通路を走って近づいていた。その口は大きく左右に引っぱられたようにひらき、虫歯におかされた薄汚い歯をむきだしにしている。〝ばかものギンペル〟がいくらか助けになってくれるのではないかという望みは潰《つい》えた。このウェイターは、店内に通じる扉のわきに身を縮こまらせていたのだ。指を口中深く突っこんだその姿は、これまで以上に〝村のばかもの〟そっくりに見えた。

「きさまがまだいたとは、おれもうかつだったな!」ギイの叫び声は、映画《スター・ウォーズ》に出てくるヨーダそっくりだった。「きさまの憎々しいあの犬!……きさまがばかでかい音で鳴らすあの音楽!……きいいいいいっ!……いったいどうすれば

――」

左のレンジ台の上に、大きな鍋《なべ》が載っていた。わたしは手を伸ばして鍋をつかみ、給仕頭に投げつけた。そのせいで手のひらにどれだけ重症の火傷《やけど》を負ったのか、あらためて気がついたのは、一時間以上もあとだった――手のひらには小型のハンバーガー用のパンほどにも大きな火ぶくれができていたし、親指と小指をのぞく三本の指にも火ぶくれができていた。鍋はレンジ台からすべってとんでいき、中空でひっくりかえって、コーンとライス、それに七リットル以上はあろうかという沸騰《ふっとう》した湯を、ギイの腰から下の部分にぶちまけた。

給仕頭は苦悶《くもん》の絶叫をふりしぼり、よろけてあとじさったかと思うと、包丁をもっていない右手を反対側のレンジ台においた。あいにくすぐそばでは、青と黄色のガスの炎が燃えており、炎の上にはソテーの最中で見すてられて炭化しつつあるマッシュルームのはいったフライパンが載せられていた。給仕頭はまたも悲鳴をあげた。あまりにも激しい声量に、こちらの耳が痛くなるほどの悲鳴だった。ついで給仕頭は手を自分の目の前にかかげ、まだ肉体に手がつながっているのが信じられないような顔つきで見つめた。

右に目をやると、扉の横に掃除道具が小さくまとめられているのが目に飛びこんできた――〈グラスX〉、〈クロロックス〉、〈ジャニター・イン・ア・ドラム〉などの洗剤類が棚にならび、さらに柄の先端にちりとりが帽子のようにとりつけられた箒《ほうき》と、側面に水を絞るゴムローラーがついた鉄製バケツに突っこまれたモップがあった。

ギイが赤くもなっていないし、タイヤのチューブさながらに腫《は》れあがってもいないほうの手に包丁をかまえて前進してくるのにあわせ、わたしはモップの柄をつかんで引っぱり、ローラーつきバケツを自分の前まで転がすと、そのまま給仕頭にむかって押しやった。ギイは上体をふらつかせたが、倒れるようなことはなかった。唇には、引き攣《つ》った奇妙な笑みが浮かんでいた。歯をむきだしはしたものの――一時的にせよ――うなり声のあげ方を忘れた犬のように見えた。それから包丁を顔の前にかかげ、謎《なぞ》めいたしぐさで何回かふりまわした。天井の蛍光灯の光の反射が、刃の部分を液体のように流れくだった――といっても、もちろん血のりで汚れていない部分だけだったが。手は焼けただれ、足には沸騰した湯を浴び、タキシードのスラックスにはライスがべったりついているというのに、給仕頭はなんの苦痛も感じていない顔をしていた。

「腐れ泥棒め」ギイは、例の謎めいたしぐさで包丁をふり動かしながらいった。戦闘準備をととのえている十字軍兵士に見えた。もちろんこれは、ライスまみれのタキシード姿の十字軍兵士などというものを想像できればの話だが。

「犬なんて飼ってないぞ」わたしはいった。「犬は飼えないんだ。マンションの管理規約でね」

この悪夢全体のなかで、わたしが給仕頭に話しかけた言葉はこれだけだと思う。しかし、ほんとうに声に出していったのかどうかは心もとない。頭のなかで考えただけということもありうる。給仕頭の背後で、シェフが必死で立ちあがろうとしているのが見えた。片手でキッチンの冷蔵庫の扉の把手《とって》をつかみ、もう一方の手は血まみれになった上着をわしづかみにしている。ざっくりと裂けた上着からは、嘲笑《あざわら》う口さながら、腹部の巨大な紫色の傷口がのぞいていた。みずからの消化管を腹部におさめなおそうと最大限の努力を払っているようだが、しょせんは負け戦《いくさ》だった。すでに、痣《あざ》のような色あいにぬらぬらと光る腸が輪になって垂れ下がり、忌《い》まわしい懐中時計の鎖よろしく、体の左側にへばりついていた。

　ギイが包丁でフェイントをかけてきた。わたしはモップバケツをぐいっと押しだして応戦した。給仕頭があとじさる。わたしはバケツを手前に引き寄せ、もし給仕頭が動いたら、すぐにでもバケツをまた押しやれるように、モップの柄を両手で握ったまま立っていた。わたし自身の手もずきずきと痛みに疼《うず》き、頬を流れる汗が熱い油のように感じられた。ギイの背後では、シェフがようやくまっすぐ立ちあがることに成功していた。ゆっくりと、まるで大手術直後の回復期にある病人のような動作で、通路を〝ばかものギンペル〟のほうに歩きだしている。シェフの回復を祈るばかりだった。

「その錠をはずせ」わたしはダイアンにいった。

「なんですって？」

「扉についてる錠だよ。そいつをはずせ」

「動けないのよ」ダイアンはいった。ひどく泣いているので、言葉を理解するのもひと苦労だった。「あなたに押しつぶされてるんだもの」

わたしはわずかに前に動いて、ダイアンが動ける余地をつくった。ギイはわたしにむかって、歯をむきだしている。包丁をからかうように突きだしては引っこめ、人を不安にさせずにはおかない、例のにやけた薄笑いを浮かべていた。わたしはまたバケツを給仕頭のほうに転がした。キャスターがきいきいと鳴る。

「虫けらだらけのくそだめ野郎が」給仕頭がいった。来シーズンのメッツの勝算を論じているような口ぶりだった。「きさまのラジオをあれくらい大きな音で鳴らしたらどうなるか、いまためしてみようか。そうすりゃ、おまえのものの考えかたも変わるってもんじゃないか？　どうだ、このまんこ野郎！」

ギイが突きだす。こちらは転がす。しかし今回ギイはあまり遠くまで後退しなかった。この相手が忍耐の限界に近づいていることがわかった。本気でかかってくるつもりなのだ——それも、もうすぐ。背後でダイアンが息をのみ、その乳房が背中にこすれる感触がつたわってきた。動く余地をあたえてやったのに、ふりかえって錠をはずそうとさえしていない。ただ、その場にぼけっと突っ立っているだけなのだ。

「扉をあけろ」わたしは刑務所に収監されている囚人よろしく、口の端だけを動かしていった。「とっととそのくそ錠をはずせ」

「無理よ」ダイアンが嗚咽《おえつ》まじりにいった。「とても無理。手に力がはいらないんだもの。あいつをとめて。そこに突っ立ってあいつと話すんじゃなくって、あいつをとめてったら」

ダイアンには気も狂いそうな思いをさせられた。ほんとうに気が狂ってしまうにちがいないと思った。「反対側をむいて、差し錠を引き抜くんだ。さもないと、ぼくはすっと横にどいて、あいつにきみを――」

「**きいいいいいっ！**」ギイが絶叫しながら走りだし、包丁を目茶苦茶にふりまわしては突きだしてきた。

わたしは渾身《こんしん》の力をこめて、モップバケツを前方に押しやり、給仕頭の足を払ってやった。給仕頭はひと声吠《ほ》えて、悪あがきのように包丁を長々とふりおろした。これ以上近い距離だったら、こちらが鼻の頭を削《そ》ぎ落とされていたところだった。ついでギイは両膝《りょうひざ》を大きく広げたぶざまな姿勢で倒れこんだ。その顔が、バケツの側面についているモップを絞るローラーのすぐ上に来た。いうことなし！　わたしはまず、モップの頭を給仕頭のうなじに押しつけた。モップの房が黒い上着の肩の部分に垂れかかり、魔女の鬘《かつら》のように見えた。相手の顔を二本のローラーに押しつける。わたしは上体をかがめ、あいている手でハンドルをつかむと、一気にローラーを閉めた。ギイが痛みに悲鳴をあげたが、その声はモップのせいでくぐもっていた。

「早く差し錠を引き抜け！」わたしはダイアンを怒鳴りつけた。「引き抜くんだ、この役立たずのくそあま！　ぐずぐずするな――」

どかん！　固くて先端のとがったものが、左の臀部《でんぶ》に叩《たた》きこまれてきた。わたしはひと声叫んで、前に身を泳がせた――たしかに痛かったが、声をあげたのは痛みよりも、むしろ驚いたからだ。床に片膝をつく姿勢になって、ローラーのハンドルから手が離れた。ギイが顔を引き抜き、同時に毛むくじゃらのモップの下からも逃げだしていった。そのあまりにも激しい息づかいは、まるで吠えているようにさえきこえた。しかし、これでもギイの前進を長くは食いとめられなかった。バケツという障碍《しょうがい》物がなくなるやいなや、この給仕頭はわたしにむけて包丁をふりかざしながら突進してきたのだ。すかさずうしろによけたが、頰の横をかすめ過ぎていく刃が空《くう》を切るときの気配はまざまざと感じとれた。

あたふたと立ちあがってからようやく、なにがあったのか――ダイアンがわたしになにをしたのかがわかった。肩ごしにちらりとふりかえり、ダイアンをにらみつけてやる。ダイアンは背中をぴったりと扉に押しつけて、傲然《ごうぜん》とわたしをにらみかえしてきた。常軌を逸した思いが頭をかすめた――この女は、わたしが殺されることを望んだのではあるまいか。この一件すべてがダイアンのお膳《ぜん》立《だ》てだとしてもおかしくない。みずから気のふれた給仕頭をさがしだしてきて——

ダイアンの目が大きく見ひらかれた。「危ないっ！」

あわててふりかえると、突き進んでくるギイの姿が目に飛びこんできた。顔の両側は鮮やかな赤い色に染まっていたが、ローラーについている排水用の穴が当たった箇所だけは白い点になっていた。わたしはモップの頭部を突きだした。のどを狙《ねら》ったが、当たったのは胸だった。それでもギイの突進を食いとめ、そればかりか一歩うしろに押しやることにさえ成功した。つづいて起こったことは、たんに幸運の賜物《たまもの》にすぎない。ギイがひっくりかえったバケツからこぼれた水で足を滑らせ、どうと転び、タイルの床に頭を激しく叩きつけたのだ。わたしはなにも考えず、自分が大声でわめいていることさえ薄ぼんやりとしか気づかないまま、レンジ台からマッシュルームのはいったフライパンをつかみあげ、仰向けになったギイの顔に力いっぱい叩きつけた。くぐもった衝突音につづいて、恐ろしい声がきこえた（ありがたいことに一瞬でおわったが）——ギイの頬とひたいの皮膚が焼け焦《こ》げる音だった。

わたしは身を転じてダイアンを押しのけ、扉を閉めている差し錠を引き抜いた。扉をあけると、太陽の光がハンマーのように打ちかかってきた。それから、空気の香り。空気の香りがあれほどすばらしく思えたことは、いちども記憶にない。子ども時代、夏休みの最初の日でさえも、これにはかなわないだろう。

わたしはダイアンの腕をつかむと、南京錠《ナンキン》をかけられたごみ容器のならぶ狭い路地へと引っぱりだした。この石づくりの狭い裂け目めいた路地のつきあたりには、天国の幻影さながら、車が無頓着《むとんちゃく》に行き来している五三丁目通りの光景が見えた。肩ごしにふりかえって、あいたままの厨房《ちゅうぼう》の扉から奥をのぞきこむ。ギイは仰向けに横たわり、その頭を実存の王冠とでもいうべきか、炭化したマッシュルームがぐるりととりまいていた。フライパンは片側にすべり落ち、火ぶくれで腫れあがったまっ赤な顔があらわになっていた。片目がひらいていたが、瞳《ひとみ》は蛍光灯を見あげていながら、なにも見てはいない。その向こうの厨房には、人けがまったくなかった。床には血だまりがあり、ウォークインタイプの冷蔵庫の白いエナメル塗装の扉には血の手形がついていたが、シェフの姿も、〝ばかものギンペル〟の姿も見あたらなかった。

わたしは扉を叩きつけるように閉めて、路地を歩いていった。「行くぞ」

ダイアンは身じろぎもせず、じっとわたしを見つめているだけ。

わたしはその左肩を軽く小突いた。「歩くんだ！」

ダイアンは交通整理の警官よろしく片手をあげてかぶりをふり、ついでわたしに指をつきつけた。「わたしにさわらないで」

「なにをするつもりだ？　顧問弁護士をけしかけて、ぼくを攻撃させるつもりか？　いわせてもらえば、やつは死んだみたいだぞ」

「恩着せがましい態度はよして。そんなことはしないほうが身のためよ。それから、もう二度とわたしにさわらないで。これは警告よ」

厨房の扉が勢いよくひらいた。わたしはすぐさま体を動かし——なにも考えずに体だけを動かして——扉をふたたびひと思いに閉めた。くぐもった叫び声がきこえた——怒りの悲鳴か苦痛の叫びかはわからなかったが、知りたいとも思わなかった——かと思うと、扉がかちりと閉まった。わたしは扉にもたれかかり、足を突っぱらせた。

「ここに立ったまま議論をつづけたいか？」そうダイアンにたずねる。「あの物音からすると、やつはまだまだ元気旺盛《おうせい》みたいだぞ」

ギイがまたしても扉に体当たりを食らわせてきた。衝撃で体が揺れたが、こんども扉を閉めてやった。くりかえし扉を攻撃してくるものと待ちかまえたが、それっきり攻撃はやんだ。

ダイアンはぎらぎら輝く心もとなげな目で長いことわたしをにらみつけていたが、やがて顔を伏せ、髪の毛を首の両脇《りょうわき》に垂らした姿で路地を歩きはじめた。わたしは扉に背中を押しつけたまま、ダイアンが路地から通りの四分の三ほどのところにたどり着いたころを見はからって扉から離れ、用心ぶかく扉を見つめた。だれも出てはこなかったが、それだけでは精神安定を保証する材料にはならないと判断した。わたしはごみ容器のひとつを扉の前まで引きずってくると、小走りにダイアンのあとを追いかけた。

わたしが路地の入口にたどり着いたときには、ダイアンの姿はどこにもなかった。右のマディスン・アヴェニューのほうを見ても、姿は見えない。左を見ると、その姿が見つかった。ふらふらとゆっくり歩きながら、五三丁目通りをのろのろと横断していく。あいかわらず顔を伏せ、顔の両側にカーテンのように髪の毛を垂らした姿だった。だれもダイアンには目もくれない。ゴーサム・カフェの前にあつまった群衆は、ちょうど餌《えさ》をやる時間にニューイングランド水族館の鮫《さめ》の水槽の前に居あわせた見物人よろしく、ぽかんと口をあけて一枚ガラスごしに店内をのぞきこんでいる。大量のサイレンの音が近づきつつあった。

わたしは通りを横断し、ダイアンの肩に手を伸ばしかけて考えなおし、結局は名前で呼びかけることにした。

ダイアンがふりかえった。その目は恐怖とショックで濁っていた。ワンピースの前の部分は、見るも無残な紫色のよだれかけ状態と化している。全身から、血とアドレナリンの残滓《ざんし》の香りが立ち昇っていた。

「ほうっておいてよ」ダイアンはいった。「あなたの顔なんて、二度と見たくないわ」

「よくもあそこで、ぼくの尻《しり》を蹴飛《けと》ばしてくれたな、このくそあま。尻を蹴飛ばされたおかげで、あやうく殺されるところだったんだぞ。ふたりともだ。ああ、信じられないね」

「この十四カ月間、ずっと尻を蹴飛ばしてやりたいと思ってたのよ。夢が実現できそうなときには、時と場所のえり好みなんていってられるものじゃない――」

わたしはダイアンの横面《よこつら》を平手で張り飛ばした。あれこれ考えたわけではない――ただひっぱたいただけ。成人して以来、おのれの行為でこれほど喜びを感じたことはなかったといっても過言ではない。恥ずべき行為だとは思うが、この物語をここまで詳細に綴《つづ》っている以上、たとえひとつの事実も省略できないし、いわんや嘘《うそ》はつけない。

ダイアンの頭部が、がくんとうしろにのけぞった。ショックと痛みでその目が大きく見ひらかれ、心の傷をこうむったことが原因だったあの濁りが消え去っていた。

「人でなし！」ダイアンが片手を頬にあてがって叫んだ。両目に涙がにじみはじめていた。「あなたって人は……とことん……人でなしね！」

「ぼくはきみの命を救ったんだぞ。わからないのか？　てんで事情がわかってないのか？　ぼくは、きみのくそ命を救ってやったんだ！」

「下衆男」ダイアンは小声でささやいた。「とことん支配欲が強くて、独断的で、狭量《きょうりょう》で、うぬぼれ屋で、自己満足しきった下衆《げす》男。あなたなんて大きらい」

「愚にもつかぬたわごとはやめてくれ。その自己満足しきった狭量な下衆男がいなけりゃ、いまごろあの世行きだったくせに」

「あなたがいなければ、そもそもわたしがあの店に行くこともなかったのよ」ダイアンがそういうのと同時に、最初の三台のパトカーが大声を張りあげながら五三丁目通りを走ってきて、ゴーサム・カフェの前で停止した。警官たちがサーカスで演技をする道化たちよろしく、パトカーからわっとばかりに走りでてきた。「あといちどでもわたしの体にふれてごらんなさい。目玉を抉《えぐ》りだしてやる。わたしに近づかないで」

自分の手を、わきの下で押さえておく必要があった。手がダイアンを殺したがっていたからだ――前に伸びてダイアンの首を両側からつつみこみ、ひたすらダイアンの息の根をとめたがっていた。

ダイアンは七、八歩あるいてから、ふりかえってわたしを見つめてきた。顔に笑みが浮かんでいた。恐ろしい笑みだった――ギイ、またの名〈悪魔の給仕頭〉の顔に浮かんでいたいかなる表情よりも、それは恐ろしい笑顔だった。

「わたしね、相手をとっかえひっかえして浮気してたのよ」恐るべき笑みをたたえながら、ダイアンはいった。出まかせだった。嘘だということは、その顔一面にはっきり書かれていた。しかし、それで痛みが軽くなることはなかった。ダイアンは自分の嘘が事実であればよかったと思っている――それもまた、顔一面にはっきり書かれていた。

「そのうち三人は、この一年間かそこらのことだわ。あなたはあっちがからっきしだから、上手な男を見つけたってわけ」

ダイアンは体の向きを変え、通りを歩き去っていった。その動作は二十七歳の女ではなく、六十五歳の女のようだった。わたしはその場に立ったまま、うしろ姿を見おくっていた。その姿が曲がり角にとどく前に、わたしは大声で叫びかけた。ほうってはおけなかった——鶏の骨のように、のどに突き刺さっていたからだ。「ぼくはきみの命を救ったんだぞ！　きみのくそ命をね！」

ダイアンは角で足をとめると、わたしのほうをふりかえった。あの恐怖の笑みが、まだ顔に浮かんでいた。「いいえ、そんなことはないわ」

ついでダイアンは角を曲がって姿を消した。それ以来、ダイアンとは会っていないが、いずれ顔をあわせることになるだろう。よくいうではないか——このつぎ会うときは法廷だ、と。

となりのブロックで店を見つけて、マルボロをひと箱買った。マディスン・アヴェニューと五三丁目通りの交差点に引きかえしてみると、五三丁目通りは交通止めになっていた。警察が犯罪現場を封鎖したりパレードのルートを確保したりするときにつかう、例の青いバリケードで封鎖されていたのだ。しかし、問題のレストランは見えた。じつによく見えた。わたしは歩道の縁石に腰をおろすと、タバコに火をつけて、事態の展開を観察した。救急関係車輌《しゃりょう》が六台ほども到着していた——救急車の絶叫といういかたもできるだろう。最初に運びこまれたのはシェフだった。意識はないが、どうやら一命はとりとめたようすだ。シェフによる五三丁目通りのファンの前への短い顔見世興行のつぎは、ストレッチャーに載せられた死体袋——フンボルトだ。そのあと、ギイが出てきた。ストレッチャーにきつく縛りつけられてはいたが、救急車に運びこまれるまでのあいだも、あたりをぎょろぎょろと見まわしていた。一瞬、わたしとも目があったような気がしたが、これは思いすごしかもしれない。

ふたりの制服警官が青いバリケードのあいだにつくった通路を抜けて、ギイを乗せた救急車が走り去ると、わたしは吸っていたタバコを側溝に投げ捨てた。きょうこうして生きながらえたのは、タバコで自分を殺すような真似《まね》を再開するためではない、と思ったのだ。

遠ざかりゆく救急車を見おくりながら、わたしはいまあの救急車に乗せられた男が——給仕頭の家はクイーンズだかブルックリン、あるいはライやママロンネックのような土地にあることさえ考えられるが、それはともかく——どんな暮らしぶりをしているのかを想像しようとした。ダイニングルームはどんなようすなのか、壁にはどんな絵がかかっているのかを想像しようとした。それは無理だったが、しかし寝室のようすは——女と共用しているのかどうかまではわからずとも——比較的容易に想像できた。漆黒の夜空に死体の半眼《はんがん》に閉じた瞼《まぶた》のような月が浮かぶ夜ふけどきに、ギイがまんじりともせず、身じろぎひとつせずベッドに横たわり、ひたすら天井を見あげている姿は、いともたやすく脳裡《のうり》に思い描くことができた。そうやって横たわったギイが、いつまでも単調につづく隣家の犬の吠《ほ》え声をきいているところも想像できた。犬の鳴き声はしだいに高まり、やがて銀の釘《くぎ》となってギイの脳みそに打ちこまれる。ギイが寝ているすぐそばのクロゼットのなかで、ドライクリーニング屋のビニール袋がかかったままのタキシードがずらりとならぶ光景も——そのタキシードが、絞首刑《こうしゅけい》に処せられた重罪犯のように垂れ下がっている光景も見えた。結婚しているのだろうか？　もし結婚しているのなら、出勤前に妻を殺してきたのだろうか？　シャツに染《し》みがついていたところを見ると、その可能性もある。隣家の飼い犬、いつまでも鳴きやまない犬のことも思った。それから、隣家に住む一家のことも。

しかし、もっぱら考えていたのはギイのことだった——わたしが眠れぬまま横たわっていたおなじ夜を、やはり眠れぬままに過ごし、わたしがダウンタウン方面にむかうサイレンの音やトラックの地響きを耳にしていたとき、となりの家だかおなじ通りにならぶ家だかの飼い犬の声をじっときいていたギイ。そうやって横たわりながら、月明かりが天井に投げかける影を見つめていたギイ。頭のなかでは、閉ざされた部屋に充満するガスのごとく、あの叫び声が——きいいいいいいっ！——刻一刻と高まりつつあったのだろう。

「きいいいっ」わたしはそういってみた……ただ、どんな響きかを自分の耳で確かめるために。それからマルボロの箱を側溝に落とし、縁石に腰かけたまま、箱を丹念に踏みつぶしていった。「きいいいいっ。きいいいいっ。きいいいいっ」

バリケード近くにたたずむ警官のひとりが、わたしに視線を投げてきた。

「おいおい、あんた。お願いだから、邪魔するのはよしてくれないか」警官はいった。「こっちは、とんでもない問題をかかえてるんだから」

そりゃそうだろうとも——わたしは思った——問題をかかえてないやつなんているのかね？

しかし、口に出してはなにもいわなかった。わたしは踏みつぶす動作をやめると——どのみち、タバコの箱はかなりひらべったくつぶれていた——奇声を発するのもやめた。しかし頭のなかでは、まだあの声がきこえていた。それもそうだろう。ほかのどんな言葉とも変わらず、あの奇声にもそれなりの意味があったからだ。

きいいいいいっ。

きいいいいいっ。

きいいいいいいっ。

例のあの感覚、
フランス語でしか言えない
あの感覚

That Feeling, You Can Only Say
What It Is in French

池田真紀子訳

おい、フロイド、ありゃ何だ？　うわ、くそ。

その男の声にはどこか聞き覚えがあったが、言葉そのものは、会話の一部をはさみでぶちりと切り取ったような断片にすぎなかった。ちょうど、リモコンを手にチャンネルサーフィンをしていると聞こえてくるような。フロイドという名前の知り合いは一人もいない。それでも、手がかりにはなる。赤いエプロンドレスの女の子が見えてくる前から、そういった断片的な言葉は聞こえていた。

しかし、その声がひときわはっきりと耳の奥に聞こえたのは、その女の子の姿が目に入ったときだった。「いやだ、またあの感じだわ」キャロルはつぶやいた。

エプロンドレスの女の子は、カーソン商店という、いかにもリゾート地にありそうな雑貨店――〝ビール、ワイン、食料品、生き餌《え》、宝くじ〟――の前にしゃがんでいた。お尻《しり》を足首の間に下ろし、鮮やかな赤い色をしたエプロンドレスの裾《すそ》を両方のももではさんで、人形で遊んでいる。黄色い髪の人形は薄汚れていた。顔が丸く、胴体に芯《しん》の入っていない、ぬいぐるみタイプの人形だった。

「あの感じ？」ビルが訊《き》き返した。

「いつもの感じよ。ほら、フランス語でしか言えないあの感覚。ど忘れしたわ」

「デジャヴか」

「そう、それ」もう一度あの女の子を見ようと振り返った。あの子は**人形の片足をつかんで持っているはず。片足をつかんで逆さまに持っていて、人形の薄汚れた黄色い髪がだらりと垂れ下がっている。**

しかし、人形は店のささくれ立った灰色の階段の上にぽつんと残され、女の子はステーションワゴンのそばに立って、荷台の檻《おり》のなかの犬を見ていた。次の瞬間、ビル・シェルトンとキャロル・シェルトンを乗せた車はカーブを曲がり、雑貨店は視界から消えた。

「あとどのくらいで着く？」キャロルは尋ねた。

ビルがこちらを向いた。片方の眉《まゆ》を吊《つ》り上げ、唇の片端に小さなくぼみを作る。左の眉、右のくぼみ。いつも同じだった。その目はこう言っていた——きみは僕が面白がってると思ってるだろうが、実を言えば、僕はいらだっている。結婚以来、これで九十兆回めくらいになるかな、本当にいらいらしてるんだ。しかし、きみはそのことに気づかない。きみの目には、僕の皮膚の表面からせいぜい二インチくらいの深さまでしか見えていないし、きみの洞察力ときたらお粗末なものだからね。

しかし、キャロルの洞察力は夫が考えているよりも鋭かった。それは結婚生活の秘密の一つだった。夫にしたって、きっと秘密の一つや二つは抱えているだろう。そしてもちろん、そのほかに、夫婦共有の秘密がある。

「どのくらいかかな。僕も初めて行くところだからね」

「でも、この道で合ってるのは確かなのよね」

「土手道を越えてサニベル島に入ったら、道は一本しかない。その道はキャプティヴァ島に続いていて、そこで行き止まりになっている。パーム・ハウスは、その行き止まりの手前のどこかにあるはずだ。大丈夫、心配いらないよ」

弧を描いて吊り上がっていた左の眉が直線に戻り始める。唇の端のくぼみも元どおり平らになった。夫は、キャロルがひそかに〝ご機嫌レベル〟と呼んでいる状態に戻ろうとしていた。そのご機嫌レベルでさえ、いまとなってはうとましかったが、それでも、吊り上げた眉と口の端のくぼみ、夫の耳には愚かとしか聞こえないことをキャロルが言ってしまったときの、〝何だって？〟という皮肉な聞き返しかた、思案し、熟考しているような顔つきを装《よそお》いたいときに下唇を突き出す癖に比べれば、ましだった。

「ねえ」

「ん？」

「フロイドという名前の知り合いはいる？」

「フロイド・デニングってやつがいるな。高校を卒業する前の年、クライスト・ザ・レディーマーの地下のスナックバーでいっしょに働いた。前にも話しただろう？　フロイドは、ある週の金曜日にコカコーラの売上をくすねて、彼女とニューヨークに遊びに出かけた。その一件でフロイドは停学になって、彼女のほうは退学になった。どうして急に思い出した？」

「わからない」ビルの高校の同級生のフロイドと、頭のなかで聞こえた声が話していた相手のフロイドとは別人だ――少なくとも彼女はそう思った――と説明するより、そう答えておくほうが簡単だ。

第二のハネムーン、これはまさにそれよね――キャロルは考えた。高速八六七号線の両側に並ぶヤシの木、熱狂した説教師のように大股《おおまた》に路肩を歩く白い鳥、〝セミノール野生動物公園、車一台につき入場料十ドル〟と宣伝する看板。**陽光あふれる州、フロリダ。訪れる人を温かく迎える州、フロリダ。そしてもちろん、第二のハネムーンのメッカ、フロリダ。マサチューセッツ州リン在住のビル・シェルトンとキャロル・シェルトン、旧姓オニールが、二十五年前に最初のハネムーンに訪れた州、フロリダ。ただし、二十五年前に滞在したのは、半島の反対側、大西洋沿岸の小さなバンガロー村だった。あそこの寝室のたんすの抽出《ひきだし》は、ゴキブリの巣窟《そうくつ》だった。ビルは旅行の間じゅう、わたしの体に触れていたっけ。でも不愉快ではなかった。あのころは、わたしも触れられていたかったから。そう、『風と共に去りぬ』のアトランタのように火をつけてもらいた**

かった。そして彼はわたしに火をつけて燃やし、再建して、また火をつけた。今回は銀婚の記念だ。結婚二十五周年は銀婚だから。そしてわたしはときどきあの感覚に襲われる。

またカーブが近づいてきた。キャロルは考えた。カーブを曲がった先の道の右側に、**十字架が三つ並んでる。真ん中に大きなのが一つ、その両側に小さなのが二つ。小さな二つはベニヤ板でできている。真ん中のは白いカバ材でできていて、写真が貼《は》られている。ある晩、酔っぱらって車を運転して、あのカーブにさしかかったところでコントロールを失った十七歳の少年のちっちゃな顔写真で、それはその少年にとって酒を口にする最後の夜になった。少年の恋人と彼女の友人たちが事故現場に十字架を――**

車はカーブを曲がった。まるまると太ったカラスが二羽、黒光りする翼を羽ばたかせて、舗装道路にべちゃりと張りついた血の塊から飛び立った。カラスはたらふく食事を取ったらしく、二羽がいざ飛び立つ瞬間まで、果たしてあのカラスは車に道を譲れるのだろうかと不安にさせられた。十字架はなかった。道の左側にも、右側にも。真ん中に、ウッドチャックか何かだろう、車に轢《ひ》かれた動物の死体があるだけだった。その死体はいま、アメリカ北部と南部の境メイソン・ディクソン線を一度も越えたことのない高級車の下を通り過ぎた。

おい、フロイド、ありゃ何だ？

「どうした？」

「え？」キャロルは戸惑いながら夫のほうに顔を向けた。気持ちがいくらか動揺していた。

「やけにしゃちほこばった姿勢で座ってるぞ。背中の筋でも凝ったのかい？」

「ええ、ちょっとね」キャロルはそろそろとシートにもたれた。「またあの感じがしたの。デジャヴ」

「もう消えた？」

「ええ」それは嘘《うそ》だった。その感覚はいくぶん薄らいでいたが、消えてはいなかった。以前にも同じ感覚に襲われたことはある。しかし、これほど絶え間なく続くのは初めてだった。強まったり弱まったりはしても、完全には消えない。フロイドがどうのという声が頭のなかでしつこく聞こえ始めたときから——そしてその次に赤いエプロンドレスの女の子が頭のなかにちらつき始めたときから、ずっとその感覚にとらわれていた。

しかし、どうだろう、その二つより前にも何か感じてはいなかったか。実際にはそれは、リアジェット35型機のタラップを下りて、ハンマーのように殴りかかってくるフォートマイヤーズの陽射しの下に足を踏み出したときから、始まってはいなかったか。下手をすればそれよりもさらに前から、ボストンからのフライトの間にも、同じものを感じていなかったか。

車は交差点にさしかかった。頭上に点滅の黄信号が見え、キャロルは考えた――右手に中古車の販売店とサニベル・コミュニティ・シアターの看板。

すぐに思い直した。いや、あると思ったのに行ってみたらなかった、さっきの十字架と同じだ。強烈な感覚ではあるけれど、錯覚だ。

車が交差点に入る。右手には、確かに中古車販売店があった――パームデール・モータース。心臓がどきりとした。それは胸騒ぎよりももっと鋭い感覚だった。愚かしいことを考えるなと自分を叱《しか》りつけた。中古車の店などフロリダのどこにだってあるはずだ。次の交差点に一軒あると言い続けていれば、平均化の法則に従って、いつかかならず予言が当たるだろう。それは霊媒たちが数百年の昔から使っているトリックだ。

だいいち、コミュニティ・シアターの看板はない。

だが、別の看板があった。そこには、キャロルの子ども時代につきまとっていた亡霊、両手をこちらに差し伸べた聖母マリアが描かれていた。その姿は、十歳の誕生日に祖母にもらった楕円形のメダイに刻まれていたのと同じだった。祖母はメダイをキャロルの掌《てのひら》に押しつけ、鎖を指に巻きつけてこう言った。「いつもこれを身に着けていなさい。これから苦難の日々が始まるのだから」キャロルは祖母の言いつけに従った。天使の聖母信心会小学校と中学校でも、聖ヴァンサン・ド・ポール高校でも、ずっとそのメダイを身に着けて過ごした。ありふれた奇跡が起きて胸がふくらみ、そのメダイを両側からうずめるまで。やがてどこかで、おそらくハンプトン・ビーチへ遠足に出かけたときに、なくしてしまった。その遠足の帰りのバスのなかで、キャロルは初めてフレンチキスを経験した。相手はブッチ・ソーシーだった。そのキスは、ブッチが食べた綿菓子の味がした。

その遠い昔になくしたメダイの聖母と目の前の看板に描かれた聖母は、まったく同じ美しい顔をしていた。たとえそのとき頭にあったのがピーナツバターサンドイッチのことだったとしても、不道徳な考えを抱いた自分をつい恥じたくなるような表情だった。看板の聖母の下には、文字が並んでいた。〝聖母マリア慈善協会はフロリダのホームレスに手を差し伸べます――どうかあなたは聖母マリア慈善協会にご支援を〟

ねえマリア、いったいどうしてそうなるの――

今回聞こえてきたのは、一人の声ではなかった。大勢の声、少女たちの声、亡霊のシュプレヒコールのような声。これはありふれた奇跡だ。この世には、ありふれた亡霊だっている。大人になるにつれて、そういうことがわかってくる。

「おい、どうした?」その声の調子ならよく知っていた。吊り上がった眉や口の端のくぼみと同じくらいよく知っていた。ビルの〝いらついたふりをしているだけさ〟の口調、本当にいらだっていることを――少なくとも軽いいらだちを感じていることを――意味する口調。

「何でもないわ」キャロルはできるだけ明るい笑みを装った。

「どうも様子が変だぞ。飛行機で眠ったのが失敗だったかな」

「そうね、そうかもしれない」かならずしも夫のご機嫌をとっておくためだけにそう答えたわけではなかった。だって、結婚二十五周年のお祝いにキャプティヴァ島で二度めのハネムーンを過ごせる妻が、世間にいったい何人いるだろう。行きも帰りもリアジェット機をチャーターし、（月末にマスターカードが請求書を送ってよこすまでは）現金に用のない場所、マッサージを頼めば、寝室が六つあるビーチを見下ろすコテージに大柄なスウェーデン人のセクシーな娘がやってきて、悲鳴をあげたくなるほど力強く全身を揉《も》みほぐしてくれるような高級リゾートに十日間も滞在できる妻が、果たして何人いるだろうか。

初めからずっとこうだったわけではない。ビルとは高校合同のダンスパーティで出会い、それから三年後、大学で再会した（これもまたありふれた奇跡の一つだ）。結婚当初、ビルは掃除夫として働いていた。コンピューター業界に働き口が見つからなかったからだ。それは一九七三年のことで、コンピューターはまだ海のものとも山のものともつかず、二人はボストンの北東にあるリヴィアという町の、浜辺に面してはいないが海にほど近い、みすぼらしいアパートに住んでいた。そのアパートでは、毎日夜になると、六〇年代のサイケな音楽を日がな一日鳴らしている、青ざめた肌をした上階の住人のところへドラッグを買いに来る客が、ひっきりなしに階段を上り下りした。キャロルはよく、眠れぬままベッドに横たわり、いつまた怒鳴り合いが始まるかと耳をそばだてながら考えた――**わたしたちはきっと永遠にここで暮らすのね。このままここで歳《とし》を取って、クリームやブルーチアーの歌と浜辺の遊園地のバンパーカーのモーターの音のなかで死ぬことになるのよ。**

仕事で疲れきって帰宅したビルは、騒音をものともせずに深く眠った。脇腹《わきばら》を下にし、ときには片方の手をキャロルの腰に置いて。ビルの掌のぬくもりがそこになければ――とくに上階の住人と顧客の口論が聞こえているときには、キャロルは自分で彼の手を取って腰に置いた。ビルは彼女のすべてだった。彼との結婚を選んだとき、両親からは事実上縁を切られた。ビルはカトリックではあったが、まちがった種類のカトリックだった。祖母は、誰が見たって貧乏人とわかるあの若者の妻になりたいなどとどうして思うのか、薄っぺらな戯言《たわごと》ばかり並べ立てる男のどこがいいのか、なぜ父親を悲しませるようなことをするのかと訊いた。何も答えられなかった。

あのリヴィアのアパートと、高度四万一千フィートを巡航するチャーター機との間には、長い道のりがあった。十日間の滞在費はおそらく……そう、考えたくないほどの額になるであろう場所に向けて走るこのレンタカー、フォードのクラウンヴィクトリア

――ギャング映画のギャングたちが決まって〝クラウンヴィク〟と呼ぶ高級車――との間には、長い長い道のりがあった。

フロイド?……うわ、くそ。

「キャロル? 今度はどうした?」

「何でもない」キャロルは答えた。道の先にピンク色の壁の小さな一軒家があった。ポーチの両側にはヤシの木が植えられていた。髪を振り乱したような頭をつけた木と、その背景の青空を見て、翼の下の機関銃を連射しながら低空飛行で襲来する日本のゼロ戦隊が思い浮かんだ。それは明らかに、テレビの前で浪費した思春期の結果というべき連想だった。車がちょうどあの一軒家の前にさしかかったところで、家のなかから黒人の女性が現れるはずだ。そしてその女性はピンク色の布巾《ふきん》で手を拭《ふ》きながら、二人を乗せた車を――クラウンヴィクトリアでキャプティヴァ島に向かう裕福な夫婦を――無表情に見送るはずだ。キャロルが昔、家賃九十ドルのアパートに住み、上階から聞こえてくるレコードの音楽とドラッグの取引の声に耳を澄ましながら眠れぬ夜を過ごし、それでも自分の内側に何かまだ完全には死んでいないものを感じていたことを――たとえばパーティ会場のカーテンの向こう側に落ち、あまりにも小さくてその存在に誰も気づかないでいる間にも、布切れのすぐ隣でくすぶっている煙草《たばこ》の火に似たものを感じていたことを――その女性は知る由《よし》もない。

「ハニー？」

「何でもないと言ってるでしょう」車は一軒家の前を通り過ぎた。女性の姿はなかった。代わりに、揺り椅子《いす》に腰かけた老人――黒人ではなく白人だった――が、通り過ぎる車を目で追った。鼻の上に縁なしの眼鏡をのせ、家の壁と同じピンク色のすり切れた布巾を膝《ひざ》に広げていた。「もう大丈夫よ。いまは早く向こうに着いてショーツに穿《は》き替えたいだけ」

夫の手が彼女の腰に――新婚の日々に幾度となく触れた場所に――触れ、内陸へ向けてそろそろと前進を始めた。その侵略を阻止しようかとも考えたが(昔はよく、ローマ帝国の手にロシア帝国の指とからかったものだ)、思い直した。これから第二のハネムーンを過ごそうというときなのだ。それに、そうやって体に触れるのを許しておけば、彼のあの表情は消えるにちがいない。

「その前に」とビルは言った。「一休みするのもいいかもしれないな。ほら、服を脱いで、ショーツを穿く前に」

「そうね、すてきな思いつきだわ」キャロルは夫の手に自分の手を重ね、自分の腹に強く押しつけた。行く手には看板があって、近づくにつれて〝パーム・ハウス　三マイル先左側〟という文字が読めるようになるはずだ。

しかし実際には、〝パーム・ハウス　二マイル先左側〟だった。そのすぐ先にまた別の看板があった。さっきと同じ聖母マリアの絵が描かれていた。聖母は両手をこちらに差し伸べていて、頭の上には、よく見る光輪とはいくぶんちがった、小さな稲妻のような光が走っていた。今回は、〝聖母マリア慈善協会はフロリダの病める人々に手を差し伸べます――どうかあなたは聖母マリア慈善協会にご支援を〟と書かれていた。

ビルが言った。「次のはいいかげんにバーマシェーヴの看板じゃなくちゃ」

キャロルは夫の意図を計りかねたが、どうやら冗談のつもりらしいと察し、笑みを浮かべた。次の看板には、〝聖母マリア慈善協会はフロリダの飢える人々に手を差し伸べます〟と書かれているはずだが、夫にそう言うわけにもいかない。愛《いと》しいビル。ときおりあの不愉快な表情を浮かべ、ときおり意味不明の言い回しを使いはしても、それでもやはり愛しい夫。〝おまえはいつかきっと捨てられるぞ。だが一つ言っておく。捨てられた悲しみを乗り越えられさえすれば、たぶんあの男がいなくなるのは、おまえの人生最大の幸運だ〟。父はそう予言した。愛しいビル。たった一度だけ、あのたった一度の大事な場面で、彼はキャロルの判断が父の判断よりもよほど確かだったことを証明してくれたビル。彼女は、祖母が〝大ぼら吹き〟と呼んだ男とまだ別れていない。確かに、それなりの犠牲は払うことになった。しかし、そうだ、あの古い格言は何と言ったっけ？　〝神は言われた。欲しいものを取れ……そしてその対価を支払え〟

頭がかゆくなった。キャロルはぼんやりと頭皮をかきながら目を前方に向け、次の聖母マリアの看板が見えてくるのを待った。

　思い出すのもいやな記憶だが、ものごとが悪いほうへと転がり始めたのは、赤ん坊を失ったときからだった。ビルが一二八号線沿いにオフィスを持つビーチ・コンピューターズに就職する少し前、業界に初めて変化の風が吹き始めたころのことだった。

　赤ん坊はだめだった、キャロルは流産した――周囲の人々はそう信じた。おそらく、ビル一人をのぞいて誰もが。キャロルの家族は疑いもなくそう信じた。父も、母も、祖母も。二人は〝流産した〟と報告した。カトリックの家庭で受け入れられる説明《ストーリー》があるとすれば、〝流産〟くらいのものだった。〝ねえマリア、いったいどうして《ホワッツ・ザ・ストーリー》そうなるの？〟――子どものころ、ときにそう歌いながら長縄跳びをした。不遜《ふそん》な、罰当たりな気持ちを抱きながら。制服のスカートの裾《すそ》が、かさぶただらけの膝の上で跳ねては落ちた。あれは天使の聖母信心会小学校でのことだった。あの小学校では、聖書の時間に窓の外をぼんやりながめているところを見つかろうものならシスター・アナンチアータに手の甲を物差しでぴしゃりと叩《たた》かれ、シスター・ドーマティッラは、何かと言えば百万年とは死後の永遠の時を刻む時計のたった一目盛りにすぎない（そして地獄で永遠の時を過ごす可能性は誰にでもある。たいがいの人が地獄行きになる。地獄に堕《お》ちるのはたやすい）と繰り返した。地獄では、皮膚を焼かれ骨をあぶられながら、永遠に生きることになる。だが、ここはフロリダだ。クラウンヴィクに乗り、隣には夫がいて、夫の手はまだ彼女の股間《こかん》に置かれている。ワンピースはしわになるだろうが、夫の顔からあの表情を消すことができるなら、そのくらいかまうものか。それより、この感覚はどうして消えてくれないのだろう？

郵便受けの映像が頭に浮かんだ。横に〝ラグラン〟という名前がペンキで書かれ、前面にはアメリカ国旗のシールが貼《は》られていた。確かに郵便受けがあった。ペンキで書かれた名前は〝レーガン〟だったし、国旗はグレートフル・デッドのステッカーだったが。次に、頭を垂れて地面の匂《にお》いを嗅《か》ぎながら道の反対側を小走りで行く黒い小型犬が頭に浮かんだ。そして確かに黒い小型犬がいた。看板がまた頭に浮かび、そしてやはり看板はあった。〝聖母マリア慈善協会はフロリダの飢える人々に手を差し伸べます——どうかあなたは聖母マリア慈善協会にご支援を〟

ビルが前を指さしていた。「あそこ——見えるだろう？　きっとあれがパーム・ハウスだよ。ちがう、看板がある側じゃない、反対だ。それにしても、ここらではどうしてこう無節操に看板を立てさせるのかな」

「さあ、どうしてかしらね」頭皮がむずがゆかった。指でかく。すると、黒いふけのようなものが目の前を落ちていった。とっさに手を見た。指先が黒く汚れていて、ぎょっとした。指は、たったいま指紋を採られたかのように汚れていた。

「ビル？」キャロルは指で金色の髪をかきあげた。今度落ちてきた薄片は、さっきよりも大きかった。それは皮膚の薄片ではなく、紙片だった。そのうちの一つには顔があった。その顔は、まるで現像に失敗したネガの上からじっと見つめる顔のように、彼女を見上げていた。

「ビル？」

「何だ？　何を――」そこで瞬時に夫の声の調子が変わった。車がふらついたことよりも、そのことのほうがキャロルを怯《おび》えさせた。「おい、キャロル、髪についているそいつは何だ？」

紙片の上の顔は、マザー・テレサのものらしかった。いや、そう見えたのは、たったいま天使の聖母信心会のことを考えていたからだろうか。キャロルはワンピースに落ちた紙片をむしり取るようにして拾い、ビルに見せようとしたが、紙片は指の間でもろく崩れた。顔を上げてビルを見ると、ビルの眼鏡は溶けて頬に垂れていた。片方の目玉が眼窩《がんか》から飛び出し、血をせっせと注入されたぶどうの粒のように弾《はじ》けた。

こうなるとわかってた――キャロルは思った。ビルのほうを向く前から、こうなるとわかってた。あの感覚がしていたから。

木々の間で一羽の鳥が啼《な》いていた。看板の上では、聖母マリアが両手を差し伸べている。キャロルは叫ぼうとした。悲鳴をあげようとした。

「キャロル？」

ビルの声だった。その声は一千マイルの彼方《かなた》から聞こえた。それから彼の手が触れた――ワンピースのひだを脚の間に押しこむ代わりに、彼女の肩にそっと触れた。

「大丈夫かい、ハニー？」

目を開けると、まぶしい陽射《ひざ》しが見えた。リアジェット機のエンジンの低い規則的な音が聞こえている。そしてもう一つ――鼓膜に圧迫感があった。ビルのいくらか心配そうな顔からキャビンの高度計に目を移す。針は二万八千フィートを指していた。

「着陸？」そう訊《き》いた声はくぐもっていた。「もう？」

「速いだろ？」満足げな調子だった。まるで、運賃を支払って乗っているのではなく、自分でこの飛行機を操縦してきたかのように。「パイロットによれば、あと二十分でフォートマイヤーズに着陸だそうだよ。まさしくひとっ飛びだな、キャロル」

「いやな夢を見たわ」

ビルは笑った。〝やれやれ、まったくお馬鹿《ばか》さんだな〟風の、わざとらしいくらい気取った笑い声。キャロルが心から不愉快に思うようになった笑い声。「二回めのハネムーンでは、いやな夢は禁止だよ、ハニー。ところで、どんな夢だった？」

「覚えてないの」キャロルは答えた。それは本当だった。断片しか覚えていない。溶けた眼鏡が顔中に垂れたビル。小学五年生から六年生にかけてときどき口ずさんだ、学校で禁じられていた三つか四つの縄跳び歌のうちの一つ。その歌は、〝ねえマリア、いったいどうしてそうなるの……〟で始まって、そのあと、何とか、かんとか──続きは思い出せない。〝ジャングル・タングル、ジングル・ビングル、パパのおっきなあそこを見ちゃったの〟という歌は思い出せたが、マリアの歌の続きは思い出せなかった。

聖母マリアはフロリダの病める人々に手を差し伸べます──頭にそんなフレーズが浮かんだが、それが何を意味するのかはわからなかった。ちょうどそのとき、パイロットがシートベルトサインをオンにし、ブザーの音が鳴った。着陸の最終体勢に入ったらしい。さあ、おたのしみのはじまりだ！　キャロルは頭のなかでそう宣言すると、ベルトを締めた。

「なあ、本当に覚えてないのかい？」ビルが自分のベルトを締めながら訊いた。小型ジェット機はエアポケットだらけの雲のなかに突っこみ、機体が激しく揺れた。コクピットのパイロットの一人がちょっとした調整を施すと、まもなく揺れはおさまった。「ふつうなら、目を覚ました直後には夢の内容を覚えてるものだろう。たとえ悪夢でも」

「天使の聖母信心会小学校のシスター・アナンチアータが出てきたことは覚えてる。聖書の授業を受け持ってたシスターよ」

「なるほど、そいつは悪夢だな」

十分後、ぶうんという低い音と、それに続く軽い衝撃とともに飛行機の脚が下ろされた。さらに五分後、飛行機は地上に下りた。

「飛行機のすぐそばまで車が迎えにくるよう手配しておいたのに」ビルはすでにA型行動様式人間の本領を発揮し始めていた。キャロルとしては夫のそういうところが好きになれなかったが、気取った笑い声や人を見下すような目つきのレパートリーほどには嫌っていなかった。「手違いがあったんでなきゃいいが」

手違いはないわ——キャロルは考えた。あの感覚が一気に押し寄せてきた。**車は、もうまもなくわたしの側の窓の向こうに見えてくるはず。フロリダで過ごす休暇にぴったりな贅沢《ぜいたく》な車よ。白い特大の**キャデラック、いえ、リンカーンかも——

現に車は現れた。だが、それで何が証明されただろう？　そう、彼女が思うに、そのことは、デジャヴを感じたとき、次に起きると思ったとおりのことが実際に起きる場合があるということを証明した。ただし、やってきた車はキャデラックでもリンカーンでもなく、クラウンヴィクトリアだった——マーティン・スコセッシ監督の映画に出てくるギャングたちならまず例外なく〝クラウンヴィク〟と呼ぶ車。

「いやだわ」夫の手を借りて飛行機のタラップを下りながら、キャロルは言った。

「どうした？」

「いえ、大したことじゃないの。デジャヴを感じたのよ。夢の記憶の断片が蘇《よみがえ》ったのね、きっと。ほら、前にもここにきたことがあるっていうような感覚」

「ああ、それは慣れない場所に来たせいだろう。それだけだよ」ビルはキャロルの頬にキスをした。「おいで。さあ、おたのしみのはじまりだ」

二人は車に近づいた。ビルはここまで車を運転してきた若い女性に自分の運転免許証を見せた。夫が女性のスカートの裾に目を走らせたのを、キャロルは見逃さなかった。それからビルは、女性が差し出したクリップボードの書類にサインした。

この人はクリップボードを取り落とす――キャロルは思った。あの感覚はいまや強烈なものになっていて、まるで少々スピードの速すぎる遊園地の乗り物に乗せられているようだった。〝ゆかいの国〟にいたつもりが、ふと気づくと突然、〝めまいの王国〟に入っている。**この人はクリップボードを拾って、ついでに彼女の脚を間近でとっくりとおがむのよ。ビルは〝おっとっと〟と言いながらクリップボードを取り落とすわ。**

しかしハーツの女性はクリップボードを落とさなかった。女性をバトラー航空のターミナルに乗せて帰るための白い送迎バンが来て待っている。女性はビルにもう一度笑みを向け――キャロルのことは徹底して無視した――バンの助手席のドアを開けた。それから乗りこもうとして、足を滑らせた。「おっとっと、気をつけて」ビルはそういって女性の肘《ひじ》をつかんで支えた。女性はビルに微笑《ほほえ》み、ビルは彼女のすらりと形の整った脚に惜別の視線を走らせた。キャロルは次々と積み上げられていく自分たちの荷物の傍らに立って考えていた。**ねえマリア……**

「ミセス・シェルトン?」コパイロットの声だった。荷物の最後の一つ、ビルのラップトップコンピューターが入ったケースを提げて、気遣わしげな様子で彼女を見つめていた。「大丈夫ですか。顔色が悪いですよ」

ビルにもその声が聞こえたらしい。心配そうな表情を浮かべて、遠ざかっていく白いバンからこちらに向き直った。結婚二十五周年を迎える夫に対していま抱いているもっとも強い感情のほかに何の感情も抱いていなかったなら、秘書とのことを——クレイロールのヘアダイでブロンドに染めた髪をした女、〝たった一度の人生なら〟（訳注 〝ブロンドヘアで過ごしたい!〟と続く）で始まるクレイロール社の六〇年代のCMコピーを覚えていないくらい若い女とのことを——知った時点で、夫とは別れていただろう。ほかの感情としては、たとえば、愛があった。静かで穏やかな愛。カトリック系の学校の制服を着た少女たちが疑わない種類の愛。雑草のような、かならずしも見目は麗《うるわ》しくない、生命力の強い種類の愛。

それに、人と人とを結びつけるものは愛だけではない。秘密がある。そして、それを守るために支払った代償もある。

「キャロル?」ビルが声をかけた。「ハニー? 大丈夫かい?」

いいえと答えようかと思った。大丈夫ではないと。いまにも息ができなくなってしまいそうだと。だが、何とか笑みを作って答えた。「暑さのせいよ、それだけ。ちょっとめまいがするの。車に乗せて、エアコンをつけてくれる? そうすればおさまるわ」

ビルは彼女の肘に手を添え（でも、私の脚に目を走らせたりはしてないでしょうよ。どんな脚か、いまさら見なくたって知ってるものね）、高齢の婦人を支えるようにしてクラウンヴィクのほうへ連れていった。車のドアが閉まって冷たい空気が顔に吹きつけ始めるころには、事実、気分はいくらかよくなっていた。

もしまたあの感覚が戻ってきたら、今度こそ彼に話そう。話さなくちゃ。だって、あまりにも強烈だもの。ふつうじゃないわ。

そう、デジャヴは決してふつうの現象とは言えないだろう――夢であり、化学反応でもあり、さらに（これは何かの記事で得た知識だ。たぶん、どこかの病院の待合室で、産婦人科の主治医に五十二年もののあそこをまじまじとのぞきこんでもらうのを待っている間に読んだ記事から）脳が電気信号のやりとりに失敗して新しい体験を古いデータと勘違いした結果でもある。パイプに一時的にあいた穴、混じり合った熱湯と冷水。キャロルは目を閉じ、その感覚が消えてくれますようにと祈った。

原罪なくして宿りたまいし聖マリア、御身に依《よ》り頼みたてまつる我らのために祈りたまえ。

お願いです《プリーズ》（少女たちは〝オー・プーリーズ〟と甘ったるく発音した）、カトリック学校を思い出させないで。これは休暇のはずよ、学校の――

おい、フロイド、ありゃ何だ？　うわ、くそ！　うわあああ！

フロイドとはいったい誰だ？　ビルが知っているフロイドは、フロイド・ドーニング（いや、ダーリングだったかもしれない）、スナックバーをいっしょにやっていて、恋人とニューヨークに遁走《とんそう》した少年一人だけだった。その少年の話をいつビルから聞いたのか思い出せないが、聞いたことは確かだった。

もうよしなさいったら、キャロル。いくら考えたってしかたのないことだわ。ばたんとドアを閉めて、そんな考えはみんな追い出してしまいなさい。

それが効いた。最後に一つささやくような声が頭のなかに聞こえて——**いったいどうしてそうなるの？**——次の瞬間、彼女はただのキャロル・シェルトンに戻っていた。キャプティヴァ島に向かう途中のキャロル・シェルトン、名の知れたソフトウェア設計者である夫とともにパーム・ハウスに向かう途中のキャロル・シェルトン、ビーチとラムのカクテルと、スティール バンドが演奏する『魅惑のマルガリータヴィル』のもとへと向かう途中のキャロル・シェルトンに戻っていた。

車はパブリックスのスーパーマーケットの前を通り過ぎた。道端で果物直売スタンドの店番をしている年老いた黒人男性の前を過ぎた。その黒人男性が目に入ったとき、キャロルの頭には、三〇年代の俳優やアメリカン・ムービー・チャンネルで放映しているような映画や、オーバーオールを着て頭頂部が丸い麦わら帽子をかぶった〝へえ、旦那《だんな》様〟タイプの登場人物が思い浮かんだ。ビルはたわいもないおしゃべりをし、キャロルは話を合わせた。どこか信じがたい思いがあった――十歳から十六歳まで聖母マリアのメダイをお守りにしていた少女はいま、ダナ・キャランのワンピースをまとったこの大人の女になり、リヴィアのアパートで絶望にうちひしがれていた夫婦は、青々としたヤシの並木の間を高級車で走る裕福な中年の夫婦になった。それでも、それが現実だった。昔、リヴィアで暮らしていたころ、ビルが泥酔《でいすい》して帰宅したことがあった。キャロルは彼を叩《たた》き、彼の目の下が切れて血が流れた。昔、彼女は地獄に怯えた。局部麻酔をされ、鋼鉄のあぶみに両足を固定されて横たわりながら、考えた。**私は地獄に堕《お》ちる。いまから地獄に堕ちる罪を犯すのだ。地獄で百万年を過ごすことになる。しかもそれは時計の一目盛りにすぎない。**

車は土手道の料金所で停まった。キャロルは考えた。**収受員の額の左側、眉《まゆ》にかぶさるようにして、いちご色の母斑《ぼはん》がある。**

母斑はなかった。収受員は、四十代終わりか五十代初めのごくふつうの男性だった。鉄色の髪を丸刈りにし、鼈甲縁《べっこうぶち》の眼鏡をかけて、間延びした南部なまりで「楽しい休暇をどうぞ」と声をかけてくるような。しかし、母斑はなくても、あの感覚はふたたび戻り始めていた。キャロルは、知っているように思えたことを、自分が本当に知っていることを悟った。初めのうちは何もかもを予測できるわけではなかったが、四一号線の右側に小さな商店が見えてくるころには、ほぼすべてが見通せるようになっていた。**店の名前はコルソン、入口に小さな女の子がいる。その子は人形を持っている。黄色い髪をした古ぼけた人形で、女の子はそれを店の階段に放り出し、ステーションワゴンの荷台をのぞきこんで犬を見ている。**

商店の名前は、コルソンではなくカーソンだった。しかし、それ以外は当たっていた。白いクラウンヴィクが店の前を通りかかると、赤いエプロンドレスを着た女の子はしかつめらしい顔をキャロルのほうに向けた。田舎育ちの少女らしい顔つきだった。黄色い頭のついた薄汚れた人形を遊び相手にするような田舎町の子どもがなぜこんな金持ち相手のリゾート地にいるのか、キャロルは不思議に思った。

ここで私は、あとどのくらいで着くかとビルに訊く。でも、訊くものですか。だって、このサイクルから、この堂々巡りから抜け出したいんだもの。ぜひとも抜け出さなくちゃ。

「あとどのくらいで着く?」キャロルは尋ねた。**彼はこう答える――道は一本しかないから迷うはずがないさ、ちゃんとパーム・ハウスに着くよ、大丈夫だ、まかせてくれよ。それにしても、フロイドっていったい誰なの?**

ビルの眉が吊《つ》り上がった。口の端にくぼみが現れる。「土手道を越えてサニベル島に入ったら、道は一本しかない」ビルはそう答えたが、キャロルの耳にはほとんど聞こえていなかった。夫は道順の説明を続けている。二年前、秘書といっしょにベッドのなかでみだらな週末を過ごし、二人で築き上げてきたすべてを危機にさらした夫、別の仮面をつけて彼女を裏切ったビル、キャロルの母が、いつかきっとあなたを悲しませることになるわと予言したとおりのことをしたビル。そのあと、ビルはどうしても自分を止められなかったんだと言い訳をし、キャロルは叫び出したくなった。**私はあなたのために子どもを殺したの。子どもの可能性を殺したのよ。その代償がどれだけのものだったと思う？　ねえ、その見返りがこれ？　五十歳になって、夫がクレイロールでブロンドに染めた若い女のパンティに潜りこんだと知らされることが、見返りなの？**

そうよ、言ってやりなさいよ！　キャロルは頭のなかで金切り声をあげた。**車を止めさせるのよ！　私をこのサイクルから解放してくれるようなことを彼にさせるの！　何かが一つ変われば、すべて変わる！　やれる――あの手術台に上れたのよ、何だってできるわ！**

だが、何もできなかった。そして時の歩みは加速した。腹をふくらませたカラスが二羽、べちゃりと路面にへばりついたランチから飛び立った。夫は、なぜそんな姿勢で座っているのかと尋ねた。背中の筋でも凝ったのかい？　そして彼女は答える。ええ、そうなの、腰が痛むんだけど、少し楽になったわ。彼女の口はデジャヴについて勝手にしゃべりだした。その感覚に溺《おぼ》れかけてなどいないかのように。クラウンヴィクは、リヴィア・ビーチのサディスティックなバンパーカーのように走った。ああ、右側にパームデール・モーターズが見えてきた。左側には？　地元のコミュニティ・シアターの看板だ。演目は『おてんばマリエッタ』。

ちがう、マリアのはずよ。マリエッタじゃない。マリア、イエスの母君、マリア、神の母、マリアが両手を差し伸べていて……

キャロルは意思の力を結集し、いま自分の身に起きていることを夫に打ち明けようとした。いまステアリングホイールを握っているのはまともなビルだからだ。まともなビルなら、まだ彼女の話を聞く耳を持っているからだ。夫婦の愛とは、互いの話に耳を澄ますことではないか。

口からは言葉一つ出てこなかった。心のなかで、祖母の声が聞こえた。〝これから苦難の日々が始まるのだから〟心のなかで、誰かの声があれは何かとフロイドに訊《き》き、それから言った。〝うわ、くそ〟そして次は絶叫した。〝うわあああ！〟

速度計に目をやると、目盛りの単位はマイルではなく、千フィートだった。現在の高度は二万八千フィート。じりじりと降下している。ビルは、飛行機で眠ったのが失敗だったなと言い、彼女はそうねとうなずいていた。

ピンク色の一軒家が見えてきた。小さな別荘ほどの家、第二次世界大戦を描いた映画に出てくるようなヤシの木に囲まれている。その葉が作る額縁のなかにリアジェット機の編隊が見え、機銃が火を噴いて――

燃えるようだ。燃えるように熱い。彼が持っている雑誌がたいまつになって燃え上がる。聖母マリア、神の母、ねえマリア、いったいどうしてそうなるの――

一軒家の前を通り過ぎた。老人はポーチに座り、車を目で追った。縁なしの眼鏡のレンズが日光を反射する。ビルの手は、彼女の腰に上陸拠点を確保した。ワンピースを脱いだあと、ショーツを穿《は》く前に、ちょっとした気分転換をするのもいいなと夫は言い、彼女は同意した。だが、二人がパーム・ハウスにたどり着くことはない。このままこの道を行く。どこまでもこの道を行く。二人は白いクラウンヴィクのためにあり、白いクラウンヴィクは二人のためにある。永久《とわ》の栄光あれ、アーメン。

次に見えてくる看板には、〝パーム・ハウス　二マイル先〟と描かれているはずだ。そのすぐ先に、〝**聖母マリア慈善協会はフロリダの病める人々に手を差し伸べます**〟と書いた看板があるはずだ。彼らは彼女に手を差し伸べてくれるだろうか。

もはや手遅れだと悟り始めていた。左手の大海原にきらめく亜熱帯の陽射《ひざ》しが見えるように、なりゆきが見え始めていた。これまで生きてきて、果たしていくつの過《あやま》ちをしてきただろうか、あるいは罪という呼びかたをすべきだとすれば――両親や祖母はその言葉のほうを好むにちがいない――果たしていくつの罪を犯してきただろうかと考えた。あれも罪、これも罪、だから少しずつ大きくなって男の子たちの視線を釘付《くぎづ》けにする二つのものの間に、あのメダイを着けておきなさい。そして何年かあと、熱い夏の夜、決断しなければならないと意識しながら、日限が迫っているのを、煙草《たばこ》の吸い殻がくすぶっているのを感じながら、ベッドのなかの結婚したばかりの夫の隣で、彼女は決断を下した。夫に告げるのはやめようと。世の中には、黙っていればすむことがあるからだ。

頭がかゆくなった。指でかいた。黒い薄片が目の前をくるくると舞い落ちた。クラウンヴィクのダッシュボードの上で、速度計は一万六千フィートを指して凍りつき、次の瞬間、メーターごと弾《はじ》け飛んだが、ビルは気づいていないようだった。

グレートフル・デッドのステッカーが貼《は》られた郵便受けが見えてきた。頭を低くして小走りで行く黒い小型犬が見え、ああ、まったく、頭がかゆくてたまらず、黒い薄片が火山灰のようにふわりふわりと漂って、そのなかの一枚から、マザー・テレサの顔がこちらをじっと見つめていた。

聖母マリア慈善協会はフロリダの飢えた人々に手を差し伸べます——どうかあなたは聖母マリア慈善協会にご支援を。

フロイド、ありゃ何だ？ うわ、くそ。

時の狭間《はざま》に、何か大きなものが視界をよぎった。その文字は〝DELTA〟と綴《つづ》られていた。

「ビル？　ビル？」

夫の答え――はっきりと聞き取れはしたが、宇宙のへりの向こう側から聞こえてくるようだった――「おい、キャロル、髪についているそいつは何だ？」

キャロルは膝《ひざ》に落ちたマザー・テレサの黒焦げの顔の残片をむしり取るようにして拾い、夫のほうに差し出した。彼女が結婚した男の加齢版。秘書と寝る夫。教会でできるだけたくさんの蠟燭《ろうそく》に火を灯《とも》し、紺色のブレザーを着て、学校に許可された縄跳び歌だけを歌うようにしていれば永遠に楽園で生きられると信じていた人々から、彼女を救い出した男。ある暑い夏の夜、上階でドラッグの取引が行なわれている気配に耳を澄まし、アイアン・バタフライが九十億回めくらいの『イン・ア・ガダ・ダ・ビダ』を歌っているのを聞きながら、この男の隣に横たわり、彼女は尋ねた。あとには、ショーの自分の出番が終わったあとには、何が起きると思うかと。すると夫は彼女を抱き寄せた。ビーチからは遊園地のかまびすしい音や、バンパーカーがぶつかり合う音が聞こえていて、そしてビルは――

ビルの眼鏡が溶けて顔に垂れていた。片方の目が眼窩《がんか》から飛び出そうとしている。口は血にまみれた穴だった。木々の間で一羽の鳥が啼《な》いている。鳥が悲鳴をあげている。その声に、キャロルの悲鳴が重なった。マザー・テレサの写真が印刷された黒焦げの紙片を夫のほうに差し出したまま、キャロルは悲鳴をあげた。夫の頰が黒く変わり、額は泡立ち、首は甲状腺腫《こうじょうせんしゅ》を患《わずら》ったように盛り上がって破裂し、キャロルは悲鳴をあげ、悲鳴をあげ続けた。どこかでアイアン・バタフライが『イン・ア・ガダ・ダ・ビダ』を歌い、キャロルは悲鳴をあげ続けた。

「キャロル？」

ビルの声だった。その声は一千マイルの彼方《かなた》から聞こえた。それから彼の手が触れた。だがその触れかたには、欲望ではなく、気遣いがあった。

目を開けると、そこはまばゆい陽射しにあふれるリアジェット35型機のキャビンだった。一瞬、すべてを理解した——目が覚めた直後の一瞬だけ、夢の重大な意味が理解できるように。あとには、この世の命が終わったあとには何が起きると思うかと、夫に尋ねたことを思い出した。すると夫は、たぶん、こういうことが起きるにちがいないと生きている間ずっと信じていたとおりのことが起きるだろうと答えた。たとえばジェリー・リー・ルイスが、ブギウギを演奏したせいで自分は地獄に行くことになると信じているなら、そのとおりに地獄へ行くことになるだろう。天国、地獄、ミシガン州グランドラピッズ。どこへ行くと信じるかは本人の選択だ——あるいは、何を信じるべきかを教えた人物の選択だ。それは人の心のとっておきの隠し芸だ——きっとそこで過ごすことになると信じて生きてきた場所での来世を予知すること。

「キャロル？　大丈夫かい、ハニー？」片手に読みかけの雑誌を持っている。表紙にはマザー・テレサの写真があった。〝いまは聖人たちの列に？〟という白い文字が添えられていた。

キャビンのあちこちにせわしなく視線を走らせながら、彼女は考えた。**高度一万六千フィートで何かが起きる。伝えなきゃ。警告しなきゃ。**

しかし、あの感覚は遠ざかり始めていた。そっくり消えていこうとしていた。そういった感覚は、いつもそうやって消えていく。夢のように。舌にのせたとたんに甘い霧に変わる綿菓子のように。

「着陸？　もう？」眠気は吹き飛んでいた。それでも、彼女の声はかすれ、くぐもっていた。

「速いだろ？」満足げな調子だった。まるで、運賃を支払って乗っているのではなく、自分でこの飛行機を操縦してきたかのように。「フロイドによれば、あと二十分で――」

「え、誰？」キャロルは訊いた。小型の飛行機のキャビンは暑いほどだったが、指先は冷えきっていた。「誰ですって？」

「フロイドだよ。ほら、パイロットだ」夫は親指をコクピットの左側のシートに向けた。飛行機は高度を下げ、半透明の幕のような雲に包まれようとしていた。機体が揺れ始めた。「フロイドの話では、あと二十分でフォートマイヤーズに着陸だそうだ。まさしくひとっ飛びだな、キャロル。ところで、うなされてたぞ」

キャロルは口を開き、それはあの感覚のせいだ、フランス語でしか言えないあの感覚、語尾を vu だか vous だかと綴《つづ》るあの感覚のせいだと言いかけた。だがその感覚はすでに遠ざかり始めている。だから、「いやな夢を見たの」とだけ答えた。

パイロットのフロイドがシートベルトサインをオンにし、ブザーの音が鳴った。キャロルは顔の向きを変えた。どこかこの下で、ハーツからレンタルした白い車が、ギャングが好むような車、マーティン・スコセッシ監督の映画の登場人物ならおそらくクラウンヴィクと呼ぶ車が、いまも、この先もずっと、待っている。キャロルはニュース雑誌の表紙を見た。マザー・テレサの顔を見た。そのときふいに、天使の聖母信心会小学校の裏庭でした縄跳びの記憶が蘇《よみがえ》った。学校で禁じられていた歌を歌いながら長縄跳びで遊んだことを思い出した。**ねえマリア、いったいどうしてそうなるの、ねえお願い、わたしを煉獄《れんごく》送りにしないでね**と歌うあの歌を思い出した。

〝これから苦難の日々が始まるのだから〟祖母はそう言った。そしてキャロルの掌《てのひら》にメダイを押しつけ、鎖を指に巻きつけた。〝苦難の日々が始まるのだから〟

これはたぶん、地獄についての物語だ。同じことを何度も何度も繰り返す罰を受ける地獄が描かれている。実存主義だぜ、ベイビー、大それたコンセプトじゃないか——アルベール・カミュも顔負けだ。地獄とは、自分以外の人々だという考えかたもある。だが僕は、同じことの繰り返しこそ地獄ではないかと思う。

一四〇八号室

1408

風間賢二訳

常に変わらぬ人気を誇る「早すぎた埋葬」もの同様に、ショックやサスペンスの物語を旨《むね》とする作家はみな、少なくともひとつは「幽霊の出る旅籠《はたご》の部屋」に関する話を執筆するものだ。本篇は、その手の素材を私流に調理した話である。ただし、この話は唯《ゆい》一《いつ》通常の私の作品とは異なる。当初、物語を完結させる気がまったくなかったのだ。最初の三ページか四ページを、拙著『小説作法』の補遺のために書いたのだが、それというのも、どのようにストーリーが初稿から第二稿へと発展していくかを読者にお見せしたかったからである。とりわけ、テキストの中でしゃべりまくっていた小説作法にまつわるたわごとの実例を読者に提示したいがためだった。ところが、なにやら素晴らしいことが生じた。ストーリーに巧みに乗せられて、けっきょく私は最後まで書きあげてしまったのだ。何が恐ろしいかは十人十色だと思う（たとえば、毒蛇ペルヴィアン・ブームスランに怯《おび》えて身をくねらせる人がいるが、これが私にはぜんぜん理解できない）けれど、本作品は我ながら執筆しているあいだ恐ろしくてしかたなかった。初出は、オーディオ・ブックのみで発売された中短編集『血と煙』。そして、朗読された完成作品は、さらに私を震えあがらせた。チビリそうになったほどである。しかし、ホテルの客室は、元来薄気味の悪い場所だ、そう思わないか？　早い話が、あなたが宿泊するまえに、いったい何人がそのベッドで寝たのだろう？　そのうちのどのぐらいの人が病気だったのか？　何人が正気を失ったのか？　いったいどのぐらいの人がナイトスタンドの引き出しに入っている聖書の最後の詩篇をふたつみっつ読んでから、テレビの横のクローゼットで首を吊《つ》ろうと、考えただろうか？　くわばらくわばら。ともかく、チェックインしよう、いいかな？　ほら、キーだ……「一四〇八」、この部屋番号のそれぞれの数をたすといくつになるか、ちょいと考えてみてくれ。

　さて、問題の部屋は廊下を突きあたったところにある。

I

マイク・エンズリンは、回転扉を抜けきらないうちからオリンの姿を目にした。そのドルフィン・ホテルの支配人は、ロビーにある厚い詰め物のされた椅子《いす》のひとつに座っていた。意気消沈した。けっきょく、今回もまた弁護士を連れてくるべきだったのかもしれない、とマイク・エンズリンは思った。後の祭りだが。だが、たとえオリンがマイクと一四〇八号室のあいだに障害物をひとつやふたつ急いでこしらえるつもりでいるとしても、こちらにしてみれば、まったくぐあいが悪いわけではない。見返りはある。

オリンが肉づきのよい手を差し出してこちらに向かってくるのを目にしながら、マイクは回転扉を通った。ドルフィンは、五番街の角向こうの六一番通りにある、こぢんまりとしているが瀟洒《しょうしゃ》な造りのホテルだった。マイクが一泊旅行カバンを左手に持ち替え、差し出されているオリンの手に右手を伸ばしかけたとき、夜会服を着た男女が横を通り過ぎた。女性はブロンドで、ドレスは当然のごとく黒を身にまとい、そして身体《からだ》からほのかに漂う植物系の香水の匂《にお》いがニューヨークを簡潔に物語っているようだった。あたかもその手際《てぎわ》のよい要約を強調するかのように、中二階のバーで、誰かが「ナイト・アンド・デイ」を演奏していた。

「ミスター・エンズリン、こんばんは」

「ミスター・オリン。なにか問題でも？」

オリンはどこか痛むような表情をした。そして一瞬、狭いながらも趣味のよいロビーを見わたした。まるで助けを請うかのように。コンシェルジェコーナーで、男が自分の妻と劇場のチケットをめぐって口論している。そのふたりを係の者がじっと我慢の愛想笑いを浮かべながら見守っている。フロント・デスクでは、ビジネスクラスでの長旅で得たものは疲労だけといった様子の男が、夜会服としても通用する黒のスーツを着たデスクの女性と予約の件でもめている。ホテル・ドルフィンの通常の業務風景だ。誰にでも救いの手が差し伸べられる。ただし、気の毒なミスター・オリンをのぞいては。彼は、作家マイク・エンズリンと握手をしたことで、文字どおり相手の掌中にあるといった状態だった。

「ミスター・オリン？」マイクは繰り返した。

「ミスター・エンズリン……ちょっとオフィスでお話をさせていただいてもよろしいでしょうか？」

まあ、いいだろう、ことわる理由がどこにある？　一四〇八号室に関するひとつの件《くだり》を執筆する手助けになるだろうし、おれの作品の読者が期待している不吉な予兆をひとつ加えることもできる。それだけではない。この一件に関しては、紆余曲折《うよきょくせつ》を経たにもかかわらず、これまでいまひとつ踏ん切りがつかなかったが、いまこれで確かな手応《てごた》えを得た。このオリンという支配人は、心底一四〇八号室を恐れている。同時に、今夜、そこでおれの身に起こるかもしれないことを。

「いいですよ、ミスター・オリン」

有能な支配人のオリンは、マイクの旅行カバンに手を伸ばした。「お持ちいたしましょう」

「けっこう」とマイク。「着替えと歯ブラシだけだから」

「それだけで、ほんとうによろしいのですか？」

「ああ」とマイク。「こうして幸運のアロハシャツを着ているし」マイクは微笑《ほほえ》んだ。「これ、幽霊除《よ》けなんだ」

オリンは微笑み返さなかった。それどころか溜《た》め息《いき》をついた。黒いモーニングコートに身を包み、きちんとネクタイを結んだ、この小太りの男は。「とてもお似合いです、ミスター・エンズリン、さあ、どうぞこちらへ」

ホテルの支配人は、ロビーではおどおどしているように見えた。それこそ、こっぴどく打ちのめされたかのような有様だった。壁にホテルの写真が何枚も飾られている（ドルフィンは一九一〇年に開業した――マイクは、雑誌や大新聞の書評の恩恵を受けずとも売れている作家だが、執筆にあたっては、ちゃんと実地調査を行なっていた）、この自分のオーク材張りのオフィスでは、ふたたびオリンは支配人としての自信を取り戻したようだ。床にペルシア絨毯《じゅうたん》が敷きつめられ、二台のスタンディングランプが柔らかな黄色い光を投げかけている。デスクの上には、菱形《ひしがた》をした緑色の傘のランプが置かれていて、その脇《わき》にヒュミドールがあった。その葉巻ケースの横には、マイク・エンズリンの最近作が三冊置かれている。当然、ペーパーバック版だ。ハードカヴァー版は出版されていないのだから。我が案内役もまた、相手の調査を少しばかり行なっていたというわけだ、とマイクは思った。

マイクはデスクの方を向いて座った。オリンがデスクに座るものと思ったからだ。ところが驚いたことに、オリンはマイクの横の椅子に腰をおろして脚を組み、ヒュミドールに向かって、丸々とした出っ腹を前に屈《かが》めた。

「葉巻をいかがです、ミスター・エンズリン？」

「いや、けっこう。吸いませんから」

オリンの視線がマイクの右耳に挟まれているタバコに注がれた――昔日《せきじつ》の毒舌記者が中折れ帽のバンドに貼《は》っていた「報道関係者」の札のすぐ下に、次に吸う一本を挟んでいたように、タバコが耳から粋《いき》に突き出ている。タバコはすっかり自分の身体の一部となっているので、一瞬、正直言って、マイクはオリンが何を見つめているのかわからなかった。マイクは笑いながらタバコを耳からはずし、それをじっと見つめてから、オリンに視線を戻した。

「この九年間、一本も吸ってないんだ」とマイク。「肺癌《はいがん》にかかった兄がいてね、その兄が他界してからやめた。タバコを耳に挟んでいるのは……」マイクは肩をすくめた。

「単にかっこつけてるだけ、それとも一種のゲンかつぎかな。このアロハシャツみたいなもんだね。デスクの上や壁にタバコの入った小箱があるのをときおり目にするけど、シャレで〝緊急の場合にガラスを割ってください〟とか書かれてるやつ、そんな感じ。一四〇八号室は禁煙室じゃないんでしょ、ミスター・オリン？　核戦争が勃発《ぼっぱつ》した場合にそなえて聞いておくけど」

「実際、おたずねのとおりです」

「よかった」マイクは本音をもらした。「これでひとつ夜の警報を心配せずにすむわけだ」

ミスター・オリンはふたたび溜め息をついたが、今回のそれはロビーでのときのような陰々滅々さはない。そう、ここはオフィスだからだ、とマイクは推量した。オリンの職場、彼専用の場所なのだ。その日の午後、マイクが弁護士のロバートスンと一緒にやってきたときでさえ、ひとたびオフィスに入ると、それまでのオリンの狼狽《ろうばい》ぶりが軽減されたようだった。当然だろ？　自分に託された職場で責任を感じないとしたら、いったいどこでそいつを感じればいい？　オリンのオフィスは、壁にはすてきな写真がかけられ、床には高級な絨毯が敷かれ、ヒュミドールには上等な葉巻が入っている。一九一〇年以来、この一室で、数多くの支配人たちが数多くの仕事をこなしてきたことはまちがいない。肩が剝《む》き出しになった黒いドレスを着て、香水の匂いをふりまきながら、真夜中過ぎのシャレたニューヨーク式セックスを漠然と期待させるブロンド女と同じように、オリンのオフィスは、それなりの流儀でニューヨークを感じさせた。

「いぜんとして、私がいくら説得しても、ご自分の考えを変えるお気持ちはないのですね？」オリンがきいた。

「説得するだけむだだね」マイクはタバコを耳の背後に戻しながら言った。彼は、派手な中折れ帽をかぶっていた昔の三文文士さながらに、ヴァイタリスやワイルドルーツ・クリーム・オイルで髪をテカテカにして後ろに撫《な》でつけたりはしなかったが、それでも毎日下着をはき換えるように、タバコを換えている。耳のうしろは汗をかく。一日の終わりに、吸っていないのでぜんぜん短くなっていないタバコをトイレに投げ捨てる前に調べると、薄くて白い紙の上に汗が黄色がかったオレンジ色のしみとなっているのを目にすることになる。実に喫煙の意欲を減じる光景だ。約二十年間で、どのぐらい喫煙したか――一日三十本、ときには四十本――と問われても、いまやわからない。むしろ、どうして喫煙していたのか、と問われたほうがよっぽど答えやすい。

オリンは、吸い取り紙台の脇からペーパーバックを三冊まとめて取りあげた。「あなたはまちがっていると真剣に思っています」

マイクは一泊旅行カバンのサイド・ポケットのジッパーを開け、ソニーの小型テープレコーダーを取り出した。「話を録音してもかまわないかな、ミスター・オリン？」

オリンは、どうぞご自由にといったふうに手を振った。マイクが〈録音〉を押すと、小さな赤いライトが点灯し、リールが回り始めた。

そのあいだ、オリンは、束ねたペーパーバックを一冊ずつゆっくりと上から下へと順送りにしながら、タイトルを読んでいた。自分の作品が人の手の内にあるのを目にすると、常にマイク・エンズリンは複数の感情がまじりあった奇妙な気分を味わう。自負、不安、慰み、反撥心《はんぱつしん》、そして恥辱。マイクには自作を恥じる必要などない。それら作品のおかげで、この五年間、快適な暮らしを送ってこられたのだから。それと、売り上げの利潤を著作の企画製作者と分け合う必要もなかった（〝尻軽本《しりがるほん》〟とは、マイクのエージェントが彼の作品をさして口にした言葉だった。おそらく、妬《ねた》み半分といったところか）。というのも、本の構想とアイデアを練ったのは彼自身だったからだ。もっとも、最初の著作がよく売れたあとでは、次作の企画はよっぽどのマヌケでもないかぎり簡単に思いつく。『フランケンシュタイン』のあとは、『フランケンシュタインの花嫁』と相場は決まっているではないか？

それでも、マイクはアイオワに行った。そして、『大農場』でピュリッツァー賞に輝いたジェーン・スマイリーとともに学んだ。一度、公開討論会でパネラーとして、大作家スタンリー・エルキンと同席したこともあった。かつては、イエール大学若手詩人として出版されることを熱望した時期もあった（現在の友人や知人の誰一人として、彼にそんな事実があったことにまったく気づいていない）。そしていま、ホテルの支配人がタイトルを声に出して読みあげたとき、マイクは、オリンに録音機を向けなければよかったと思っている自分に気づいた。マイクは、それと意識せずに、耳に挟んであるタバコに触れた。

「『十軒の幽霊屋敷での十夜』」オリンが読みあげる。「『十カ所の幽霊墓場での十夜』、『十カ所の幽霊城での十夜』」そして、口の端にかすかな笑みを浮かべてマイクに目を向けた。「スコットランドには行きましたね。〈ウィーンの森〉は言うまでもない。みんな必要経費でね、そうでしょ？　つまるところ、あなたのお仕事は、妖怪変化《ようかいへんげ》の出没する場所に足繁《あししげ》く通うことなのですね」

「なにを言いたい？」

「あなたは、この手のことに敏感に反応する、そうですね？」オリンがきいた。

「感受性が強い、そのとおり。取り憑《つ》かれて攻撃されやすい、のではない。あんた、私の著作を批判することで、このホテルから出て行くよう説得しようと思っているのなら——」

「いえ、まったくそんなことはありません。好奇心を抱いただけです。二日前に、マルセル——コンシェルジェです——にあなたの著作を買いにやらせたのです。あなたが初めて当ホテルにやってきたときのことです……要請をたずさえて」

「法的な請求だ、個人的な要請ではない。それはいまでもかわってない。あんたは、ミスター・ロバートスンの言ったことを聞いたよな。ニューヨーク州立法——ふたつの連邦市民権は言うまでもなく——によれば、あんたは、私がある特定の部屋に宿泊するのを拒否することは禁じられている。私がその部屋を指定し、そこが空いているかぎりは。そして、一四〇八号室に予約は入っていない。最近では、いつだって一四〇八号室は空いている」

しかし、あいかわらずミスター・オリンは、マイクの最近の三作——すべて、ニューヨークタイムズ紙のベストセラー・リストに入った——の話題からそれようとはしない。彼は、それらペーパーバック本を三回シャッフルさせた。柔らかなランプの明かりが本の光沢のあるカバーに反射した。紫色がふんだんに使用されているカバーだ。他の色より紫色のほうが不気味な内容の本はよく売れる。そうマイクは出版社側に言われた。

「今日の夕方まで、ページをめくる機会がありませんでした」とオリン。「とても忙しかったもので。たいていそうなんです。ドルフィンはニューヨークの基準から言えば小さいですが、客室は常に九割がたふさがっていますし、どのお客さまも問題を抱えてフロント・ドアを入って来られます」

「私のように」

オリンはほんの少し微笑んだ。「言わせていただければ、あなたの場合、いささか特殊な問題です、ミスター・エンズリン。あなたとロバートスン、そしてあなたの脅し」

マイクは、ふたたび全身をチクチク刺されているような感じがした。おれは脅しなどしていない。弁護士ロバートスン自体が脅威だというのなら話は別だが。それに、自分はやむなく弁護士を立てるような状況に追いこまれたのだ。錆《さび》ついているので、もはや鍵《かぎ》を受けつけなくなったロックボックスを開けるためにバールを使用せざるを得なくなった男のようなものだ。

ただし、そのロックボックスはおまえのものじゃない、とマイクの内なる声が言ったが、州や国の法律はそれとはちがうことを述べている。法によれば、ホテル・ドルフィンの一四〇八号室は、おれが宿泊したいと望めば、その空間を占有できるのだ。先客がいなければ。

マイクは、オリンがあいかわらず薄笑いを浮かべてこちらを見守っているのに気づいた。まるで、おれの内なる対話をほとんど一言一句追っているような感じだな。まったく居心地悪いったらありゃしない。マイクは、この状況を予期せぬ不快な面会のようだと思った。テープレコーダー（通常は相手を威圧するものだが）を取り出して、〈録音〉のスイッチを入れてから、まるで自分が守勢に立たされているような気がする。

「問題があるとしても、ミスター・オリン、残念ながら、私にはそいつが見えない。それに、今日は長い一日だった。だから、一四〇八号室をめぐる私たちの口論がほんとうにもう決着しているのなら、私は上にあがって――」

「読みましたよ……えーと、ああいうのは、なんと言うのですかね？　エッセイ？　作り話？」

　マイクは、借金返済人と呼んでいたが、テープが回っている状態では、そんなことを言う気はさらさらない。たとえ、それが自分のテープであっても。

「そう、物語ですね」オリンは勝手に決めつけた。「それぞれの本から一編ずつだけ読ませていただきました。あなたの『幽霊屋敷』ものの著作に収録されている、カンザス州のリルズビイ家に関する物語は――」

「ああ、そうだ。斧《おの》殺人事件」ユージーン・リルズビイ一家の家族六人を全員細切れにした犯人は、いまだに捕まっていない。

「まさにそれです。それと、アラスカ州の心中した恋人同士の墓でキャンプした夜についての物語――シトカあたりで、その恋人たちの姿が目撃されているとか――あるいは、ギャツビイ城で一晩を過ごした報告記事。掛け値なしにおもしろかったですよ。驚かされました」

マイクの耳は、自作の「十夜」ものに関するまったくあたりさわりのない感想の中にでさえ、侮蔑《ぶべつ》の抑制された口調を捕らえるように注意深く調整されていた。そして、まちがいなく彼は、ときおり、実際にはありもしない侮蔑を聞き取ってしまう悪い癖がある。自分は俗悪だと心の底で信じこんでいる作家ほど、この世に偏執狂的な生き物はいない、とマイクは気づいていた。ならば、いまのオリンの感想にまったく軽蔑の念はなかったかと言えば、それは疑わしかった。

「うれしいですね、本当なら」マイクはテープレコーダーをちらっと見おろした。いつもなら、小さな赤い目は相手を監視しながら、いいかげんなことを言うなよ、と警告するように輝いている。ところが今晩は、こちらを見つめているような気がする。

「ええ、本心からほめているのです」オリンは本を叩《たた》いた。「全部読むつもりですよ……書くことがなかったら。私は書くのが好きなんです。ギャツビイ城でのあなたの非超自然的な冒険に思わず吹き出しました。それと、あなたがいい人なので驚かされました。それに頭の切れる人であることにも。もっと、ガラの悪い三文文士かと思っていました」

マイクは、臍《ほぞ》を固めた。相手が次に何を言い出すかほとんど確信を持てたからだ。すなわち、オリン版「きみのようにいい娘《こ》がこんなところで働いているなんて」だ。オリンは都会のホテル支配人である。黒いドレスを着て夜の街へ外出する女性たちを接待し、ホテルのバーでタキシードを着て「ナイト・アンド・デイ」のようなスタンダード・ナンバーをポロポロンと弾く、引退した痩身《そうしん》の男性を雇う男だ。おそらく、夜のあき時間にはプルーストでも読んでいるのだろう。

「けれど、同時に、心かき乱されますよ、あなたの著作には。もし、これらの本を目にしなければ、私は今夜、あなたの来訪を苦には思わなかったでしょう。ブリーフケースを手にした弁護士をひとたび目にするや、あなたが本気であの荷厄介な部屋に滞在するつもりでいること、および、私がなにを言おうとも、あなたを説得することはかなわないことがわかりました。けれど、あなたの著作は……」

マイクは、テープレコーダーに手を伸ばしてスイッチを切った——小さな凝視する赤い目が彼を不安にさせ始めていたのである。「あんた、どうしておれが最低のことをして稼いでいるのか知りたいんだな？　そうなんだろ？」

「金のためになさっているんですよね」オリンは物柔らかな口調で言った。「そしてあなたは、最低とはかなりかけ離れた暮らしをなさっている、少なくとも当方の見立てでは……とはいえ、あなたがかくも敏速にそのような結論に飛びつくとは、興味深いですね」

マイクは頬が熱くなるのを感じた。ちがう、少しもこんな展開を予期していたのではない。これまで会話の途中でテープレコーダーのスイッチを切ったことは一度たりとてなかった。しかも、オリンはこちらが想定していたような人物ではなかった。おれはこいつの両手に惑わされたのだ、とマイクは思った。小太りのホテル支配人の健康的できちんと手入れされた爪《つめ》の生えた両手に。

「私の関心のまと――私を驚愕《きょうがく》させたこと――は、私は、自分の書いていることをひとつも信じていない知的で才能のある男の作品を読んだということなのです」

そいつは正確には真実じゃない、とマイクは思った。おれは、自分の信じている話を、たぶん二ダースほど執筆してきた。実際に出版したのはわずかだったが。ニューヨークでの最初の十八カ月のあいだ、信念を持って多量の詩を創作した。ヴィレッジ・ボイス誌に採用されたくてたまらなかった時期のことだ。しかし、月明かりの下、廃屋となったカンザスの農場をユージーン・リルズビイの首なし幽霊が徘徊《はいかい》しているなんてことを信じただろうか？　とんでもない。おれは、その農場の台所の汚れて盛り上がったリノリウムの床で一晩過ごしたが、裾板《すそいた》に沿って二匹のネズミが走り抜けたことを除けば、他にぞっとしたことは何もなかった。トランシルヴァニアの城の廃墟《はいきょ》で熱帯夜を過ごしたこともある。そこでは、吸血鬼ドラキュラのモデルとして名高いヴラド・ツェペッシユがいまだに君臨していると思われていた。だが、実際に姿を現した吸血鬼は、ヨーロッパ産の蚊の大群だけだった。連続殺人鬼ジェフリー・ダーマーの墓の横で野営しているあいだに、深夜二時の闇《やみ》から、血を流した白い人影がナイフを振り回しながら近寄ってきたが、亡霊の友人たちのクスクス笑いが恐怖をだいなしにしてしまった。どのみち、おれが真に受けて震えあがったわけではない。一目見て、十代の幽霊がゴム製のナイフを振り回しているのがわかったからだ。しかし、こうしたことのどれもオリンに話す気はなかった。話せなかった——。

いや、話せるさ。小型テープレコーダー（最初からまちがいだったのだ、とマイクはいまになって理解した）がふたたびしまわれた。この会談は、できるだけ録音なしですませるとするか。このオリンという男には妙なぐあいに感心させられる。相手に対して称賛の気持ちを抱くと、真実を打ち明けたくなるものだ。

「ああ」とマイク。「悪鬼や幽霊や化け物の類《たぐい》を信じてなんかいない。思うに、そんなものがいないことはいいことだ。というのも、そういった妖怪変化からわれわれを守ってくれる善き神が存在するなんて、これまた信じていないからね。私が信じているのはそういうことさ。でも、事にあたるさい、いっさい偏見にとらわれないようにして、心を開いている。マウント・ホープ墓地の吠《ほ》える幽霊を調査したところで、ピュリッツァー賞をもらえるとは思わないが、もし、その幽霊が目の前に現れたら、虚心坦懐《きょしんたんかい》、公平に書くね」

オリンが何か、一言だけ口にしたが、あまりに小声だったので、マイクは聞き取れなかった。

「なんだって？」

「それはありえない、と言ったんです」オリンはマイクをすまなそうに見つめた。

マイクは吐息をついた。オリンはおれが嘘《うそ》をついていると思っている。このような事態に到達した場合、唯一《ゆいいつ》の選択は、本格的な戦闘体勢に入るか議論から完全撤退するかだ。「このことに関しては、後日あらためて話そうか、ミスター・オリン？　私は上に行って歯磨きでもするよ。洗面所の鏡に映った私の背後にケヴィン・オマレイの実体化した姿を拝見できるかもしれないから」

マイクは椅子《いす》から立ち上がろうとした。すると、オリンが爪の手入れのいきとどいた肉づきのよい手を伸ばして、マイクの動きを制した。「あなたを嘘つき呼ばわりしているのではありません」とオリン。「けれど、ミスター・エンズリン、あなたは信じていない。幽霊は、自分たちのことを信じていない人々の前にはめったに現れません。現れた場合でも、その姿はめったに見られません。ユージーン・リルズビイが自分の切断された首を自宅の正面玄関の廊下に転がしたとしても、信じていない人々には何も聞こえないのです！」

マイクは立ち上がり、身をかがめて一泊旅行カバンをつかんだ。「なら、私は、一四〇八号室で何も心配することはないわけだ、でしょ？」

「ところが、そうではないのです」とオリン。「困ることになるでしょうね。それというのも、一四〇八号室には幽霊はいませんし、これまでだって一度たりとて出現したことはありません。けれど、その部屋には何かがいるのです――私自身、感じたことがあります――が、それは霊的な存在ではありません。廃屋や古城ならば、あなたの不信心は一種の防御として役立つかもしれません。でも、一四〇八号室では、不信心はさらにあなたを攻撃されやすい状態にするだけでしょう。おやめなさい、ミスター・エンズリン。と、まあそういうわけで、私は、今夜、あなたをお待ちしていたのです。あなたにお願いするために、訴えるために、一四〇八号室に入らないようにと。あの部屋にふさわしくないすべての人々、ベストセラーとなる金儲《かねもう》け主義的でおふざけ気分の実録幽霊本を執筆する人には、あの部屋に近づいていただきたくないのです」

マイクは相手の言うことを耳にしながら、同時に聞いていなかった。おまえは自分のテープレコーダーを止めた！　彼はうわごとを言っていた。相手はおれを困らせてテープレコーダーを止めさせ、今度は、ボリス・カーロフに転じて、『ザ・オール・スター・スプーク・ウィークエンド』のホスト役を務めているというわけだ！　クソッタレめ。どのみち、こいつの言ったことは作品の中で引用してやる。それがお気にめさないのなら、おれを訴えるがいい。

にわかにマイクは、上の階に行きたくてうずうずしてきた。ちっぽけなホテルの一室で長い夜をさっさと過ごしてしまおうというのではなく、オリンのいま言ったことがまだ鮮やかに頭に残っているうちに、それを書き写しておきたかったのだ。

「一杯やりましょう、ミスター・エンズリン」

「いや、ほんとうに私は——」

ミスター・オリンは自分のコートのポケットに手を入れ、長い真鍮《しんちゅう》のパドル状の鍵を取り出した。真鍮は年代もののようで、傷がついており、変色している。一四〇八の数字が浮き彫り細工されていた。

「どうか」とオリン。「つきあってください。あともう十分、時間をさいていただきたい——それだけあれば、一杯スコッチをひっかけるにはじゅうぶん——そうすれば、この鍵をおわたしします。あなたを心変わりさせられるのならなんだって差しあげたいくらいですが、いざ、そうすることが不可能だとわかれば、今度は、これは避けられない運命だと自ら悟ったと思いたいのです」

「まだほんものの鍵を使用している?」マイクはきいた。「なかなかシャレた趣向だ。時代めかしていて」

「ドルフィンでは、一九七九年にマグカード・システムを導入しています、ミスター・

エンズリン。私が支配人の職についた年のことです。一四〇八号室は、このホテルで唯一鍵で開く部屋なのです。そこのドアは、マグカードでロックする必要がありません。中にはけっして誰もいないからです。一九七八年以降、その部屋には、お客様は誰も泊まっていません」

「嘘もたいがいにしろ！」マイクはふたたび腰をおろし、今一度、テープレコーダーの準備をした。そして、〈録音〉を押して言った。「支配人のオリンは、一四〇八号室には二十年以上も客を泊めていない、と主張している」

「同時に、一四〇八号室は、これまでドアをマグカードでロックされる必要がまったくありませんでした。というのも、私は確信しておりますが、マグカードが作動しようとしないからです。一四〇八号室では、デジタル腕時計はまともに動きません。ときに、時間が逆戻りしたり、たんに壊れたりします。したがって、デジタル時計では時間を知ることができません。そして、一四〇八号室から出ても、もうその時計は使い物になりません。同じことが、電卓や携帯電話にも言えます。あなたがポケベルを持っているとしたら、ミスター・エンズリン、スイッチを切っておくよう忠告しておきます。ひとたび一四〇八号室に入ったら、ポケベルが勝手に鳴り出すからです」オリンは一呼吸置いた。「また、スイッチを切っておいても、それでだいじょうぶだとは保証いたしかねます。自然にスイッチが入ってしまうからです。唯一の策は、バッテリーを抜いてしまうことです」オリンは小型テープレコーダーの〈ストップ〉を、その場所を見もしないで押した。オリンは同じ機種を口述メモ用として使用しているのだ、とマイクは推測した。「実際のところ、ミスター・エンズリン、唯一の策は、その部屋に近づかないことなのです」

「そいつはできないな」マイクは自分のテープレコーダーを手に取り、今一度しまいながら言った。「でも、一杯つきあう時間ならありそうだ」

世紀末の五番街を描いた油絵の下の黒燻《くろいぶ》しオーク材のバーで、オリンがスコッチを注いでいるあいだに、マイクは、問題の部屋が一九七八年以降使用されていないのなら、その室内でハイテク機器が作動しないことをどうして知っているのかとたずねた。

「一九七八年以降、誰もその部屋に足を踏み入れていないとは申しておりません」オリンは答えた。「まず、ひと月に一度はメイドが室内の光の方向転換をいたします。つまり――」

『幽霊の出現するホテル部屋』の調査・執筆にとりかかってからおよそ四カ月になるマイクは言った。「それなら知ってる」空き部屋における光の方向転換とは、空気を入れ換えるために窓を開けたり、埃《ほこり》を払ったり、水洗トイレを流すさいに水をブルーに変える芳香剤の量を調べたり、タオルを交換したりすることである。おそらく、その部屋では、シーツと枕《まくら》カバーは交換していないだろう。寝袋を持ってくるべきだったか、とマイクは思った。

スコッチの入ったふたつのグラスを両手に持って、バーからこちらに向かってペルシア絨毯《じゅうたん》を横切りながら、オリンはマイクの表情を読んだようだった。「シーツは今日の午後に換えておきましたよ、ミスター・エンズリン」

「その呼び方、やめてくれないか？　マイクでいい」

「それでは、当方の落ち着きが悪いのです」オリンは飲み物をマイクに手わたしながら言った。「はい、どうぞ」

「あんたに」マイクは、杯を触れ合わせようとして自分のグラスを掲げたが、オリンはグラスを持った手を引っこめた。

「いや、あなたに、ミスター・エンズリン、そうさせてください。今宵《こよい》は、あなたに乾杯すべきですよ。あなたには、その必要があります」

マイクは溜《た》め息《いき》をつくと、自分のグラスの縁をオリンのそれと触れて音を立ててから言った。「私に乾杯。あんた、そのままホラー映画に出演できるね、ミスター・オリン。さしずめ、あんたの役どころは、〈悲運城〉から立ち去りなさいと若夫婦に警告する陰《いん》鬱《うつ》な老執事といったところだ」

オリンは腰をおろした。「これまでその役どころを演じることはさほどありませんでしたね、神に感謝。一四〇八号室は、超常現象の名所や心霊スポットを扱っているウェブサイトにリストアップされていませんし——」

そいつはおれの著作が刊行されたら変わるだろうよ、マイクはスコッチを啜《すす》りながら思った。

「——ホテル・ドルフィンへの幽霊ツアーも開催されていません。シェリー・ネザーランド、プラザ、パーク・レーン経由のツアーはありますけど。私どもは、一四〇八号室をできるだけ注目されないように保ってきたのです……けれど、もちろん、幸運と不屈さをかねそなえた探索者にとって、歴史は常に発見されるべきものとしてそこにあるものです」

マイクは軽く微笑《ほほえ》んでみせた。

「ヴェロニクがシーツを交換しました」とオリン。「私、彼女に同行しました。自慢してよろしいですよ、ミスター・エンズリン。まさに、あなたの今宵の寝具は王侯貴族なみです。ヴェロニクとその妹は、一九七一年か七二年にドルフィンの客室係メイドとして雇われました。私どもはヴィーと呼んでいますが、彼女は当ホテル・ドルフィンの最も古株の雇用人で、少なくとも、私より六歳は年長です。清掃主任にまで昇進いたしました。思うに、この六年ほど、彼女が自らシーツを交換したことはありません。けれど、彼女は、一四〇八号室のすべての交換業務をこなしていたのです——彼女と妹で——一九九二年までは。ヴェロニクとセレステは双子で、その特異な絆《きずな》が彼女たちに……なんと表現したらよいのでしょうか？　そうですね、一四〇八号室に対して免疫《めんえき》を作っているというわけでもないのでしょうが、それと等しいことを生じさせているようでした……少なくとも、部屋の光の方向転換をする短時間のあいだは」

「ヴェロニクの妹は、一四〇八号室で亡《な》くなったなんて言うんじゃないだろうね？」

「いえ、はなはだ見当ちがいをなさっていますよ」オリンは言った。「彼女は、ここを退職しました。健康を害したのです。けれど、私どもは、一四〇八号室が彼女の心身の状態の悪化に関して、なんらかの役割をはたしたのかもしれないという考えを排除できません」

「私たちは、いまここでいい関係にあるようだ、ミスター・オリン。私は、この親密な関係を断ち切りたくない、こんなふうに言うことで――おい、そいつはバカげてるぜ」

オリンは笑い声をあげた。「非現実的な世界の学徒にしては頭がお固い」

「石頭は読者のおかげ」マイクはそっけなく言った。

「一四〇八号室は、昼夜、ほとんど変わらぬ状態にしてあります」ホテル支配人はポツリと言った。「ドアはロックされ、明かりは消され、カーペットが日焼けしないように窓の日除《ひよ》けは降ろされ、ベッドの上には朝食のメニューが置かれています……が、室内の空気が屋根裏のように、こもって古くなっていくと思うとやりきれません。埃がうずたかく積り、あたりを綿毛のように覆《おお》っていくと思うとたまりません。どうして、こうも気になってしょうがないのでしょうね、いや、まぎれもない強迫観念にとらわれているんでしょうか?」

「ホテルの支配人だからさ」

「でしょうね。ともかく、ヴィーとシーは、その部屋の入れ換えをしていました——とても素早く、出たり入ったりして——シーが退職して、ヴィーが最初の大昇格を達成するまでは。その後、私は、他のメイドをふたり一組にして同じことをさせました。いつも仲のよい者同士をペアにして——」

「ふたりの絆が妖怪《ようかい》をたじろがせることを期待したわけか?」

「ええ、仲のよい関係に期待したのです。まあ、そうやって一四〇八号室の妖怪たちを思う存分コケにするがよろしいでしょう、ミスター・エンズリン。ですが、すぐに彼らの存在を感じるでしょう。請け合ってもいい。あの部屋にいるのがなんであれ、それは恥ずかしがり屋さんではありません。

　おおかたの場合——私が采配《さいはい》をふるったのです——私はメイドたちに同行しました。監督するためです」オリンは口をつぐみ、それから気乗りしない口調でつけたした。「彼女たちを引きあげさせるためです。もし、ほんとうに恐ろしいことが起こった場合にですが。いままではなにも起こりませんでした。何人か泣きじゃくる者や笑い出す者

――どうして、啜り泣く人より狂ったように笑い出す人のほうがよりこわがっているのかわかりませんが、実際にそうなんです――そして、気絶する者がいました。それほど恐ろしいことはなにもなかったのです。しかしながら、この数年、いくつか原初的な体験をする時間をもちました――ポケベルや携帯電話やその手のことです――が、あまりにも恐ろしいことはなにも起こっていません。神に感謝」オリンはふたたび間を置いてから、奇妙に抑揚を欠いた口調でつけくわえた。「ひとりが盲目になりました」

「なんだって？」

「目が見えなくなったんです。ロミー・ヴァン・ゲルダーという女性でした。彼女はテレビの上の埃を払っていましたが、突然、悲鳴をあげ始めました。どうしたのかとたずねました。すると、彼女は雑巾《ぞうきん》を落とし、両手で目を覆い、目が見えないと金切り声で叫んだのです……ただし、おぞましい色だけが見えると言うのです。そこで私が部屋の外に連れ出すと、すぐにその色はほとんど消えてなくなったようです。そして、彼女を連れてエレベーターへと続く廊下を進むと、彼女の視力は戻り始めたのです」

「もっぱら私を脅すためにそんな話をしているんだ、ミスター・オリン、そうだろ？私を怖がらせるために」

「ぜんぜんそんなことはありません。あの部屋の来歴を知っていますよね、最初の客の自殺から始まる歴史を」

マイクは知っていた。ケヴィン・オマレイという名のミシンのセールスマンが一九一〇年十月十三日に、妻と七人の子供をこの世に残して、飛び降り自殺をしたのである。

「五人の男性とひとりの女性が、あの部屋のただひとつの窓から身を投げているのですよ、ミスター・エンズリン。三人の女性とひとりの男性が薬を飲んで、ふたりがベッドで、ふたりが浴室で発見されました。浴室では、ひとりは湯船の中に、もうひとりは便座にすわったままでした。一九七〇年には、ひとりの男性がクローゼットで首を吊《つ》りました——」

「ヘンリー・ストーキンだ」とマイク。「その件は、おそらく事故……性戯的過失による窒息といったところだろう」

「たぶんね。また、ランドルフ・ハイドの一件もあります。手首を切り裂き、それからおまけとして性器を切断して失血死しました。これは性戯的過失による窒息ではありませんよ。ようするに、ミスター・エンズリン、六十八年間における十二件の自殺の記録でさえも、あなたの意図を翻《ひるがえ》すことができないとしたら、数人の客室係のメイドたちの心臓の細動や喘《あえ》ぎがあなたを阻止できるかどうか疑わしいと思っています」

　心臓の細動や喘ぎ、こいつはすてきだ、とマイクは思った。そのフレーズ、おれの著作の中で使えないかな。

「一四〇八号室の清掃を担当したペアのうち、その部屋で何度も仕事をしたいと思う者はほとんどいません」オリンはそう言ってから、かすかに喉《のど》を鳴らしてスコッチを飲み干した。

「フランス人の双子姉妹をのぞいては」

「ヴィーとシー、そのとおりです」オリンはうなずいた。

マイクは、たいして気にしなかった。メイドたちと彼女たちの……オリンはなんと言っていた？　そう、彼女たちの心臓の細動と喘ぎ、そんなことはどうでもいい。マイクは、オリンが列挙した自殺事件のおかげで、少し腹立たしい気分になった……何件も自殺があったという事実をではなく、そこに含まれている意味を見逃していたとは、まるで自分はまったくのウスノロだ。ただし、実際には意味などないのだが。アブラハム・リンカーンとジョン・ケネディには、双方ともにジョンソンという名の副大統領がいた。リンカーン（Lincoln）とケネディ（Kennedy）はいずれも七文字である。リンカーンとケネディはどちらも六〇年の末に大統領に選出された。こうした一致が何を証明する？　たわごとだ。

「自殺の件は、今回の著作のすばらしい一章になるだろうな」とマイク。「けれど、テープレコーダーに録音していないので言うけど、自殺者たちは、私に言わせれば、いわゆる〝集団効果〟といった統計学的おもしろみしかない」

「チャールズ・ディケンズは、同じことを〝じゃがいも効果〟と呼んでいました」とオリン。

「なんて言いました？」

「ジェイコブ・マーレイの幽霊が最初にスクルージに語りかけたとき、スクルージは相手に言うのです。おまえはマスタードの染《し》みか生煮えじゃがいものかけらにすぎないと」

「それっておもしろいのか？」マイクは、いささか冷ややかに言った。

「私には愉快ではありません、ミスター・エンズリン。ぜんぜん。どうか、よく聞いてください。ヴィーの片割れのセレステは、心臓麻痺《まひ》で亡くなりました。その時点で、彼女は中期段階の痴呆《ちほう》症を患《わずら》っていました。かなり若くして、その病に犯されていたのです」

「それでも、双子のもうひとりは健在だよな、先ほどのあんたの話によれば。実際、アメリカン・サクセス・ストーリーだ。お見受けしたところ、ミスター・オリン、あんた自身も健在だ。でも、一四〇八号室を出たり入ったりしてきたんだよな、何回ぐらい？百回？　二百回？」

「きわめて短い時間内です」とオリン。「たぶん、毒ガスの充満している部屋に入るようなものなのです。息を止めているあいだは、だいじょうぶかもしれない。こんな喩《たと》えはお気にめしませんよね。まちがいなくあなたは、そいつは大げさだと、おそらく、バカげてると思っている。しかしながら私は、この喩えは、まさに意を得ていると信じています」

オリンは五本の指を突き刺すように立てて顎《あご》を支えた。

「人によっては、あの部屋にいる得体の知れない生き物に対して、もっと早く、もっと過敏に反応する可能性もあります。ちょうど、スキューバダイヴィングをする人によっては、ほかの人より頭がくらくらする傾向があるように。ドルフィンの一世紀近い営業のあいだに、ホテル従業員は、一四〇八号室は毒された部屋だということに、しだいにより明確に気づきました。そのことは、このホテルの歴史の一部となってしまったのです、ミスター・エンズリン。誰もそのことについて話をしません。ちょうど、ほとんどのホテルの十四階は、実際には十三階だという事実について誰も口にしないように……でも、誰もがそのことを知っている。もし、あの部屋に関するすべての記録や事実を入手できるとしたら、驚愕《きょうがく》すべき話が待ち受けているでしょう……あなたの読者が喜ぶのを通り越して不快に思うような物語が。

たとえば、ニューヨークのどのホテルでも自殺者を出していることと思いますが、ひとつの部屋から十二人の自殺者を出したのはドルフィンだけだということに、喜んでこの首を賭《か》けましょう。そして、セレステ・ロマンドゥーの件は別にしても、一四〇八号室で自然に亡くなった人についてはどうでしょう？　いわゆる自然死ですが、ご存知ですか？」

「これまでに何人ぐらいいたのかな？」マイクは、一四〇八号室での、いわゆる自然死ということについて、まったく考えていなかった。

「三十人です」とオリン。「三十人、少なくとも。私が知っているところでは、三十人です」

「この嘘《うそ》つき野郎！」考えるより先に言葉が口をついて出てしまった。

「いいえ、ミスター・エンズリン、請け合いますが、嘘は申しておりません。私どもがあの部屋を空き部屋のままにしているのは、老婆《ろうば》のたわいもない迷信のため、あるいはニューヨークの伝統……古いホテルはみな、少なくともひとつは騒がしい霊を、たとえば、ガチャガチャ音を立てて歩き回る見えない鎖の行列のようなものをかこっているといった考えのためだと、あなたはほんとうに思っているのですか？」

マイク・エンズリンは、ちょうどそうした考えが実際に――明言はされていないが、それでもやはりあることにかわりはない――「十夜」ものに散見されることに気づいた。科学者が女まじない師を嘲笑《あざわら》うような苛立《いらだ》たしい口調で、オリンが嘲《あざけ》るのを聞くことは、そうした考えが盛り込まれている自著に対する無念さを逆撫《さかな》でする。

「私どもは、ホテル業における迷信や伝統を持っていますが、それを業務に持ちこむことはないのですよ、ミスター・エンズリン。私は、中西部で仕事にありついたことがありますが、その地には、こんなことわざがあります。〝牛飼いが町にいるときは、部屋には隙間風《すきま》の入る余地もない〟。私どもは、空き部屋があれば満室にいたします。ただし、私が作った唯一《ゆいいつ》の例外がありまして——そして、このように打ち明け話をするのも唯一の例外ですが——、それが一四〇八号室なのです。その部屋番号の各数字をたすと十三となり、まさに十三階にあるその部屋だけは別格なのです」

オリンはマイク・エンズリンをはっしと見据えた。

「自殺者ばかりか脳卒中や心臓麻痺や癲癇《てんかん》発作なども引き起こす部屋なんです。あの部屋に宿泊したある男性——一九七三年のことでした——は、まちがいなくスープの碗《わん》で溺死《できし》しています。当然、バカげてるとおっしゃるでしょうが、私は、当時のホテルの保安係の主任に聞いたところ、死亡証明書を見せてくれました。あの部屋に居座っている得体の知れない力は、昼間、つまり部屋の清掃をしている時間帯は、あまり強くはありませんが、にもかかわらず、そこで仕事をしていた何人かのメイドは、いまや心臓疾患や肺気腫《はいきしゅ》や糖尿病に苦しんでいます。三年前、その階で暖房のぐあいがおかしくなりました。当時の保全管理者のミスター・ニールが暖房器具を調べるために、いくつか部屋に入らなければなりませんでした。そのうちの一部屋が一四〇八号室だったのです。彼は調子がいいようでした——部屋の中にいたときも、そのあとも——が、翌日の午後、脳溢血《のういっけつ》でポックリ逝《い》ってしまったのです」

「偶然の一致だ」マイクは言った。にもかかわらず、オリンが巧みな話者であることは否定できなかった。この男、キャンプ指導員になったら、キャンプファイアーの幽霊話の最初の一発で子供たちの九十パーセントを震えあがらせて家へ帰らせてしまうだろう。

「偶然の一致ね」オリンは、バカにしているように聞こえなくもない口調でそっと繰り返した。そして、古びた真鍮《しんちゅう》のパドルについた昔ながらの鍵《かぎ》を差し出した。「心臓のぐあいはいかがです、ミスター・エンズリン？　血圧と精神状態は聞くまでもありませんよね？」

マイクは、片手をあげるのに、実際に意識して努力している自分に気づいた……が、ひとたび動かすと、問題はなかった。指先が震えることもなく、鍵に届いた。自分が見たかぎりではだが。

「すべて快調」マイクは、色褪《いろあ》せた真鍮のパドルを握りながら言った。「それに、幸運のアロハシャツを着ているし」

オリンはマイクに付き添ってエレベーターで十四階に行くと言い張った。マイクは異議を唱えなかった。ひとたび支配人のオフィスを出て、エレベーターへと続く廊下を下って行くにつれて、オリンが自信を喪失しておどおどした様子に戻っていくのを見るのは、実に興味深かった。ふたたび哀《あわ》れなミスター・オリンの登場だ。作家の掌中にある制服を着た使用人にすぎない。

タキシードを着た男――マイクは、彼のことをレストランの支配人か給仕人頭と推測した――が彼らの歩みを止め、オリンに薄い紙を差し出し、フランス語でなにやらぼそぼそ言った。オリンはつぶやき返してうなずき、紙切れに素早くサインをした。バーの男性は、いまや「オータム・イン・ニューヨーク」を演奏している。ここからの距離だと、エコーがかかって聞こえ、夢の中の音楽のようだ。

タキシードの男は、「ありがとうございます《メルシー・ビアン》」と言って、立ち去った。マイクとホテル支配人は先に進んだ。オリンがふたたび、マイクの小型カバンをお持ちしましょうと申し出たが、マイクはふたたび断った。エレベーターの中で、マイクの目は、整然と三列に並んでいるボタンに惹《ひ》きつけられた。すべてがあるべき場所に収まっていて、ひと連なりになっている……にもかかわらず、もっと詳細に見つめるならば、そこには非連続性があることに気づく。12と記されたボタンのあとに14と記されたボタンが続いていた。まるで、エレベーターのコントロールパネルから抹消することによって、その数字を非存在にすることができると思っているかのようだ。愚かな……それでも、オリンは正しい。なにしろ世界中で行なわれていることなのだ。

エレベーターが上昇したとき、マイクが言った。「気になっていることがある。一四〇八号室のために架空の宿泊客をでっちあげればいいじゃないか、あんたが言ったように、みんながそんなに怖がっているのならね。いっそのこと、あなた自身の住まいだと公表したらどうだ？」

「不正行為を働いたと告発されるのを恐れているのでしょうね。たとえ、国や連邦の市民権の法規を担《にな》う人間に糾弾《きゅうだん》されるのではなくとも――ホテル業界の人間は市民権法に敏感なんですよ、ちょうどあなたの読者の多くが深夜の鎖の音に敏感なように――私の上司たちに非難されます、彼らがそうした風聞を耳にしたらの話ですが。あなたを一四〇八号室に近づけないように説得できないのであれば、ときおり地方まわりのセールスマンを窓から身投げさせて六一番通りじゅうを血と肉片でぐちゃぐちゃにさせる妖怪変化《ようかいへんげ》が出没するので、しかたなく私は、完璧《かんぺき》に良好な部屋を開店休業状態にしているのだということを、これまたスタンリー株式会社の理事会の面々に首尾よく納得させられるかどうかあやしいものだと思っています」

　これまでオリンが語ってきたなかでも一番いやらしい話だな、とマイクは思った。なぜなら、もうこいつはおれを説得しようとしていないからだ。彼が自分のオフィスでどれほどセールスマンシップの力があろうと――それは、ペルシア絨毯《じゅうたん》から立ち昇ってくる雰囲気なのだろう――ここでは、その力は失われている。権限、そう、それはある。給仕人頭にサインをしたときには。だが、それはセールスマンシップじゃない。本人の有する手腕や魅力ではない。ここではその力は失われているのだ。しかし、当人はその力を信じている。オリンは自分には能力があると信じきっているのだ。

ドアの頭上で、12の光が消え、14が点灯した。エレベーターが止まった。ドアが滑るように開いて、徹頭徹尾普通のホテルの回廊が現れた。赤と金のカーペット（まちがいなく、ペルシア産ではない）が敷かれ、十九世紀のガス燈《とう》に似た電燈が備え付けられている。

「着きました」とオリン。「この階です。お許しください、ここから先へはお供できません。一四〇八号室は、あなたの左側、廊下の突きあたりです。どうしてもという必要性にかられなければ、私は、これ以上近づきません」

マイク・エンズリンはエレベーターから出た。両脚がいつもより重いような気がする。オリンを振り返った。黒いスーツにワインカラーのネクタイを結んだずんぐりむっくりの小柄な男は、爪《つめ》の手入れのいきとどいた両手を後ろ手に組んでいる。そして、いまや顔色はクリームのように青白く、髪の生え際《ぎわ》の後退した皺《しわ》のない額に汗の玉が浮き出ていた。

「もちろん、室内には電話があります」オリンは言った「どうぞお使いください、のっぴきならぬ事態になりましたら……でも、ちゃんと通じるかどうかあやしいと思います。部屋が妨害する場合は」

マイクは冗談で返そうとした。たとえば、少なくともルームサーヴィス料金は割り引いてもらえるんだろうなとか。しかし、不意に舌が両脚と同じように重くなった。舌は口の中でだらしなく横たわっているだけだった。

オリンは、後ろ手に組んでいた片手を差し出した。マイクにはそれが震えているのがわかった。「ミスター・エンズリン」とオリン。「マイク。おやめなさい。どうか後生ですから――」

言い終わるより先に、エレベーターのドアが滑るように閉じてしまい、オリンを視界から消した。マイクは、その場に一瞬たたずんだ。常勤の従業員は誰もその存在を認めていないホテル・ドルフィンの十三階という、ニューヨークのホテルの完璧な静寂の中にひとり取り残されたために、彼は手を伸ばして、エレベーターのコール・ボタンを押そうかと思った。

ただし、そうした場合、オリンの勝ちだ。そして、自分の新作の最良の章となるべき箇所に大きな穴が開くことになる。読者にはそんなことはわからないかもしれない。編集者やエージェントにもわからないかもしれない。弁護士のロバートスンだって……でも、おれにはわかる。

コール・ボタンを押すかわりに、マイクは手を伸ばして、耳に挟んだタバコに触れ――その昔からの、うわのそらの身振りは、もはや無意識の癖になっていた――アロハシャツの襟を正した。それから一四〇八号室へと、一泊旅行カバンをぶらつかせながら廊下を歩き始めた。

II

一四〇八号室におけるマイク・エンズリンの短時間に終わった滞在（約七十分続いた）で、最も興味深い文明の産物の置き土産は、小型テープレコーダーに録音された十一分のテープである。それは少々炭化しているが、再生不可能というわけではない。録音されている内容に関して魅惑的な点といえば、ほとんど何も語られていないということ、および、そんな奇妙な事態に至った過程である。

小型テープレコーダーは元妻からのプレゼントだった。マイクは、彼女とは五年前にはまだ友好関係にあった。初めての「事例探検」（カンザス州のリルズビイ一家の農家のさい、マイクは、五冊の黄色い法律用箋《ようせん》とシャープペンシルでいっぱいの革のケースと一緒に、ほとんどあとから思いついてそのテープレコーダーを携帯した。三冊上梓《じょうし》したのち、ホテル・ドルフィンの一四〇八号室のドアにたどり着くまでには、マイクの取材道具は、たった一本のボールペンと手帳、それと自分のアパートを出るさいにレコーダーに入れておいた九十分カセットテープに加えて、同じ新品のテープを五本といったぐあいに変化していた。

筆記より口述のほうが便利だということに気づいたのである。逸話を、中にはものすごくおもしろいものがあるが、同時進行で記録することができる——たとえば、幽霊に取り憑《つ》かれていると思われているギャツビイ城の塔で蝙蝠《こうもり》の急降下爆撃を受けたときなど。そのとき、マイクは、カーニバルのお化け屋敷に初めて入った少女のように悲鳴をあげた。これを聞かせるたびに、友人たちはいつも大喜びする。

小さなテープレコーダーは筆記メモより実用的だった。とりわけ、肌寒いニュー・ブランズウィック墓地で、明け方の三時に、激しい風雨にテントがつぶされたときには。そのような状況下では、気のきいた描写をメモにとることはできないが、話すことはできる……まさにそれこそマイクがしたことで、雨にずぶ濡《ぬ》れになりながら、テントが激しくはためくのもなんのその、小型テープレコーダーの心安らぐ赤い目の光景をけっして見失うことはなかった。その後、幾多の歳月と何件かの「事例探検」を経て、ソニーの小型テープレコーダーはマイクの友人となったのである。それまでマイクは、真正の超自然的事象について直接取材した報告を、リールで回転しているテープに録音した体験は一度もなかった。そしてそのテープには一四〇八号室にいるあいだの彼の中途半端《はんぱ》な所感が収録されているが、便利な小道具に対して、そのような愛着心を抱くにいたったことは、おそらく驚くべきことでもない。長距離トラックの運転手は、自分たちのケンワースやジミー・ピーテスを愛するようになる。作家は、ある特定の万年筆や使い古しのタイプライターを愛蔵する。プロの掃除婦は、古くなった家電を廃棄するのをしぶる。これまでマイクは、実際の幽霊や超常現象に対して、小型テープレコーダー——彼流の十字架にしてニンニクの束——だけを防御に敢然と立ち向かったことは一度もないが、寒くて不快な数多《あまた》の夜、それはいつも彼とともにあった。マイクはこちこちの合理主義者だったが、だからといって非人間的ではなかったのである。

一四〇八号室にまつわる厄介事は、マイクが室内に入る前から生じた。

ドアが傾《かし》いでいたのだ。

ひどくではないものの、まちがいなく斜めになっていた。わずかながら左に。まずマイクが思ったのは恐怖映画だった。その手の映画では、監督はキャラクターのうちのひとりの精神的苦悩を一人称視点のカメラを傾けることで示そうとする。この連想は、他の連想を引き起こした——ドアの外観は、少々天候が荒れているときに乗ったボートからの視点に似ていた。それは前後左右にチクタクと揺れ、その結果、頭はくらくら、胃がひっくりかえりそうになる。といっても、マイク自身がそんなふうに感じたわけではない。ぜんぜん。しかし——。

ああ、そうとも、感じるよ。ほんの少し。

同様に、マイクはこう言ったことだろう。妖怪変化に関するジャーナリズムという明らかに現実性の乏しい領域において、オリンがなにやらほのめかしただけで、自分は公平な立場でいることができなくなったと。

マイクは身をかがめ（わずかに傾いでいるドアから目を離すとすぐに、かすかな胃のむかつきが消えたことに気づいた）、旅行カバンのポケットのジッパーを開けて、小型テープレコーダーを取り出した。身体《からだ》をまっすぐに起こしながら、〈録音〉を押し、小さな赤い目が点灯するのを見とどけてから言おうとした。「ドアが特異な出迎えをしてくれた。それは斜めに歪《ゆが》んで建て付けられているように見え、わずかに左に傾いている」

実際には、マイクは、「ドア」と言い、それだけで口を閉じた。もしテープを聴いたなら、明確に聞き取れるだろう。「ドア」という言葉と、それに続く、〈ストップ〉を押すカチャッという音を。というのも、ドアは傾いでいなかったからだ。完璧にまっすぐだった。マイクは振り返り、廊下を挟んだ向かい側の一四〇九号室のドアを見つめてから、一四〇八号室のドアに向き直った。双方ともに同じだった。金色の部屋番号飾り板と金色のドアノブのついた白いドア。どちらも完全にまっすぐだ。

マイクは前かがみになり、小型テープレコーダーを手にしたまま旅行カバンを拾い上げ、もう一方の手に握っている鍵をドアロックに差しこもうとして、ふたたび動きを止めた。

ドアがまたもや斜めに歪んでいたのだ。

今度は、わずかに右に傾いている。

「そんなバカな」マイクはつぶやいた。しかし、すでに胃がでんぐりかえるような気分になり始めていた。船酔いのような感じではない。まさに船酔いそのもの。二年前、マイクは、豪華客船クイーンエリザベスII世号で英国に渡ったことがあった。そして一晩、ものすごい時化《しけ》を体験した。その結果、マイクが最も明確に覚えていることがある。自分の客室ベッドに横たわっていて、いまにも投げ出されそうになるのだが、ぜったいにそうならないこと。および、戸口……あるいはテーブル……あるいは椅子《いす》……などが前後に……左右に……チクタク……と揺れているのを目にすると、吐き気をもよおすまいがどんどんひどくなっていくことだった。

オリンのせいだ。まさにやつの思う壺《つぼ》。洗脳されたんだ。やつの暗示にかかっちまった。おれのこのぶざまな姿を見たら、どんなにやつは大笑いするだろうか。どんなに――。

思考が途切れた。オリンがこちらを見ていることがまさにありえると気づいたからだ。マイクは廊下を振り返って、エレベーターのほうを見た。ドアを見つめるのをやめたとたん、かすかな胃のむかつきがなくなったことにはほとんど気づかなかった。エレベーターの上方と左側に、マイクは予期したものを見た。閉回路カメラだ。警備員のひとりが、いまこの瞬間、こちらを見ているかもしれない。そして、賭《か》けてもいいが、その警備員の横にはオリンがいて、ふたりはサルのようにニタニタ笑っているのだろう。ここに来て、いばりちらし、弁護士をうろちょろさせるとどうなるか思いしらせてやったぞ、とオリンは言う。やつを見ろよ！　警備員は、さらにニタニタ笑いを大きくして応じる。あいつの顔色ときたら真っ白だ、自分こそ幽霊みたいに。しかも、鍵《かぎ》をロックに触れることさえできない。やりましたね、ボス！　簀巻《すま》きにして、重石《おもし》をつけて、沈めてやった！

そうは問屋が卸すかよ。おれはリルズビイ一家の家に滞在し、少なくとも家族のふたりが殺された部屋で眠ったんだ――ほんとうに寝たんだぜ、あんたらが信じようが信じまいがな。それに、殺人鬼ジェフリイ・ダマーの墓のすぐ隣で一晩明かしたこともある。ちなみに、ふたつ向こうにはH・P・ラヴクラフトの墓石があったんだぞ。デイヴィッド・スミス卿《きょう》がふたりの妻を溺死《できし》させたと言われている湯船の隣で歯磨きをしたことだってある。もうずいぶん昔に、おれはキャンプファイアーのこけおどし幽霊話なんて卒業したんだよ。怖がらせようとしたって、その手は食わんぞ！

マイクはドアを振り返ったが、ドアは真《ま》っ直《す》ぐだった。彼はうなり声をあげ、鍵をロックに差しこんでまわした。ドアが開いた。マイクは足を踏み入れた。手探りで明かりのスイッチを捜していると、ドアが背後でゆっくりと閉まり、マイクを真《ま》っ暗闇《くらやみ》の中に閉じ込めた、なんてことは起こらなかった（それに、隣接しているアパートメントの明かりが窓から差しこんでいた）。スイッチが見つかった。パチッと音を立ててオンに入れる。垂れ下がったクリスタルの装飾の房に囲まれた頭上の明かりが点《つ》いた。同時に、部屋の奥にあるデスク横の電気スタンドも点灯した。

そのデスクのところに窓があるので、書き物をする手を休めて、六一番通りを眺めることができる……あるいは、激しい衝動に駆り立てられれば、六一番通りに身投げできる。ただし――。

マイクはカバンをドアのすぐ内側に置き、ドアを閉じてから、ふたたび〈録音〉を押した。小さな赤いライトが点灯した。

「オリンによれば、私がいま見ているこの窓から六人が飛び降りたが、私は、今夜、ホテル・ドルフィンの十四階――おっと、申し訳ない、十三階だ――からダイヴィングする気は毛頭ない。鉄、もしくは鋼鉄の網が窓の外を覆《おお》っている。転ばぬ先の杖《つえ》というやつだ。一四〇八号室は、いわゆるジュニアスイートだ、と思う。部屋には、椅子が二脚、ソファーとライティングデスクがひとつ、そして、おそらくテレビと、ひょっとしたらミニバーが収納されているかもしれないキャビネットが一台ある。カーペットは平凡な代物《しろもの》――オリンのオフィスに敷かれているものとは異なる、と思う。壁紙もまたしかり。

それは……待てよ……」

この時点で、聴取者は、マイクがふたたび〈ストップ〉を押したために、カチッという音を耳にすることになる。テープに残っているわずかな口述のすべては、そうした断片的なものばかりで、マイクのエージェントが所有している他の百五十個かそこらのテープとはまったく異なっている。かてて加えて、マイクの声は刻一刻とより動揺したものとなっていく。仕事をしている男の声ではなく、そうとは気づかずに自分自身に語りかけ始めた、当惑している一個人のそれだった。楕円形《だえんけい》に変形したテープ特有の歪んだ回転といや増しになっていく錯乱した言葉とが一体となって、大方の聞き手を実に不安な心持にさせる。多くの人が、テープは寿命が尽きるずっとまえにお釈迦《しゃか》になったのではないかとたずねる。ページの上の単なる言葉では、自分は、男が正気を失ったのではなくとも、それまで固守していた通常の現実感を喪失したのを聞いているのだという、聞き手の募りゆく確信を十分に伝えることはできないが、それ自体は単調な言葉であっても、何かが起こっていたことは暗示できる。

この時点で、マイクは壁に掛けられている絵に気づいた。三枚あった。二〇年代の夜会服を着て階段に佇《たたず》んでいる婦人、帆船のリトグラフ（カーリア・アイヴズ印刷工房様式だ）、そして果物の静物画。それは、オレンジやバナナと一緒にリンゴも不快な黄色がかったオレンジ色で塗られている。三枚の絵はすべて、ガラスの額縁に入っていて、三枚とも傾いていた。先ほどマイクは、斜めに曲がっていることについてはテープに吹き込もうとしたが、このかくも異様で、一言あってしかるべき、三枚の斜めに傾いでいる絵についてはどう対処しただろうか？　ドアは傾いていてもいい――まあ、ドイツ表現主義時代の名作映画『カリガリ博士』のような魅力が多少はある。しかし、けっきょくドアは傾いていなかった。一瞬、自分の目に欺《あざむ》かれたが、それだけのことだったのだ。しかし、階段の婦人は左に傾いでいた。帆船もしかり。ベルボトムのパンタロンをはいた英国の水兵たちが飛び魚の群れを見物するために欄干に整列しているのが見える。黄色がかったオレンジ色の果物――マイクには、窒息状態にある赤道付近の太陽の光の下で描かれた鉢いっぱいの果物のように見えた――は右に傾いていた。通常、彼は些細《ささい》なことにこだわる性質《たち》の男ではなかったが、それら三枚の絵を真っ直ぐに眺めようとして、部屋を一周した。傾いた絵を見つめていると、ふたたび頭がくらくらして吐き気を覚えた。心底驚いたわけではなかった。人は感覚の影響を受けやすいものだ。クイーンエリザベスII世号に乗ったさい、そのことを発見した。感覚の影響をかなり強く受けやすい時期をぐっと堪《こら》えてやり過ごせば、たいてい、うまくそれに適合できるようになるものだと言われた――「船酔いに慣れる」とは、熟練した船員の言葉だ。マイクは、揺れる甲板を平気で歩けるほどたっぷり船には乗らなかったし、そうする気もなかった。近頃では、しっかりと地に足をつけているからだ。一四〇八号室のなんの変哲もない居間で三枚の絵を真っ直ぐに掛けなおすことは、ここにゆったりと腰を据え、心を落ち着かせることになる。

絵を保護しているガラスには埃《ほこり》がたまっていた。マイクは静物画に指を走らせ、平行した二本の流線形を跡に残した。埃は脂《あぶら》ぎってつるつるしていた。腐敗する直前の絹のようだ、そんな想《おも》いが念頭をよぎった。しかし、そのことをテープに吹き込む気はさらさらなかった。そもそも腐る前の絹のような感じっていったいどんなんだ？　そんなもん、酔っ払いのたわごとだ。

三枚の絵を正しく掛け直してから、マイクはあとずさり、一枚ずつ順番に見わたした。夜会服の婦人は寝室のドアの横に、七つの大海のひとつを往復している帆船はライティングデスクの左側に、そして最後に、薄気味悪い（同時に、実に稚拙な）果物はテレビ・キャビネットのそばに、それぞれある。それら三枚の絵はふたたび斜めになってしまうか、あるいは見たとたんにガクッと傾くものと半ば期待した――『たたり』のような映画や昔のテレビ・ドラマ『ミステリーゾーン』のエピソードにありがちな現象だ――が、絵は、マイクが固定したままの状態で完璧《かんぺき》に真っ直ぐにとどまっていた。まあ、絵が傾いて元の黙阿弥《もくあみ》状態になっても、それでなにか超自然や超常現象を目撃したということにはならないが、とマイクはひとりつぶやいた。彼の経験によれば、復帰変異は物の本性である――禁煙をした人間（マイクは、耳に挟んだタバコをそれとなく触った）は、タバコを吸いたいと思っている。そして、ニクソンが大統領だったときから斜めに傾いで掛けられていた絵は、傾きたいと思っているものなのだ。もしこれらの絵を壁からはずしたら、その裏に壁紙の色鮮やかな部分を目にするだろう。あるいは、蟲《むし》が這《は》い出てくるかもしれない。ちょうど、岩をどけたときのように。

この考えにはショックと薄気味悪さとがある。昔の状態を保った壁紙の一区画から目のない白い蟲が生きている膿汁《のうじゅう》のように湧《わ》き出てくる鮮烈なイメージがある。

マイクは小型テープレコーダーを掲げると、〈録音〉を押してしゃべった。「オリンはたしかに私の頭に一連の考えを解き放った。あるいは、思考の連鎖というべきか？　彼は私を極度の神経過敏状態《ヒービージービース》にしようとして、まさしくそれに成功した。だからといって、私に他意はなく……」他意がないって、何が？　人種差別とか？　〝ヒービージービース〟を簡単に言うと、臆病なヘブライ人《ヒーブリュー・ジービース》だとでも？　けれど、そんなのはバカげてる。ちゃんと言えば、〝ヒーブリュー・ジーブリュース〟がほんとうのところだろうが、そんな言葉に意味はない。

この時点のテープに吹き込まれている口調は、淡々としていて発音も明確である。マイク・エンズリンは言う。「自分を取り戻さなければならない、いますぐに」そして、あらたにカチッという音がする。ふたたびテープを止めたのだ。

マイクは目を閉じて、深呼吸を四回した。一回ごとに、吸った息を吐き出すまでに五秒数えた。このような事態はこれまで一度もなかった——幽霊に取り憑《つ》かれていると思われている家の中でも、亡霊が出現すると言われている墓場でも、あるいは、悪霊《あくりょう》が棲《す》むと噂《うわさ》される城の中でも、こんなことはなかった。これは取り憑かれているような感じではない。あるいは、自分の想像していた取り憑かれる状態ともちがう。これは、劣悪な安っぽい麻薬でラリっている感じだ。

オリンのせいだ。催眠術にかけられたんだ。でも、それから目覚めつつある。この部屋でくそいまいましい一夜を過ごしてやる。それというのも、ここがこれまで寝ずの番をしてきた中で一番すてきな場所だからというのではなく——オリンのことは無視して、すでにこの十年間の幽霊話にはほとんど食傷気味なんだ——オリンに勝たせたくないからだ。やつ、および、ここで三十人もの人間が亡《な》くなっているといったやつのくだらない話なんかに乗せられてたまるか。さあ、息を吸って……吐くんだ。息を吸って……吐いて。吸って……吐いて……。

こんなぐあいに、マイクは約九十秒も続け、ようやく目を開くと、平静を取り戻した気がした。壁の絵は？　まだ真っ直ぐだ。鉢の中の果物は？　あいかわらず黄色がかったオレンジ色でいぜんとして醜い。たしかに、くだものだぜ——腹をくだすものだ。ひとくち齧《かじ》ったら、ケツの穴が痛くなるほど下痢ピーだ。

マイクは〈録音〉を押した。赤い目が点灯した。「一分か二分、ちょっとしためまいを起こした」と言いながら、部屋を横切り、ライティングデスクのところへ行った。その上には、金網の張られた窓がある。「オリンの与太話による後遺症かもしれないが、ここにはほんものの何かを感じる」もちろん、マイクはこの部屋になにも感じていなかったが、いったんテープに吹き込んでしまえば、あとは好きなようにアレンジして書くことができる。「空気がムッとしているが、かび臭いとかムカつくような臭《にお》いではない。オリンによれば、掃除のさいに空気の入れ換えが行なわれているとのことだが、掃除は手早く行なわれているので……そうだな……ムッとしている。おっと、こんなものを発見」

ライティングデスクの上に灰皿があった。どこのホテルでもよく見かけるぶあついガラス製の小さな灰皿で、その中に紙マッチが置いてあった。ホテル・ドルフィンの絵があしらわれている。ホテルの前にドアマンが微笑《ほほえ》んで立っているが、かなり昔風の制服を着ている。金色のフロッグ飾りの肩章《けんしょう》のある類《たぐい》のものだ。そして、ゲイ・バーで、二、三の銀のボディーリング以外はなにも身に着けていない暴走族が頭に乗っけているような帽子をかぶっている。ホテル正面の五番街を往来しているのは、他の時代の車——パッカードやハドソンやスチュードベーカー、そしてヒレ飾りのついたニューヨーク型クライスラーだ。

「灰皿の中にある紙マッチは、一九五五年あたりの代物のように見える」と言って、マイクはそれを厄除《やくよ》けアロハシャツのポケットに滑りこませた。「記念にいただいておく。さてと、ちょいと新鮮な空気を入れようか」

おそらくライティングデスクの上だと思われるが、小型テープレコーダーを置いた音が録音されている。間のあとに、曖昧《あいまい》な音と力む唸《うな》り声が入っている。そして二回目の間があり、やがてきしむ音がする。「やった！」とマイクの声。これは少し離れたところで言ったようだが、続いてもっと近くで声がする。

「やった！」マイクは、小型テープレコーダーをデスクから持ち上げながら、もう一度言った。「下半分はびくともしない……釘付《くぎづ》けされているようだ……でも、上半分を下げることができた。五番街の車の往来の音が聞こえる。車の警笛の音が心和ませてくれる。誰かがサクソフォンを吹いている。たぶん、プラザ前あたりか。通りを渡って、二ブロック下ったところだ。兄のことが思い出される」

マイクは小さな赤い目を見つめながら、だしぬけに口を閉じた。咎《とが》められているような気分がしたのだ。兄だって？　兄は亡くなっている。タバコ戦争で討ち死にした、数多《あまた》の戦士のうちのひとりだ。やがて、マイクは気を取り直した。それがどうした？　数々の幽霊戦争では、おれはいつだって勝者として帰還した。ドナルド・エンズリンに関しては……。

「私の兄は、ある冬のこと、コネティカット州有料道路の料金所で狼《おおかみ》に食い殺された」

と言ってから、マイクは大笑いして、〈ストップ〉を押した。まだテープは残っていた——もう少し——が、これがなんらかの一貫性のある最後の口述である……最後の口述、つまり、明確な意味があるものとしては。

マイクは踵《きびす》を返して、絵を見た。まだ真っ直ぐに掛かっている、しゃれた小さな絵だ。しかし静物画は——なんて醜い代物だ！

マイクは〈録音〉を押し、二言——煙るオレンジ——しゃべった。それから、ふたたびテープを止め、寝室へと続くドアに向かって部屋を横切った。夜会服の女性の絵のところで立ち止まり、明かりのスイッチを手探りしながら、闇に手を伸ばした。一瞬、手のひらをすべらせている壁紙に何か

（とうの昔に亡くなった人間の皮膚のような）

薄気味の悪いものを感じてから、指がスイッチを探りあてた。天井に固定されている安っぽいまがいもののシャンデリアの発光する黄色い明かりが寝室に満ち溢《あふ》れた。ベッドは、黄色がかったオレンジ色のカバーの下に隠れていた。

「どうして隠れているなんて言うんだ？」マイクは小型テープレコーダーに問いかけてから、ふたたび〈ストップ〉を押した。ベッドの覆いの煙る砂漠色に、そしてその下にある枕《まくら》の腫瘍《しゅよう》のような膨らみに魅せられて、足を踏み出した。ここで眠るってか？　まさか！　あのおぞましい静物画の中に入りこんで眠るようなものだ。自分では見ること

のできない恐ろしく熱いポール・ボウルズの部屋、つまり、母親とよろしくやっているうちに梅毒にかかって目をやられた頭のおかしい国外在住の英国人のための部屋で眠るようなものだ。あるいは、ローレンス・ハーヴェイかジェレミイ・アイアンズ、つまりうさんくさい行為を連想させる類の役者を主演にして撮った映画版——。

〈録音〉を押し、赤い小さな目が点灯したところで、マイクは言った。「オルフェウム劇場系列公開の『オルフェウス』」そしてふたたび〈ストップ〉を押した。ベッドに近づいた。ベッドカバーは黄色がかったオレンジ色に光っている。おそらく日中の光ではクリーム色だと思われる壁紙が、ベッドカバーの黄色がかったオレンジ色に照り映えている。ベッドの両脇《りょうわき》には小さなナイトテーブルがあった。ひとつには電話が置いてある——黒くて大きなダイアル式の代物。ダイアルの指を入れてまわす穴はびっくりしている白い目のようだ。もういっぽうのナイトテーブルの上にはプラムの盛られた皿がある。マイクは〈録音〉を押して言った。「ほんもののプラムではない。プラスチック製だ」そして、ふたたび〈ストップ〉を押した。

ベッド本体の上には、ドアノブ型のメニューが置いてあった。マイクはベッドの片側ににじり寄り、きわめて慎重に、ベッドにも壁にも触れないようにして、メニューをつまみあげた。ベッドカバーにも触れないようにしたが、指先がかすめてしまったので、思わずうめき声を洩《も》らした。メニューは、なにやら不穏な感じで柔らかかった。にもかかわらず、それをつまみあげた。フランス語で書かれていた。マイクがその言語を学んでから何年も経《た》つが、朝食の中の一品は糞《くそ》でローストした鳥のようだった。少なくとも、そいつはフランス人が食いそうな感じだな、とマイクは思い、野卑で気の狂ったような笑い声をあげた。

マイクは目を閉じ、そして開いた。

メニューはロシア語だった。

マイクは目を閉じ、そして開いた。

メニューはイタリア語だった。

目を閉じ、開く。

メニューはなかった。かわりに絵があった。小さな少年がいて、自分の左脚が膝《ひざ》まで狼に食われているのを、肩越しに振り返って見つめながら叫んでいるところを描いた木版画だ。狼の耳はうしろに寝かしつけられていて、おもちゃのテリヤ犬のように見える。

おれはこんなもん見ていない、とマイクは思った。もちろんそのとおりだった。最初に目を閉じなければ、英語のきちんとした行、誘惑的な様々な朝食がリストされた行を見ただろう。タマゴ、ワッフル、新鮮なベリー類。糞でローストした鳥はなし。それでも――。

マイクは振り返ると、きわめてゆっくりと壁とベッドの狭い空間を、いまや墓穴のようにきゅうくつになった場所からジワジワと進み出た。動悸《どうき》があまりに激しいので、それを胸ばかりか手首や首にまで感じることができた。両目も眼孔の中で脈打っていた。一四〇八号室は邪悪だ、うん、まちがいない。一四〇八号室はものすごく邪悪だ。オリンは毒ガスについてなにやら言っていたが、それこそいま自分が感じているようなことだ。ガスにやられたか昆虫の毒を少量加味した強力な大麻を強制的に吸わせられたような感じ。もちろん、これはオリンの仕業だ。おそらく、横では警備員が見てみぬふりをしてバカ笑いをしているのだろう。通風孔からオリンの特別な毒ガスが送り込まれているのだ。自分にはその通風孔が見えないからといって、ここに通風孔がないことにはならない。

マイクは大きく見開かれ怯《おび》えた目で寝室内を見渡した。ベッド左脇のナイトテーブルにはプラムがなかった。皿もない。テーブルの上にはなにもない。彼は向きを変え、居間へ戻るドアへと走り出し、立ち止まった。壁に絵が掛かっている。確信はなかった――いまの状態では、自分の名前さえおぼつかない――が、自分がこの部屋に入ってきたときには、そこには絵はなかったと思う。静物画だった。古びた厚板のテーブルの中央に置かれたブリキの皿に一個のプラムが鎮座している。そのプラムと皿に降り注がれている光は発熱しているような黄色がかったオレンジ色だった。

赤橙色《タンゴ・ライト》、とマイクは思った。死者を墓所から起き上がらせてタンゴを踊らせる類の光。

「ここから逃げ出さないと」マイクは囁《ささや》き、居間へとよろめきながら戻った。自分の靴がキスをするような奇妙な音をたて始めていることに気づいた。まるで、床が靴の下で柔らかくなっていくような感じだ。

居間の壁に掛かっている絵は、またもや斜めに傾いていた。同時に他の変化もあった。階段にいる婦人がガウンを引きずり降ろして胸を露《あら》わにしていたのだ。しかも手で乳房を持ち上げている。乳首からは血の滴《しずく》が垂れていた。彼女はマイクの目を直視し、恐ろしい薄笑いを浮かべている。歯は肉を嚙《か》み切るのにつごうのよいように先端が尖《とが》っている。帆船の欄干では、水兵たちが青白い顔をした男女の列と入れ替わっている。船首に近い一番左端にいる男は、茶色のウールのスーツを着て、片手に山高帽を持っている。髪は真ん中分けで、なめらかに左右に撫《な》でつけられている。ショックを受けて虚脱状態の表情をしている。マイクは、その男の名前を知っていた。ケヴィン・オマレイ、この部屋の最初の宿泊客だ。ミシンのセールスマンで、一九一〇年の十月に、この部屋から飛び降り自殺を遂げている。オマレイの左側に並んでいるのは、この部屋で亡くなった人々だ。誰もが一様にショックを受けて虚脱状態の顔をしている。おかげで、彼らは互いに親族関係にあるように見える。代々血族結婚を繰り返してきたために誕生した壊滅的なウスノロの一族だ。

果物が描かれていた絵の中には、いまや人間の首が置かれている。黄色がかったオレンジ色の光が、こけた頰、垂れた唇、引っくり返ってどんよりとした目にチラチラと浮遊している。そして、タバコが右耳に挟まれていた。

マイクはふらつきながらドアへ向かった。靴底ではキスをするような音がし、実際、いまや一歩踏み出すごとに床に少し吸いついているような気がする。ドアは開かなかった。当然のように。チェーンはだらりと垂れ下がり、ボルトは六時を指す時計の針のように直立している。にもかかわらず、ドアは開こうとしない。

呼吸を荒げながら、マイクはドアに背を向け、やっとの思いで――そんなふうに感じられた――部屋を横切って、ライティングデスクに向かった。さきほど力まかせに開けた窓の横でカーテンが漫然とそよいでいる。だが、新鮮な空気が顔に吹きつけてくるわけではない。まるで、部屋がカーテンを吸いこもうとしているかのようだ。五番街を往来する車の警笛はまだ聞こえる。しかし、いまや遥《はる》か遠くに。では、サクソフォンの音は？　まだ聞こえたとしても、それは甘い音色とメロディを部屋に剝奪《はくだつ》され、無調の弱々しい単調音だけになっている。その音から連想されるものといえば、死者の首に開いた穴を通り抜ける風の音、あるいは瓶の口に切断された指を突っ込んで勢いよく抜くときのはじける音、もしくは――。

やめろ、マイクは言葉にしようとしたが、もはやしゃべることができなかった。心臓は猛烈に早鐘を打っている。これ以上速くなったら、破裂してしまう。数多くの「事例探検」における忠実な友だった小型テープレコーダーは、もはや手にしていない。どこかに置いてきてしまったのだ。寝室か？　だとしたら、もうなくなっているだろう。部屋に飲みこまれてしまったのだ。そして消化されて、絵の中に排泄《はいせつ》されるというわけだ。

　長いレースのゴールに近づいているランナーのように息を切らせながら、マイクは心臓をなだめすかすように片手を胸にあてた。派手なシャツの左胸ポケットに触れたものは、小型テープレコーダーの小さな四角い形だった。固くておなじみのその感触のおかげで、少し気分が落ち着いた――いくぶんかは我を取り戻した。自分が鼻歌を歌っていることに気づいた……そして、部屋が鼻歌を歌い返していることにも。まるで、無数の口がおぞましい壁紙の下で封印されているかのようだ。あまりの吐き気に、胃がハンモックに乗せられて揺れているような気がする。空気が耳もとに押し寄せてきて、柔らかく凝固していくのを感じた。おかげで、それがソフトボール大になったとき、どんなに甘くてうまい綿飴《わたあめ》になるのだろうかとバカなことを思った。

　それでも、マイクは少しあとずさり、ひとつまっとうなことを考えた。手遅れにならないうちに、助けを呼ばなくてはならないということだ。オリンのニヤニヤ笑い（ニューヨークのホテル支配人特有の丁重な流儀で）や「だから言ったでしょ」などと言われることなど、もはやこのさいどうでもいい。また、オリンがどうにかして仕組んだこの奇妙な感覚や化学的方法によるとてつもない恐怖感に関する自説も完全に念頭から消えていた。部屋だ。このくそおぞましい部屋のせいだ。

旧式の電話——寝室のやつとツインになっている——に手を勢いよく突き出してつかみとろうとした。ところが、自分の腕が熱にうかされたときのようなきわめて緩慢な動きでテーブルに向かって降下してゆくのを目にすることになった。ダイヴァーの腕よろしく、空気を切り裂いて行く手の先端から泡が立ち昇ってくるのではないかとさえ思えた。

受話器に指をからみつかせてから、それを持ち上げた。もう一方の手は、最初の片手同様にきわめてゆっくりと降下してゆき、0をダイアルした。受話器を耳にあてると、ダイアルが回転して元の位置に戻っていくカチッカチッという音が聞こえた。さながら、テレビ番組『運命の輪』の輪が回る音のようだ。輪を回しますか、それともクイズを解きますか？　もしクイズに挑戦して答えをまちがえると、コネティカット州有料道路料金所脇《わき》の雪の中に放り出されて、狼《おおかみ》の餌食《えじき》になることをお忘れなく。

呼び出し音は聞こえなかった。かわりに、かすれ声がしゃべり始めた。「こちらは九番！　こちらは九番！　九番！　こちらは十番！　十番！　おめえのダチは殺しちまったぜ！　ダチはもうみんな死んでる！　こちらは六番！　六番！」

マイクは聞きながら恐怖を募らせていった。電話の声が言っていることにではなく、その耳障《みみざわ》りで苛立《いらだ》たしい無意味さに戦慄《せんりつ》した。その声は録音された機械仕掛けのものではなかったが、生身の人間のものでもない。部屋の声だ。壁や床から放出される存在、電話でこちらに話しかけてくる存在、そうした存在は、マイクがこれまで読んだことのある心霊現象や超常現象とはなんの共通点もない。ここには、なにか異質のものがいる。いや、まだここにはいない……だが、近づいている。そいつは腹をすかしていて、おれを夕食にするつもりなのだ。

受話器が力のぬけた指から離れて落ちた。マイクは振り返った。受話器はコードにぶら下がり、マイクの腹の中で揺れている胃のように揺れた。そしてあいかわらず、黒い受話器からは、しわがれた耳障りな声が聞こえてくる。「十八番！　いまこちらは十八番！　警報が鳴ったら避難しろ！　こちらは四番！　四番！」

マイクは、耳に挟んであったタバコを無意識のうちにはずして口にくわえ、昔ふうの金飾りの肩章《けんしょう》をつけたドアマンの描かれている紙マッチを色鮮やかなシャツの右の胸ポケットから手探りで取り出し、我知らず、九年ぶりに、ついに喫煙しようとしていた。

眼前で、部屋が溶解し始めた。

それは垂直に、かつ真《ま》っ直《す》ぐに起こった。曲線ではなく、見た目に苦痛を与える奇妙なムーア式アーチの形に。天井中央のまがいもののシャンデリアが口から唾《つば》をどろりと垂らしたときのように沈下し始めた。絵が歪曲《わいきょく》し、昔の車の風防ガラスのような形になった。寝室へと続くドアのそばに掛けられている絵の額縁のガラスの背後では、乳首から血を滴《したた》らせながらニヤリと食人鬼の歯並びを見せている女性がくるりと踵を返して、階段を狂ったように駆け上っていく。電話はあいかわらずうんざりする悪態を吐き散らし続けており、そこから聞こえてくる声は、いまやしゃべり方を覚えた電気ヘアー・ブラシの声のようだ。「五番！　こちらは五番！　警報なんか無視しろ！　この部屋から出たとしても、ぜったいにこの部屋からは出られないんだ！　八番！　こちらは八番！」

寝室のドアと廊下のドアが下方に向かって崩れ始めていた。中央部が広がり、不浄なものに取り憑《つ》かれている存在のための戸口となっていく。照明が明るく熱く輝きだし、部屋を黄色がかったオレンジ色で満たしていく。壁に裂け目が生じ、黒い孔《あな》ができたと思ったら、みるみるうちに口の形に変容していった。床が凹状の弧に沈み、いまや、得体の知れないものが近づいてくるのが聞こえる。部屋の背後にある部屋の住人、壁の中に棲《す》むもの、電話で与太話をがなりたてている声の主だ。「六番！」電話が金切り声をあげた。「六番、こちらは六番、こちらはくそったらしの六番だ！」

マイクは手にしている紙マッチを見おろした。寝室の灰皿から掠《かす》め取った代物《しろもの》。けったいな老ドアマン、大きなクロム合金めっきグリル付きのけったいな昔の車……そして、下部を横切るようにして記されている言葉。マイクはそうしたデザインには近頃とんとご無沙汰だったが、それというのも、今日ではマッチを擦る細長い部分はたいてい裏側にあるからだ。

〝擦るまえにカバーを閉じてください〟

その言葉の意味を考えもせずに——というより、もはやマイクは考えることができなかった——マイク・エンズリンは一本のマッチを引き千切り、同時にくわえていたタバコを口から落とした。マッチを擦ると、すぐさまその一本が残りのマッチに引火した。ボッ！　という音がして、硫黄の燃えるツンとくる匂《にお》いが気付け薬のようにマイクの頭に入りこみ、マッチ棒の頭が赤々と燃えあがった。そしてまたもや、なんの考えもなしに、マイクは燃え盛る炎の束を自分のシャツの前部に押しつけた。そのアロハシャツは、韓国かカンボジアかボルネオ製の安物で、かつ古着だった。したがって、即座に火は燃え移った。炎が眼前に立ち昇ってくるより早く、今一度、部屋は不安定になっていった。マイクはそれをはっきりと目にした。まるで、悪夢から目覚めたと思ったら、やっぱり悪夢でしかなかったのがわかった男の気分だった。

意識ははっきりしていた——硫黄の強力な刺激臭と不意にシャツから立ち昇ってくる熱が大いに貢献していたのだ——が、部屋は狂乱のムーア式アーチの様相を維持していた。ムーア式という表現は正しくない。事実をかすめさえしていない。しかし、いまここで起こったことを指し示す言葉はそれしかない……というか、まだその異常現象は進行中だ。マイクは、溶けて腐敗しつつある、急降下と傾斜のオンパレードの穴蔵にいた。寝室のドアは、古代では人肉を食らうと思われていた棺石の内部に続く扉と化した。そして左側、果物の絵が掛かっている壁は、マイクに向かって膨張してきて、口を思わせる長い裂け目が走り、こちらに接近してくる邪悪な何かのいる世界へと通じる通路を開いた。マイク・エンズリンは、そいつが涎《よだれ》をたらしながら、貪欲《どんよく》な息を吐くのを耳にし、生きている危険な何かの匂いを嗅《か》いだ。それは少しばかり、ライオンの巣窟《そうくつ》のような匂いが――。

やがて炎が下顎《したあご》を焦《こ》がし、マイクの思索をかき消した。燃え盛るシャツから立ち昇る熱が彼を現実に直面させたのだ。胸毛が焼けてチリチリになる匂いが鼻を刺し始めたとき、マイクはふたたび廊下のドアを目指して一目散に駆け出し、沈んでいく敷物を横切った。昆虫がブンブン言うような音が壁から染《し》み出し始めていた。黄色がかったオレンジ色の明かりがとぎれることなく輝いている。まるで、不可視の加減抵抗器のスイッチを入れたかのようだ。ところが今回は、ドアに到達し、ノブをまわすことができた。膨張していく壁の背後にいるものは、燃えている男には用がないとでもいうのか。おそらく、調理された肉は好みではないのだ。

III

五〇年代のポピュラーソングは、愛が世界を動かしていると語っているが、それを言うのなら、偶然の出会いのほうが、おそらくより適切である。ルーファス・ディアボーンは、その晩、エレベーター近くの一四一四号室に滞在していた。彼は、シンガー・ミシン社のセールスマンで、管理職的な仕事に昇進することに関する話し合いのためにテキサスからやってきていた。で、一四〇八号室の最初の宿泊客が投身自殺してから九十年かそのぐらいのちに、奇《く》しくも同じ職種のセールスマンが、噂《うわさ》によれば霊に取り憑かれているとおぼしき部屋について書くためにやってきた男の命を救ったことは、偶然の出来事だった。あるいは、おそらく、こう言っても過言ではない。すなわち、マイク・エンズリンは、たとえその瞬間、廊下に誰も――とりわけ、製氷機に氷を取りに行って戻ってくる途中の男が――いなくとも、一命をとりとめたかもしれない。けれども、着ているシャツが火達磨《ひだるま》状態というのはシャレではすまず、ディアボーンの素早い気転とそれ以上に素早い行動がなかったら、マイクは確実にもっと重度の火傷《やけど》を負っていたことだろう。

ディアボーンは正確に何が起こったのか覚えていたわけではない。彼は、新聞やテレビ・カメラのためにつじつまのあう話をでっちあげた（英雄になるという考えは気に入ったし、そうしたところで管理職につきたいという野心に実害はなかった）。けれど、燃えている男が廊下に飛び出してきたのを見たことは明確に覚えていた。ところがそのあとのこととなると、記憶がぼやけている。そのときのことを考えるということは、人生のうちで最悪の深酒をしたときの自分の言動を思い出そうとするようなものだった。

これだけはたしかなことだと自信はあるものの、意味をなさないので、リポーターたちには話さなかったことがひとつある。燃えている男の悲鳴は、ヴォリュームが上がっていくようだった。まるで、音量を上げられていくステレオのようだった。火達磨男はディアボーンの真ん前にいて、悲鳴の音程はぜんぜん変わらないのに、ヴォリュームは最大にまで上げられていった。さながら男は、ちょうどここに到着したばかりの大きな音を出すなにやら信じがたい物体のようだった。

ディアボーンは、満杯のアイスバケットを手に廊下を走ってきた。燃えている男——「シャツに火がついているだけだということは、見てすぐにわかりましたよ」とディアボーンはリポーターに言った——は、自分が出てきた部屋の向かい側のドアにぶちあたり、跳ね返り、よろめき、そして両膝《りょうひざ》をついた。ディアボーンがやってきたのは、まさにそのときだった。彼は、悲鳴をあげている男のシャツの燃えている肩に足を乗せて廊下のカーペットに押しつけた。それから、アイスバケットの中身を男の身体《からだ》にぶちまけたのだった。

こうした出来事は記憶の中で曖昧模糊《あいまいもこ》としていた。しかし、その記憶の周辺に接近することはできた。ディアボーンは、燃えているシャツがあまりにも過剰に光を発しているようだということに気づいていた――その暑苦しい黄色がかったオレンジ色の光は、二年前に兄弟で行ったオーストラリア旅行のことを想起させた。彼ら兄弟は四輪駆動の車をレンタルして、グレートオーストラリア砂漠（土着民の何人かは、そこをグレートオーストラリア虚無と呼んでいることを、ディアボーン兄弟は発見した）に乗り出した。どえらい旅行で最高だった。けれど薄気味悪かった。とりわけ、中央の巨大な岩山、エアーズロックだ。兄弟は、その一枚岩へ日没時に到着した。そこでの顔に照り映える太陽の光ときたら……熱くて奇怪で……この世のものとは思えなかった……。

ディアボーンは、アイスキューブに覆《おお》われて、いまやくすぶっているだけの燃える男の横に腰を落とすと、シャツのうしろにまわろうとしている火の勢いを鎮圧するために男をうつ伏せにひっくり返した。そのとき、ディアボーンは、男の首の左側の皮膚が赤くくすんだ火膨れになっていて、同じ側の耳たぶが少し溶けてなくなっているのを見たが、その他のことは……その他のことは……。

ディアボーンは顔を上げた。すると、それは——バカげていたが、男が出てきた部屋のドアがオーストラリアの日没時の燃えるような光に満ちているように思えた。人間がいまだかつて目にしたことのないものが棲んでいるかもしれない何もない場所の熱い光だ。恐ろしかった。しかし、その光（そして、電気ヘアー・ブラシが必死にしゃべろうとしているような、低くうなるような音）は、魅惑的でもあった。ディアボーンは部屋の中に入りたいと思った。ドアの背後にいるものを見たかった。

たぶん、マイクもまた、ディアボーンの命を救ったのだ。たしかに彼は、ディアボーンが立ち上がるのに気づいた——しかし、まるでマイクは、彼に関心はいっさいないといった様子だった——が、自分を助けてくれた男が一四〇八号室から放射されている赤々として誘うように脈打っている光を顔いっぱいに浴びていることにも気づいた。マイクはこのときのことを、ディアボーンがあとになって自分ひとりで思い出すよりもはっきりと覚えていた。しかしもちろん、ルーファス・ディアボーンは、生き残るために否応《いやおう》なしに自分に火を放ったりする必要はなかった。

マイクはディアボーンのズボンの裾《すそ》をつかんだ。「あそこには入るな」彼はひび割れ、くぐもった声で言った。「二度と出てこられないぞ」

ディアボーンは足を止め、カーペットに横たわる男の赤くなって火膨れのできた顔を見おろした。

「あの部屋は取り憑かれている」マイクは言った。すると、その言葉が護符であったかのように、一四〇八号室のドアが勢いよく閉まって、光を遮断し、ほとんど言葉のように聞こえる恐ろしいブンブンいう音を封じこめてしまった。

かくて、シンガー・ミシン社の優秀な社員のひとり、ルーファス・ディアボーンはエレベーターへと走り、火災報知器を鳴らしたのだった。

IV

『火傷の犠牲者と接して――診断的アプローチ』にマイク・エンズリンの興味深い写真が載っている。ホテル・ドルフィンの一四〇八号室におけるマイクの短時間に終わった滞在からおよそ十六カ月後に刊行された十六版である。写真は胴体だけが撮られている。しかし、それは明らかにマイクのものである。胸の左側に見られる白い四角の跡で、それとわかる。肌は炎症を起こした赤色に染まっており、実際、場所によっては、第二度に達する火傷による火膨れを生じている。胸に残った白い四角は、あの晩、マイクが着ていたシャツの左胸ポケットの跡である。そこに小型テープレコーダーが入っていた。

まさに厄除《やくよ》けのアロハシャツだったわけだ。

小型テープレコーダー自体は角が溶けていたが、まだ作動し、中に入っていたテープの状態はよかった。良好でなかったのは、録音内容だった。それを三回か四回聞いたあと、マイクのエージェント、サム・ファレルは壁の金庫に放り入れたが、その際、自分の日に焼けた細い両腕じゅうに鳥肌が立っているのを認めようとはしなかった。以来、問題のテープは、その金庫の中にしまわれたままである。ファレルには、それを取り出して、もう一度聞こうという気はまったくなかった。自分自身はもとより、彼の好奇心旺盛《おうせい》な友人たちにせがまれても。中には、そのことを聞いて大笑いする輩《やから》もいるだろうが。ニューヨークの出版界は狭い。そして言葉は千里を走る。

ファレルは、テープに入っているマイクの声が気にくわなかったし、その声が語っている内容も嫌いだった（私の兄は、ある冬のこと、コネティカット州有料道路料金所で狼に食い殺された……いったいこれはどういうつもりなんだ？）。とりわけいやだったのは、背後に録音されている音だ。ときには、粉石鹼《せっけん》を入れすぎた洗濯機の中で激しくまわされている衣類のような音、ときには、使い古した電気ヘアー・ブラシのような音……そして、ときには声のようなこの世のものとは思えない音。

マイクがまだ入院しているあいだのことだが、オリンという名の男――なんとまあ、あのいやらしいホテルの支配人だ――がやってきて、サム・ファレルに件《くだん》のテープを聞かせてもらえないだろうかとたずねた。ファレルは断った。そいつはできない相談だ。オリンに許可を与えてやってもいいとしたら、エージェントのオフィスからとっとと立ち去り、自分の仕事場の安宿に戻る道すがら、マイク・エンズリンがホテルとオリンのいずれに対しても業務上怠慢の訴えを起こさなかったことを神に感謝することだけだ。

「行かないように説得したのですよ」オリンは静かな口調で言った。日がな一日、疲れた旅行者や短気な客の、自分の部屋のことから売店に置かれている雑誌のセレクションにいたることまで、あらゆる苦情に耳を傾けることをおおかたの仕事としている男が、ファレルの悪意ごときにたじろぐはずもなかった。「私は、持てる力を総動員して説得にあたったのです。もし、あの晩、怠慢の誹《そし》りを免れない人物がいたとしたら、ミスター・ファレル、それはあなたの顧客ですよ。あの人は、あまりにも何も信じていませんでした。きわめて賢明とは言えない態度です。とても危険な行ないです。その点に関して、あの人は、いくぶん考えを変えたことと思います」

あのテープを嫌悪《けんお》していたにもかかわらず、ファレルはマイクにそれを聞いてもらいたかったし、認めてほしかったし、ひょっとしたら、新作に着手する際にはメモ帳として使用してもらいたいと思っていた。マイクに何が起こったかに関する本はある。ファレルにはわかっていた――四十ページの事例報告だが、単なる一章ではなく、まるまる一冊の本だ。そいつは、〈十夜〉もの三冊を合わせた数より売れるかもしれない。そしてもちろん、彼は、幽霊ものばかりかすべての執筆活動を終わりにするというマイクの断筆宣言など信じていなかった。作家は、ときおりそのようなことを口走るものだ。それだけのこと。ときおり発生するプリマドンナ的感情の激発が作家を一流にするのだ。マイク・エンズリン自身に関して言えば、すべての事を考えてみると、逃げ出せて、軽傷ですんだのは運がよかった。そのことは自分でもわかっていた。実際よりもひどい火傷を負っていたかもしれないのだ。ミスター・ディアボーンと氷の入った容器がなかったなら、たった四カ所ではなく、二十カ所、へたをすると三十カ所も皮膚移植形成手術に耐えなければならなかったかもしれない。皮膚を移植したにもかかわらず、首の左側はひきつれていた。だが、自己治癒能力によって傷は消えるとボストン火傷学会の医師は言う。また、マイクには、火傷は、あの晩以降、数週間も何カ月も痛んだが、必要だったということもわかっていた。表に「擦る前にカバーを閉じてください」と記された紙マッチがなかったら、自分は一四〇八号室で死んでいただろう。そして、自分の最《さい》期《ご》は語られることがなかっただろう。検視官には、脳溢血《のういっけつ》や心臓麻《ま》痺《ひ》のように見えたかもしれないが、実際の死因は、もっとおぞましいものだったろう。

よりおぞましいもの。

マイクにしてみれば、すでに幽霊や憑《つ》きものに関する大衆向けの本を三冊刊行したあとで、ほんとうに取り憑かれている場所——このこともまた、いまではわかっている

——と接触したことも幸運だった。サム・ファレルは、マイクの作家生命が終わったということを信じないかもしれないが、サムにそんな必要はない。マイク自身にはわかっていたからだ。皮膚に冷気を感じ、腹の奥底で吐き気を覚えずには絵葉書一枚すら書けない。ときには、ボールペン（あるいはテープレコーダー）を見ただけで、こう考えてしまう。絵が斜めに傾《かし》いでいた。おれはそれを真《ま》っ直《す》ぐに掛けなおそうとした。マイクには、これがどういう意味なのかわからなかった。絵はもとより、一四〇八号室のなにもかもを思い出すことができなかった。マイクには、そのことがありがたかった。これは慈悲だ。近頃では血圧が高い（主治医によれば、火傷を負った人は、しばしば血圧に問題を起こし、薬物療法をするらしい）。目も具合がよくなかった（サプリをとり始めるように眼科医に言われた）。たえず背中も調子がよくなかったし、前立腺《ぜんりつせん》はかなり肥大しつつあった……が、そうしたことにはなんとか対処できる。マイクは、自分が一四〇八号室からほんとうに脱出できた最初の人間ではないことを承知している——オリンは彼にそう告げようとした——が、まんざら悪いわけではなかった。少なくとも、あの出来事を覚えていないからだ。ときおり、悪夢を見る。実は、けっこう頻繁に（くそいまいましいことに毎晩だ）。しかし、目覚めれば、ほとんど覚えていない。事態は、あらかた角がとれて丸みを帯びつつある——小型テープレコーダーの角が溶けてしまったように。マイクは最近では、ロングアイランドで暮らしている。天気がいいときには、時間をかけて浜辺を散策する。一四〇八号室での奇怪な七十分について覚えていることを、これまでに言葉に表したといえるのは、そうした散策のときである。「けっして人間ではなかった」マイクは打ち寄せる波に向かって、息をつまらせ、ためらいがちな声で言った。「幽霊……少なくとも幽霊はかつて人間だった。壁の中のあれは、だけど……あの存在は……」

時が癒《いや》してくれるかもしれない。マイクはそれを期待している。時があれを色褪《いろあ》せさせてくれるかもしれない。時とともに首の火傷の跡が消えるように。けれど、そのいっぽうで、彼は寝室の明かりを点《つ》けっぱなしで眠る。そうしておけば、悪夢から目覚めたとき、すぐさま自分がいる場所がわかるからだ。また、家からすべての電話を撤去した。自分の意識的な精神が到達できると思われる場所のすぐ下の地点では、受話器を取り上げると、ブンブン唸《うな》る非人間的な声が悪態をつくのを耳にすることを恐れている。「こちらは九番！　九番！　おまえのダチを殺したぜ！　ダチはみんな、もう死んでる！」

太陽が沈んでゆくときの晴れ渡った夕べには、マイクは家じゅうのすべてのシェードとブラインドとカーテンを閉じる。そして、真っ暗な部屋にいる男のようにして、腕時計が光――地平線沿いに消えゆく夕焼けの最後の輝きまでも――が消え去る時刻を告げるまで、じっと座っている。

マイクは、日没時の光に耐えられない。
オレンジ色に深まっていく、オーストラリアの砂漠の光のような黄色に。

幸運の25セント硬貨

Luckey Quarter

池田真紀子訳

一九九六年の秋、愛車ハーレーダヴィッドソンにまたがり、『不眠症』のプロモーションを兼ねて独立系の書店に立ち寄りながら、メイン州からカリフォルニア州までアメリカ横断の旅をした。すばらしい経験だった。旅のハイライトはおそらく、カンザス州の店じまいした雑貨屋の入口の階段に腰を下ろして、西に沈む夕陽と東に昇る月をながめたひとときだろう。パット・コンロイの『潮流の王者』で同じ情景が描かれ、心を奪われた子どもが「ねえ、ママ、もう一度見せて！」とせがむ場面があったことを思い出した。そのあとネヴァダ州で宿泊したさびれたホテルで、客室係の女性たちが客のためにスロットマシンのコインを二ドル分、枕《まくら》に置いてくれていた。コインの傍らには、こんな文句の書かれた小さなカードが添えられていた。「いらっしゃいませ。お客様のお部屋の担当はマリーです。幸運をお祈りします！」それを見てこの物語を思いついた。さっそく客室備え付けの便箋《びんせん》を探し、手書きでしたためた。

「何よこれ、せこいったらない！」彼女は無人の客室に向かって叫んだ。それは怒りというよりも驚きの声だった。

しかし次の瞬間――もともとそういう性分なのだ――ダーリーン・プーレンは吹き出した。そして寝乱れたままのベッドに腰を下ろすと、掌《てのひら》の上の二十五セント硬貨《クオーター》と、もう片方の手に握った、その硬貨が入っていた封筒を交互に見比べながら大笑いした。目の縁に涙の粒が盛り上がって頬を伝った。上の子ども、パッツィには歯列矯正が必要だ。その治療費をひねり出せる当てはなく、この一週間はそのことばかり心配して過ぎた。そこへこれだ。笑う以外に何ができる？　銃でも手に入れて、頭を撃ち抜くか？

従業員の間では〝福袋〟と呼ばれている大事な大事な封筒を置く場所は、客室係それぞれだった。去年の夏にタホーで開かれた伝道集会でイエスと出会うまではダウンタウンの街娼《がいしょう》だったスウェーデン出身のゲルダは、封筒をバスルームのコップの一つにもたせかけるし、メリッサはテレビのリモコンの下に置く。ダーリーンはいつも電話に立てかけておいた。だから今日の朝、出勤して、三二二号室の封筒が枕の上に移動しているのを目にした瞬間、客が置き土産をしていったのだと察した。

予想どおり、客は贈り物を残していた。ちっぽけな銅のサンドイッチ。〝我らは神を信ずる〟の文字が刻まれた、二十五セント硬貨。

少しずつ先細りして忍び笑いになっていたダーリーンの声は、またしても勢いを取り戻して爆笑に変わった。

福袋の前面には、印刷の文字とホテルのロゴ――菱形《ひしがた》の囲いのなかに断崖《だんがい》の縁に立つ馬と騎手のシルエットが描かれている――が並んでいた。

ネヴァダ州一フレンドリーな町、カーソンシティへようこそ！（ロゴの下の文字）

そしてカーソンシティ一フレンドリーな宿、ランチャー・ホテルへようこそ！　このお部屋はダーリーンが担当いたします。お気づきの点がございましたら、お部屋の電話で0番をダイヤルして、その旨《むね》お伝えくださいませ。迅速な対応をお約束します。客室係の仕事ぶりにご満足いただけましたら、この封筒に〝お気持ち〟を残してくだされば幸いです。

それでは、カーソンシティでの、そしてランチャー・ホテルでの滞在をごゆっくりお楽しみください。

支配人ウィリアム・エイヴリー

福袋は空《から》のことも少なくなかった。ちぎられてくずかごに放りこまれていたり、くしゃくしゃに丸められて部屋の隅に転がっていたり（メイドにチップをやると考えただけで向かっ腹が立ったとでもいうように）、便器の水に浮かんでいたりする。一方で、小さな嬉《うれ》しい驚きが見つかることもあった――とくに、スロットマシンや賭博《とばく》台が客に情けを示した翌朝などには。三二二号室の客が封筒を活用したことは確かだった。二十五セント硬貨を入れていったのだ。おお、ありがたや！　二十五セントもあれば、パッツィに歯列矯正を受けさせ、そのうえポールがあれほどほしがっているセガのゲーム機を買うことだってできるだろう。クリスマスまでおあずけを食わせるまでもない。そう、たとえば、たとえば……

「感謝祭のプレゼントに買ってあげられる」ダーリーンはつぶやいた。「そうよ、そうしましょう。それにケーブルテレビの料金だって支払えるわ。解約せずにすむ。ディズニー・チャンネルも追加契約しようかしら。そうそう、ついでに病院に行って、腰の具合も診てもらおう……ああ、わたしったらなんてお金持ちなの。ねえ、お客さん、もしあなたをどこかで見かけたら、迷わずひざまずいてあなたの足に口づけしてあげる」

だが、それはまずありえないことだった。三二二号室の客はとっくにチェックアウトしているだろう。このランチャー・ホテルがカーソンシティ最高の宿であるというのはおそらく事実だが、それでも、大方の客は一晩かぎりの宿泊で出発していく。その日の朝七時にダーリーンが出勤して通用口をくぐったとき、宿泊客たちはそれぞれの部屋で起床し、ひげを剃《そ》り、シャワーを浴び、場合によっては二日酔いの薬を飲んでいた。そしてダーリーンがゲルダやメリッサやジェーン（弾丸形の迫力のおっぱいを突き出し、赤く塗った唇をきっと引き結んだメイド主任）といっしょにリネン室でまず朝のコーヒーを飲み終え、カートに備品をそろえて一日の仕事の支度を始めるころ、トラック運転手やカウボーイやセールスマンたちは、おのおのの部屋の福袋を満たすか空っぽのまま残すかしたあと、フロントで支払いを済ませていた。

この三二二号室の紳士は、封筒に二十五セント硬貨を残していった。きっとシーツの上にもちょっとした贈り物を残していることだろう。言うまでもなく、水を流していないトイレにも置き土産があるにちがいなかった。世の中には、ひたすら他人にものを分け与えずにはいられない人種というのが存在するらしい。彼らはそう生まれついている。ダーリーンは溜《た》め息《いき》をつき、エプロンの裾《すそ》で頬の涙をぬぐうと、封筒の口の両端を両側から押すようにして開いた。枕の上にあるのを見つけたとき、封筒にはわざわざしっかりと封がされていて、ダーリーンは早く中身を確かめたいばかりに、端っこを破り取っていた。丸く開いた口から掌の二十五セント硬貨を封筒に戻そうとしたところで、ほかにも何か入っていることに気がついた――客室備え付けのメモ用紙に走り書きされた、短い手紙。ダーリーンは指でつまんで紙片を引っ張り出した。

馬と騎手のロゴと〝牧場《ランチ》からのメッセージ〟という文字の下に、三二二号室の客が芯《しん》の丸まった鉛筆で書いた三つの文が並んでいた。

これはこーうん《Luckey》の二十五セント硬貨です！　本当ですよ！　ひゅう、きみはついて《Lucky》るな！

「あっは！」ダーリーンは一人つぶやいた。「うちには子どもが二人、それに仕事に出かけていったきり五年も帰ってこない亭主がいるんだもの、ささやかな幸運は歓迎よ。ええ、大歓迎ですとも」それからまた（短く鼻を鳴らすように）笑って、硬貨を封筒のなかに落とした。バスルームに行き、トイレの蓋《ふた》を持ち上げる。便器にはきれいな水がたまっているだけだった。ささやかな幸運だった。

ダーリーンは仕事にとりかかった。長くはかからなかった。二十五セントのチップは子どもじみた当てこすりとしか思えなかったが、その点をのぞけば、三二二号室の客は常識をわきまえていた。シーツには液体の筋も染《し》みも見当たらなかったし、不愉快な置き土産もなく（客室係として働きはじめてからの五年間で――すなわちディークが蒸発して以来の五年間で、少なくとも四回、テレビの画面に精液の跡としか考えられない筋を発見していた。抽出《ひきだし》を開けると悪臭を放つ小便の水たまりが残されていたことも一度あった）、盗まれた備品もない。ベッドを直し、洗面台とシャワーをざっと洗って、タオルを取り替えるだけですんだ。仕事を片づけながら、三二二号室の客はいったいどんな風貌《ふうぼう》をしているのだろう、女手一つで二人の子どもを育てているメイドにたった二十五セントのチップを残す客とはどんな男なのだろうと考えてみる。顔に笑みを浮かべつつ意地の悪い仕打ちをするような人物にちがいない。きっと両方の腕にタトゥーを入れていて、『ナチュラル・ボーン・キラーズ』でウディ・ハレルソンが演じた殺人鬼みたいな顔つきをしているだろう。

あたしのことは何一つ知らないわけだし――ダーリーンは廊下に出て客室のドアを閉めた。きっと酔っぱらっていて、おもしろいことを思いついたつもりでしたことなのよ。まあ、たしかにおもしろい冗談よね。あたしだって笑った。

そう、笑った。おもしろくない冗談なら笑えるはずがない。

カートを押して隣の三二三号室に向かいながら、もらった二十五セントはポールにやろうと考えた。二人の子どものうち、ポールは何かにつけて割りを食っている。七歳の息子は物静かで、どうやら慢性の鼻づまりらしく、いつも息苦しそうにしていた。そしてこの空気のきれいな砂漠の町に暮らす七歳児のなかでおそらくただ一人、喘息《ぜんそく》の徴候を示していた。

ダーリーンは溜め息をつき、パスキーを使って三二三号室のドアを開けながら考えた——今度の部屋の福袋には、五十ドル札、いや、運がよければ百ドル札が入っているかもしれない。それは客室に入る寸前にかならず頭に浮かぶ考えだった。しかし、三二三号室の封筒はダーリーンが置いた場所から動いておらず、電話に立てかけたままになっていた。どうせ何も入っていないだろうと思いながらも、念のためなかをあらためた。やはり空だった。

しかも三二三号室の客は、トイレに置き土産をしていた。

「やれやれ、もう幸運が逃げ始めてるってことかしら」ダーリーンはつぶやいた。そしてトイレの水を流しながら、笑い出した——そういう性分なのだ。

ランチャー・ホテルのロビーには、スロットマシンが一台、ぽつりと据えられていた。ここで働き始めて五年、一度も運試しをしたことはなかったが、その日、昼の休憩に向かいながら何気なくポケットに手を入れたとき、封筒の破れた縁が指先に触れて、ダーリーンは進路を変え、クロームメッキのスロットマシンのほうに歩きだした。二十五セントのチップはポールにやろうという心づもりを忘れたわけではなかったが、今時の子どもはたかだか二十五セントをありがたがったりはしない。無理もないことだった。たった二十五セントでは、コカ・コーラの一瓶も買えない時代なのだから。それに、なぜか急にその硬貨がうっとうしい存在に思え始めていた。腰痛はぶり返し、十時の休憩に飲んだコーヒーのせいか珍しく胃がしくしくしていて、ひどく憂鬱《ゆううつ》な気分だった。世界はふいに色を失ったように見え、何もかもがあの二十五セント硬貨のせいだという気がした……ポケットの底の硬貨から、いやな気配が放散されているかのようだった。

スロットマシンの前に立ち、封筒を逆さまにして掌に硬貨を落としたとき、ちょうどゲルダがエレベーターを降りてきた。

「え、あなたが？」ゲルダは言った。「あなたが賭《か》け事《ごと》をするの？　まさか——信じられない」

「まあ見てて」ダーリーンは答え、〝硬貨投入は三枚まで〟と書かれたスロットに硬貨を投入した。「これでこの二十五セントともさよならよ」

ダーリーンはその場を離れかけたが、ふと考え直したように向きを変えると、スロットマシンのハンドルをぐいと引いた。そしてドラムの回転を見届けることなく、すぐにまたマシンに背を向けた。だから、マシンの小窓に鐘のマークが並ぶのを——一つ、二つ、三つ——見ていなかった。ようやく足を止めたのは、マシンの下のトレーに二十五セント硬貨がじゃらじゃらと吐き出される音が聞こえ始めたときだった。ダーリーンははっと目を見開き、次に疑うようにその目を細めた。どうせまた悪い冗談だろうとでもいうように——あるいは、さっきの冗談のおちがついに来たとでもいうように。

「大当たりだわ！」ゲルダが叫んだ。興奮して、スウェーデンなまりがいつもより強くなっていた。「ダーリーン、大当たりが出たわよ！」

ゲルダが早足で脇《わき》を通り抜けていく。ダーリーンはその場に立ち尽くしたまま、硬貨の滝が流れ落ちる音に耳を澄ましていた。音はいつまでたってもやまなかった。

ついてる《lucky》——あたし、ついてるわ。

二十五セント硬貨の滝がようやく途切れた。

「すっごい！」ゲルダの声が聞こえた。「すっごいわ！　ねえ、あたしがこれまでこのけちな機械に二十五セント玉をいったい何枚使ったと思う？　それでも一セントだって戻ってきたことはないのよ！　あなた、ついに幸運が巡ってきたのね。ほら、十五ドルはありそうよ、ダーリーン。どうせなら三枚入れておけばよかったのに！」

「それは高望みしすぎというものよ」ダーリーンは答えた。泣きたい気持ちだった。どうしてなのかわからないが、泣きたかった。涙が弱い酸のように目の奥をじりじりと焦《こ》がしていた。ゲルダの手を借りてトレーから硬貨の山をすくう。硬貨がダーリーンの制服のポケットにすべておさまると、ワンピースのそちら側は滑稽《こっけい》なほど垂れ下がった。そのときダーリーンの心に浮かんでいたのは、ポールに何か買ってやろうという思いだけだった。何かちょっとしたもの、たとえば玩具《おもちゃ》。十五ドルでは、ポールが欲しがっているセガのゲーム機にはとても手が届かないが、あの子が始終ショッピングモールのラジオ・シャックのウィンドウに張りついてながめている（ながめても、せがんだりはしない。あの子はうちの事情をよくわかっているから）電子玩具《がんぐ》のどれかは買ってやれるかもしれない。ポールは病気がちだが、だからといって愚かではなかった。いつも充血してどこか涙っぽい目で、玩具をじっと見つめている。

だめよ、とダーリーンは自分をたしなめた。この十五ドルは靴を買うのに使うの。そうよ、靴を新調しましょう……でなければ、パッツィに歯列矯正を受けさせるのよ。ポールはすねたりしないわ。わかってるくせに。

そう、ポールはすねたりしないだろう。だが、だからこそかえってすまない気持ちにさせられる。ダーリーンはポケットのなかのずっしりと重たい硬貨を指先ですくいあげては落とし、ちゃりんちゃりんという音に聴き入った。あたしはあの子たちの分まで気にしすぎだ。ポールは、玩具店のウィンドウに飾られているラジコンのボートや車や飛行機は、セガのゲーム機や数限りなくあるゲームソフトと同じように手の届かない存在であることをわきまえている。そういった玩具は、画廊の絵画や美術館の彫刻のように、想像のなかで楽しむものと割り切っている。けれど、ダーリーンにとっては……

いや、ポールにはやっぱり何かちょっとしたものを買ってやろう。ささやかな贈り物。あの子を驚かせてやるのだ。

彼女自身を驚かせてやるのだ。

自分の行動に驚いた。たしかに驚いた。

心の底から驚いた。

その晩はバスに乗らずに歩いて帰ることにした。そしてノース・ストリートのなかほどまで来たところで、ふと思い立ってシルヴァー・シティ・カジノに入った。生まれて初めての経験だった。スロットマシンで当てた硬貨――数えてみると十八ドルあった――は、ホテルのフロントで札に両替してあった。自分の体を借り物のように感じながらルーレット台に近づき、まるで感覚のない手に握った札をディーラーに差し出す。感覚が失われているのは手だけではなかった。皮膚の下のすべての神経が死に絶えたように感じた。この突然の無軌道な行動によって、ちょうど電気のヒューズが飛ぶみたいに神経がショートしたかのように。

大したことじゃないでしょ――そう自分に言い聞かせて、ピンク色の刻印のない一ドルチップを十八個、〝奇数〟と書かれたスペースに置いた。そうね、フェルト地の上にたくさんのお金が積まれてるみたいに見えるけど、もとをただせば二十五セント硬貨一個、どこかの客が決して顔を合わせることのないメイド相手にした、悪趣味なジョークじゃないの。たったの二十五セントのこと。あたしはいま、その二十五セントの厄介払いをしようとしているだけ。たしかに、何倍かにふくれあがって、形も変わってる。でも、いやな気配を発散してることには変わりない。

「はい、賭けはここまで。締め切ります」ルーレットのディーラーが歌うように宣言し、回転を始めたルーレットに白玉が反時計回りに投げ入れられた。玉は外周からホイールに落ち、弾《はじ》かれ、枠に転がり落ちた。ダーリーンはつかのま目を閉じた。目を開けたとき、玉は15の枠に乗ってぐるぐると回っていた。

ディーラーがピンク色のチップを十八枚数え、フェルト地の上を押してよこした。ダーリーンの目には、ぺちゃんこにつぶれたカナダ・ミントの山に見えた。チップを集め、全部を〝赤〟の上に置いた。ディーラーが眉《まゆ》を吊《つ》り上げてダーリーンを見、暗黙のうちに〝本当によろしいんですね〟と確かめた。ダーリーンはうなずいた。ディーラーがホイールを回す。玉が赤で止まると、ダーリーンは少しずつ大きくなっていくチップの山を、今度は〝黒〟に移動した。

次は〝奇数〟。

次は〝偶数〟。

この時点で、ダーリーンの前には五百七十六ドルが積まれていて、彼女の脳味噌《のうみそ》はどこか別の惑星に飛んでいた。目の前に見えているのは、黒と緑とピンクのチップではなくなっていた。見えるのは、歯列矯正のブレースと、ラジコンの潜水艦だった。

ついてるわ――ダーリーン・プーレンは考えた。ああ、あたしはついてる。すっごくついてる。

また全部のチップをフェルト地のテーブルに置いた。賭け事の町では勝負の波に乗った客の背後にかならず――たとえまだ夕方の五時であっても――群がる野次馬が、ざわめいた。

「あの、お客様、それだけの額をお賭けになる場合には、支配人の許可を取りませんと」ルーレットのディーラーが言った。ディーラーは、青と白の縦縞《たてじま》のレーヨンの制服を着たダーリーンがルーレット台に初めて近づいたときとは打って変わって、しゃんと目が覚めているようだった。ダーリーンは真ん中の三分の一――13から24――に全額を賭けようとしていた。

「あらそう、じゃあ、その支配人とやらを呼んできてちょうだい」ダーリーンは言い、落ち着き払った態度で待った。彼女の足は、一八七八年に最初の大きな銀山が開かれた場所から七マイルの地点、ネヴァダ州カーソンシティの大地についていたが、脳味噌は、惑星チュンパディドルのデルミナム鉱山の奥底に出かけていた。支配人とディーラーは額を寄せ、周囲の野次馬はささやきあっていた。長い相談ののち、支配人がダーリーンに近づいてきてピンク色のメモ用紙を差し出し、お名前、ご住所、お電話番号を書いていただけますかと言った。ダーリーンは、いつもとはちがう自分の筆跡を興味深く目で追いながら、言われたとおりに書いた。心は落ち着いていた。史上もっとも冷静なデルミナム鉱夫に負けないくらい冷静だった。しかし、ペンを握る手はどうしようもなく震えていた。

支配人はミスター・ルーレット・ディーラーに向き直り、指を立てて空中にくるりと円を描いた——よし、回せ。

これまでとはちがい、小さな白い玉が立てる軽やかな音は、ルーレット台周辺一帯のどこからもはっきりと聞き取れた。野次馬は息を殺していた。フェルト地の上に賭けられたチップはダーリーンのものだけだった。ここはカーソンシティだ。モンテカルロではない。そしてカーソンシティとしては、それは超弩級《ちょうどきゅう》の賭け額だった。玉がからんと音を立て、枠に落ち、跳ね、別の枠に落ち、また跳ねた。ダーリーンは目を閉じた。

今日はついてる。ダーリーンは考えた。祈った。ついてるわ。あたしは幸運《lucky》な母親なの。ラッキーガールなのよ。

野次馬のうめき声が聞こえた。失望の声か、恍惚《こうこつ》の声か。ざわめきを耳にして、ホイールの回転が文字が読み取れるくらいゆっくりになったのだろうとわかった。ダーリーンは目を開いた。あの二十五セント硬貨とはついにお別れにちがいないと確信していた。

まだお別れではなかった。

小さな白い玉は、〝13黒〟の枠に止まっていた。

「あらまあ、すごい」背後から女性の声が聞こえた。「ねえ、ちょっと手を貸してくださらない？　あなたの手をなでて幸運を分けてもらいたいの」ダーリーンは手を差し出した。もう一方の手も、そっとつかまれた——つかまれ、なで回された。ダーリーンがこの幻想を見ているデルミナム鉱山から遠く離れたどこかで、まず二人が、次に四人が、六人が、八人が彼女の手をさすり、風邪の菌でももらうように彼女の幸運のおこぼれにあずかろうとしている。

ミスター・ルーレットがチップの山を次々とダーリーンのほうに押しやった。

「いくら？」ダーリーンはささやくような声で尋ねた。「これ、いくらあるの？」

「千七百二十八ドルですよ。おめでとうございます。わたしなら——」

「よけいなお世話よ。次は全額を一つの数字に賭けることにするわ。そこ」ダーリーンは指さした。「25がいいわ」背後からひそやかな悲鳴が聞こえた。セックスで絶頂に達したような声。「全額を25に」

「お断りいたします」支配人が口をはさんだ。

「だけど——」

「お断りいたします」支配人は繰り返した。ダーリーンは人生の大部分を男の下で働いて費やしてきた——相手が本気で言っているときはそうとわかる程度に長い年月を。

「店の方針でございますので、ミセス・プーレン」

「そう、わかったわよ。お尻《しり》の穴がちっちゃいのね」ダーリーンはそう言ってチップを引き寄せた。山のてっぺんが少し崩れた。「じゃあ、いくらまでなら賭けられるの？」

「少々お待ちください」支配人は答えた。

支配人は五分近くどこかへ行っていた。その間、ルーレットのホイールは動かずに待っていた。話しかけてくる者はなかったが、誰かの手が伸びてきてはダーリーンの手に触れ、ときには失神した人間の手を温めようとするように強くさすった。やがて支配人は背の高い頭の禿《は》げ上がった男を伴って戻ってきた。長身の禿げ頭はタキシードを着て金縁の眼鏡をかけていた。その目はダーリーンを見るというより、見透かしているようだった。

「八百ドルなら」禿げ頭は言った。「ただし、おすすめはしませんが」男の視線はダーリーンの制服の前に落ち、また彼女の顔に戻った。「この辺で切り上げて換金なさったほうがよろしいかと」

「偉そうな口をきかないでもらいたいわね」ダーリーンは言い返した。長身の禿げ頭の唇が不愉快そうにゆがんだ。ダーリーンはミスター・ルーレットに目を向けた。「賭けるわ」

ミスター・ルーレットは〝$800〟と書かれたプレートを置き、〝25〟という数字がきっちりと隠れるよう念を入れて角度を直した。それからホイールを回し、玉を落とした。カジノ中が静まり返っていた。ひっきりなしに聞こえていたスロットマシンのかたかたちーんという音さえやんでいた。ダーリーンは目を上げ、室内を見回した。さっきまではどの画面にも競馬かボクシングの試合を映していたテレビが、いまはすべて回転するルーレットと……彼女の姿を映していることに気づいても、もはや驚かなかった。あたしったら、まるでテレビのスターみたい。ついてる。ついてる。ああ、あたしはどこまでもついてるの。

玉は回り、弾んだ。一つの枠に落ち着きかけてはまた回る。つややかに磨かれたホイールの木製の外周を疾走する、小さな白いダルヴィーシュ。

「オッズ！」ダーリーンはふいに叫んだ。「ねえ、オッズはいくつ？」

「三十倍です」長身の禿げ頭が答えた。「もしお客様が勝たれますと、二万四千ドルになります」

ダーリーンは目を閉じた……

そして、三二二号室で目を開いた。さっきのまま椅子《いす》に座って、片手に封筒を、もう一方に封筒から転がり出た二十五セント硬貨を握っていた。笑って流した涙は、まだ乾いていなかった。

「ほんと、ついてる《lucky》わよね」ダーリーンはそう言って封筒の口の端を両側から押し、なかをのぞいた。

メモはなかった。それも白昼夢の一部だった。ついてる《Lucky》のスペリングのまちがいも、何もかも。

ダーリーンは溜《た》め息《いき》をつき、二十五セント硬貨を制服のポケットにしまうと、三二二号室の掃除にとりかかった。

パッツィは、いつもなら放課後になるとポールをまっすぐ家に送り届けるが、その日にかぎってはホテルに連れてやってきた。「鼻水がひどいの」パッツィは母親にそう説明した。その声には、十三歳の少女ならではの軽蔑《けいべつ》がたっぷりにじんでいた。「まったく、鼻水で窒息するんじゃないかってくらい。ママなら救急診療所で診てもらおうって言うと思って」

ポールは涙のにじむ辛抱強い目で黙って母親を見上げた。鼻の頭は、棒形キャンディの縞模様のように真っ赤に染まっている。三人はロビーにいた。チェックイン中の客の姿はなく、ミスター・エイヴリー（客室係はテックスと呼び、このいやみ男を一様に嫌っていた）はフロントを離れていた。きっとオフィスに引っこんでマスでもかいているのだろう。ちっちゃな一物を無事に見つけられればの話だが。

ダーリーンはポールの額に手を当てた。火傷《やけど》しそうなほど熱かった。溜め息が漏れた。

「そうね、お医者様に診てもらったほうがよさそうね。気分はどう、ポール？」

「平気」ポールはくぐもったかすれ声で答えた。

さすがのパッツィも顔を曇らせた。「この調子じゃ、この子、きっと十六歳まで生きられないよ。世界史上初の自発性エイズ患者ってとこ？」

「そういうひどいことは言わないの！」ダーリーンは叱《しか》りつけた。思わずきつい口調になった。しかし傷ついたような表情をしたのは、ポールのほうだった――ぎくりと身を震わせ、母親から目をそらす。

「しかも甘ったれ」パッツィがあきれたように言った。「やれやれだね」

「いいえ、ポールは甘ったれじゃないわ。感受性が鋭いだけ。それに抵抗力が弱くなってるの」ダーリーンは制服のポケットを探った。「そうだ、ポール。これいる？」

ポールは母親に視線を戻し、二十五セント硬貨を見てかすかに口もとをゆるめた。

「それ、何に使う気、ポール？」ポールが硬貨を受け取ると、パッツィが尋ねた。「デイードラ・マコースランドをデートに誘うとか？」そういって忍び笑いを漏らす。

「ごれがらがんがえる」ポールは鼻にかかった声で答えた。

「さあ、からかうのはそれくらいにして」ダーリーンは言った。「しばらく一人にしておいてやりなさい。いい？」

「わかった。だけど、あたしは何ももらえないわけ？」パッツィが訊《き》き返す。「弟をここまで無事に連れてきたのに、いつだってちゃんと家まで連れて帰ってるのに、あたしには何のご褒美《ほうび》もなし？」

歯列矯正を受けさせてあげるわ、とダーリーンは考えた。どこからか治療費が出てくればの話だけど。その瞬間、ふいにみじめな気持ちに押しつぶされそうになった。人生とは、無限に続く寒々とした廃物の山――たとえばデルミナムの金くずの山――であるというような感覚、つねに目の前にそびえ、いまにも崩れ落ちて人を生きたままずたずたに引き裂こうと身構えている山であるというような感覚。運命などジョークだ。幸運でさえ、髪をきちんととかしてめかしこんだ悪運にすぎない。

「ママ？　ねえ、ママ？」パッツィの口調がふいに不安げに変わった。「ご褒美なんかほしくない。ふざけただけだよ」

「あなたには『サッシー』があるわよ。もし読みたいなら」ダーリーンは言った。「お客さんが置いていったの。ロッカーにあるわ」

「今月号？」疑わしげな声。

「そうよ、最新号よ。いらっしゃい」

「あ、ポールってば、まったくもう、お馬鹿《ばか》さんなんだから。叱られるわよ！」ふいにパッツィが大きな声を出した。言葉の勢いのわりには不機嫌そうではなかった。「ママにいつも言われてるでしょ？　そういうものにお金を使っちゃだめだって。スロットマシンなんて観光客がやるものだよ！」

しかしダーリーンは振り返ることさえしなかった。客室係の更衣室に続くドアをじっと見つめていた。そのドアの奥にはくたびれて捨てられた夢のようなエイムズやウォルマートの安物の布のコートがずらりと並び、タイムレコーダーがかちかちと音を立てていて、空気はいつもメリッサの香水とジェーンのベンゲイ軟膏《なんこう》の匂《にお》いをさせている。そうやって更衣室のドアを見つめたまま、ダーリーンは身動きもせず、スロットマシンのドラムがひゅんと回転する音を聞いていた。トレーに硬貨が流れ落ちる軽やかな音を待っていた。そして実際に硬貨が落ち始めたときにはすでに、カジノに出かける間、子どもたちはメリッサに見ていてもらえばいいと考えていた。そう時間はかからない。

あたしはついてる。ダーリーンは目を閉じた。硬貨の滝がトレーにぶつかる音は、まぶたの裏の暗闇《くらやみ》にやけに大きく響いた。棺桶《かんおけ》の蓋《ふた》の上に金くずが落ちる音を連想させた。

すべては彼女の空想のとおりに運ぼうとしている。ダーリーンはなぜかそう確信していた。それでも、人生とは巨大な金くずの山、異星の金くずの山というイメージは、そのときもまだ脳裏から消えていなかった。お気に入りの服についた決して抜くことのできない染《し》みのように、拭《ぬぐ》いがたいものだった。

でも、パッツィには歯の矯正を受けさせてやらなければならないし、ポールは止まらない鼻水と止まらない涙の件で医者に連れていかなければならない。パッツィには女らしくセクシーな気分にさせてくれるカラフルな下着が必要なのと同じように、ポールにはセガのゲーム機が必要だ。それにダーリーン自身には……何だろう？　何が必要だろう？　ディークを取り戻すこと？

やれやれ、ディークか。ダーリーンは笑い出しそうになった。ディークなんてこっちから願い下げよ。いまさら思春期を繰り返したくないのと同じ。産みの苦しみを二度と味わいたくないのと同じ。そう、あたしに必要なのは……必要なのは……

（何もいらない）

そう、そのとおりだ。何も必要ない。ゼロ。空っぽ。さよなら《アディオス》。陰鬱《いんうつ》な日々だって、さびしい夜だって、笑ってやりすごせる。

あたしには何もいらない。だって運が味方についてるんだもの。ダーリーンは目を閉じたままそう考えた。閉じたまぶたの隙間《すきま》から涙がにじみ出し、背後ではパッツィが声を限りに叫んでいた。「うわあ！　ちょっと、信じられない！　ポール、あんた、大当たりが出たよ！　大当たりが出た！」

ついてる《lucky》。ダーリーンは思った。あたしはついてる。ついてるわ。

解説

風間賢二

本短篇集と『第四解剖室』は、『Everything's Eventual : 14 Dark Tales』(2002) の全訳である。と言いたいところだが、原著には収録されている「Riding the Bullet」が訳出されていない。

作品の内容に問題があったわけではない。権利者側の一方的な意向である。この件に関しては、のちほどふれることにして、とりあえず、原著副題にある「14の暗黒物語」が日本版では、実質上「13の暗黒物語」となっていることを、まずお断りしておく。

まあ、ホラーの帝王キングの短篇集らしく、13という不吉な数のほうが本書にとっては縁起がいい……というのは、筆者の勝手なこじつけにすぎないが。

一九七四年に長篇『キャリー』でデビューしてから、今年でちょうど三十年になる作家活動を通して、キングは五十冊以上もの作品を発表している。そのなかで短篇集は四点(限定出版やオーディオ・ブックを入れれば六点)。本書は四冊目の作品集にあたる。

すなわち、刊行順に列挙すれば、第一短篇集『ナイトシフト』(一九七八年　邦訳版では『深夜勤務』と『トウモロコシ畑の子供たち』の二分冊)、第二短篇集『スケルトン・クルー』（一九八五年　邦訳版では『骸骨乗組員《がいこつ》』、『神々のワード・プロセッサ』、『ミルクマン』の三分冊）、第三短篇集『ナイトメアズ＆ドリームスケープス』（一九九三年　邦訳版では『いかしたバンドのいる街で』、『ヘッド・ダウン』の二分冊）、そして、第四短篇集が本書ということになる。

前作の短篇集『ナイトメアズ＆ドリームスケープス』の「序」で、キングはおもしろいことを述べている。

「短篇小説は困難でやり甲斐《がい》のある文学形式であり、だからこそ三冊目の短篇集を出せるだけの作品が溜《た》まったことを知ったとき、わたしはとてもうれしかったし、たいそう驚いた。なぜならわたしが子供のころ信じていたことのひとつに（おそらくそれも『リプリーの信じようと信じまいと！』で知ったことだ）、人間は七年ごとに再生して、すべての組織、すべての器官、すべての筋肉がまったく新しい細胞に生まれかわるという知識があったからである。わたしはこの『ナイトメアズ＆ドリームスケープス』を一九九二年の夏、つまり最後の短篇集『スケルトン・クルー』の出版後から七年後に一本にまとめつつあるし、その『スケルトン・クルー』は最初の短篇集『ナイトシフト』の七年後に刊行された」（永井淳訳）

その伝でいくと、本来ならば本書は、『ナイトメアズ＆ドリームスケープス』の七年後ということで、ジャスト二〇〇〇年に刊行されるはずだった。実際、キング自身、先の「序」の中で、「（もう一冊短篇集が編まれるとすれば）それは2で始まる年に世に出ることになるだろう」と予告している。ところが、本書の刊行は九年後のことだった。

そのことに関して、キングは、本書の「序文」ではなにも語っていないが、推測するところ、世界中のキング・ファンが真っ青になった、一九九九年六月の交通事故による瀕死《ひんし》の重傷事件が大いに関係しているのだろう。実際、それまで二十五年にわたって毎年のように作品を刊行してきたキングだが、さすがに、事故の翌年の二〇〇〇年には一冊も新作長篇は発表していない（ただし、リハビリとして短篇「ライディング・ザ・ブレット」が電子ブックとして、また、すでに執筆してデスクの引き出しにしまわれていたノンフィクション『小説作法』が刊行されている）。

自己の短篇集刊行七年周期説は、不慮の交通事故によってもろくも崩れてしまったが、その七年周期説ということをもとにして、キングの三十年の長きにわたる執筆活動を、あらためて考えてみる。短篇集をひとつの区切りと見なし、彼のこれまでの軌跡を眺めわたすと、なかなか興味深いことが見えてくる。

たとえば、第一短篇集『ナイトシフト』は、『キャリー』、『呪《のろ》われた町』、『シャイニング』、そして、『ザ・スタンド』の時期にあたり、いわば、モダンホラーの王者キングの地位を確立した第一期の産物といえる。

第二短篇集『スケルトン・クルー』が刊行されるまでの時期は、おもな作品に、『デッド・ゾーン』、『クージョ』、第一中篇集『恐怖の四季』（邦訳版では『スタンド・バイ・ミー』、『ゴールデンボーイ』の二分冊）、『ペット・セマタリー』、そしてピーター・ストラウブとの合作『タリスマン』などがあり、キングが単なるホラー作家の域にとどまらず、超べストセラー作家として、その名を轟《とどろ》かせるにいたった第二期にあたる。

第三短篇集『ナイトメアズ＆ドリームスケープス』にいたる第三期は、まずモダンホラーの金字塔と称すべき、大作『It』に始まり、『ミザリー』、『ダーク・ハーフ』第二中篇集『フォー・パスト・ミッドナイト』(邦訳版では『ランゴリアーズ』、『図書館警察』の二分冊)、『ニードフル・シングス』といった、いわばそれまでのキングの総決算的な作品が続いている。

そして、第四短篇集である本書の時期だが、これは〝新生キング〟の時代とでも言うべき第四期にあたる。すなわち、『不眠症』(一九九四年)から『ドリームキャッチャー』(二〇〇一年)とピーター・ストラウブとの合作『ブラック・ハウス』(二〇〇一年)にいたる時期。〝新生キング〟と述べたのは、この期間において、キングはさまざまなことに挑戦しているからだ。

たとえば、『不眠症』では老人を、『ローズ・マダー』(一九九五年)では虐待《ぎゃくたい》される女性を主役に据え、これまでキングの作品の中では、多く語られなかった年代とジェンダーを問題に取り上げている。あるいは、『グリーン・マイル』(一九九六年)では、連続読み物風に月刊ペースで半年にわたって刊行したり(その結果、六冊すべてがベストセラー・チャート入りし、世界初としてギネスに認定された)、『デスペレーション』(一九九六年)とその姉妹編『レギュレイターズ』を前者はキング名義、後者はリチャード・バックマン名義にして同時発売したり、短篇集『血と煙』(一九九九年)をオーディオ・ブックのみの発売としたり、短篇「ライディング・ザ・ブレット」(二〇〇〇年)を小説としては世界初の電子ブックとして配信するといったぐあいに作品の販売戦略をさまざまに工夫している。また、内容の面でも、『骨の袋』(一九九八年)や『アトランティスのこころ』(一九九九年)のように文学的色彩の濃厚なものを執筆するようになっている。

こうした〝新生キング〟の要素が盛りだくさんの一冊が本短篇集なのである。それぞれの作品に関しては、著者自身が「まえがき」や「あとがき」で述べているので、ここでは簡単に触れるだけにしておきたい。

「第四解剖室」Autopsy Room Four (1997)
ポーの「早すぎた埋葬」の伝統を踏まえた作品。スプラッタとブラックユーモアが同居した秀作である。最後の一行まで笑える。初出は、千百部限定出版の短篇集『シックス・ストーリーズ』(一九九七年)。のちにロバート・ブロック編のホラー・アンソロジー『サイコ』(一九九七年)にも収録された。

「黒いスーツの男」The Man in the Black Suit (1994)
レイ・ブラッドベリがナサニエル・ホーソーンの中篇「若いグッドマン・ブラウン」を書き換えたらかくやといった作品。アメリカン・モダン・ゴシックの名作中篇として、いつまでも語りつがれるのにちがいない。世界幻想文学大賞の中短篇部門とO・ヘンリー賞の両賞に輝いている。ちなみに、後者の賞は主として純文学に対して与えられる栄誉ある短篇賞である。また、二〇〇三年のことだが、キングは、これまた純文学作品・作家を対象とする全米図書賞の功労賞にも選ばれた。いまや、キングは、名実ともに単なるホラー作家・ベストセラー作家ではなく、偉大なるアメリカ作家の仲間入りを果たしたといってもよい。初出は、文芸誌「ニューヨーカー」、その後、『シックス・ストーリーズ』に再録。

「愛するものはぜんぶさらいとられる」All That You Love Will Be Carried Away (2001)

キング版『セールスマンの死』とでも称すべき悲哀に満ちた佳作。しかし、主人公が落書きの収集家という設定で笑いを取るあたりが、キングらしくて好感がもてる。本篇も文芸誌「ニューヨーカー」のために書き下ろされた作品なので、かなり文学的香りが濃厚。

「ジャック・ハミルトンの死」The Death of Jack Hamilton (2001)

これも文芸誌「ニューヨーカー」のために寄稿した作品。ただし、「愛するものはぜんぶさらいとられる」のような文学臭はない。ホラーの要素もまるでないが。実話をもとにした普通小説である。あえていえば、根はいい奴《やつ》だけれど、一歩まちがえて人生の裏街道を歩むことになったギャングたちのキャラクター造型の巧みさがキングらしい一篇。

「死の部屋にて」In the Deathroom (1999)

南アメリカのどこかの小国でスパイとして捕らわれ、拷問室《ごうもん》に連行されたニューヨーク・タイムズの記者の不条理な運命を語り、ゾンビも吸血鬼も出てこないリアルな恐怖を描いた秀作。物語後半のスプラッタでエグイ描写が、カフカになりきれないお下品なキングらしくてよいが、ストーリーはかなり突飛な展開となり、それまでのせっかくのリアリティが損なわれているような気がする。初出は、タバコを素材にした三つの短篇を収録したオーディオ・ブック『血と煙』（一九九九年）。

「エルーリアの修道女」The Little Sisters of Eluria（1998）

初出は、ロバート・シルヴァーバーグ編ファンタジー・アンソロジー大作『伝説は永遠《とわ》に』（一九九八年）。キングのライフワークである〈暗黒の塔〉シリーズ（全七巻）の外伝である。物語内の時間としては、シリーズ第四巻『魔道師の虹《にじ》』のあとにあたる。しかし本篇だけでも、傑作『呪われた町』とは一味ちがうヴァンパイア・テーマの幻想的な変種として楽しめる。〈暗黒の塔〉シリーズは、第一巻『ガンスリンガー』（一九八二年）から足かけ二十二年、現在五巻まで刊行されているが、ついに今年二〇〇四年の夏には第六巻、そして秋には最終巻が発売される。ちなみに、この〈暗黒の塔〉シリーズ完全版全七巻は、新潮文庫から刊行される予定。乞《こ》うご期待！

「なにもかもが究極的」Everything's Eventual（1997）

〈暗黒の塔〉シリーズは、キングの他の独立した作品の世界ともつながりがある。たとえば、『ドラゴンの眼』や『ザ・スタンド』、『不眠症』、『タリスマン』とその続編『ブラック・ハウス』、そして『アトランティスのこころ』の中の「黄色いコートの下衆男《げすおとこ》たち」など。キングによれば、本篇の主人公の青年は、「黄色いコートの下衆男たち」に登場する不思議な老人テッドと同じく、〈暗黒の塔〉を壊そうとしている〈破壊者〉のひとりらしい。まあ、そのあたりのことはなにも気にせずとも、やはり本篇も独立した作品として、あるいは、キングの『キャリー』や『ファイアスターター』、『シャイニング』、『デッド・ゾーン』などに見られる超能力者であることの悲しみと苦しみを語ったSFホラーとして堪能《たんのう》できる。初出はSF専門誌「ファンタジー&サイエンスフィクション」。

「L・Tのペットに関する御高説」L. T.'s Theory of Pets (1997)

本書には、この作品のほかにも離婚にまつわる話がもう一篇収録されているが(「ゴーサム・カフェで昼食を」である)、妻と死別した男の哀《かな》しみと怪異な出来事を語った『骨の袋』刊行当時、キングは妻のタビサと離婚したというまことしやかな噂《うわさ》が流れた。その手の噂と同じように、本篇も主人公の妻の失踪《しっそう》に関して、いろいろと勝手な憶測ができる愉快かつ悲しく、それでいて不気味な作品である。初出は、『シックス・ストーリーズ』。

「道路ウイルスは北にむかう」The Road Virus Heads North (1999)

〝変化する絵〟のモチーフは、ゴシック小説の鼻祖ウォルポールの『オトラント城』(一七六四年)の昔からあり、有名なところでは、ワイルドの『ドリアン・グレイの肖像』などが即座に思い出されるところだ。本篇はそうした伝統に棹差《さおさ》す一篇。主人公の作家がキングの分身として読めるおもしろさもある。初出は、アル・サラントニオ編ホラー・アンソロジー巨編『999』(一九九九年)。

「ゴーサム・カフェで昼食を」Lunch at the Gotham Café (1995)

初出は、マーティン・グリーンバーグほか編のホラー・サスペンス・アンソロジー『ゴーサム・カフェで昼食を　22の異常な愛の物語』(一九九五年)。二年後には、『シックス・ストーリーズ』に再録され、そのまた二年後には『血と煙』にも収録された。なるほど、本篇を読んでいただければ、タバコに関する言及がかなりあるし、後半は血飛沫《しぶき》たっぷりの惨劇となるので、『血と煙』に再録というのはわかる。しかし、初出のアンソロジー『ゴーサム・カフェで昼食を』のテーマはダーク・ラブ。つまり異様な愛欲の戦慄《せんりつ》の物語だ。本篇のどこがダーク・ラブ？　やはりキングにはセックス描写やエロは無理ということか……といったことを考えなければ、給仕頭のサイコぶりがステキな一篇である。

「例のあの感覚、フランス語でしか言えないあの感覚」That Feeling, You Can Only Say What It Is in French（1998）

初出は文芸誌「ニューヨーカー」。キング版「シシュポスの神話」といった無間地獄の物語。語り口に工夫の凝らされた、ちょっとシュールな実験作として堪能できる秀作。

「一四〇八号室」1408（1999）

初出は『血と煙』。こうした「幽霊の出る旅籠《はたご》の部屋」ものを読むと、欧米と我が国の恐怖の質のちがいがよくわかる、と思うのは筆者だけだろうか。そうした観点からも興味深い秀作。

「幸運の25セント硬貨」Luckey Quarter（1997）

初出は、『シックス・ストーリーズ』。物語の途中で、ボルヘスの翻案した説話『棚上げにされた魔法使い』や芥川龍之介の『杜子春《とししゅん》』のような語りの騙《だま》しのテクニックが使用されていたりするのが愛嬌《あいきょう》。でも、なかなかしみじみとしたいい話である。

以上十三篇が本書収録作だが、冒頭で述べたように、原著にはあと一篇 Riding the Bullet (2000) が入っている。その作品は、本国では電子ブックのみで発売され、一冊の本の形体としては存在していなかった。しかし、我が国では、すでに単行本『ライディング・ザ・ブレット』として刊行されている。そのように一冊の書籍としてすでに刊行されているものを短篇集に収録することはまかりならぬ、というのが本国アメリカの版元と権利者側の意向らしい。

そうした裏の事情はともかく、「ライディング・ザ・ブレット」に関して、キングが、問題の作品のまえがきでどのようなことを語っているのかだけでも、ここで紹介しておこう。ちなみに、「ライディング・ザ・ブレット」は、主人公の大学生が実家で病床についている母親を見舞うためにヒッチハイクで帰省しようとして、ある男の車に拾ってもらうが、実はその運転手は死者（死神）で……といった本格ホラーである。

「この作品に関しては、言うべきことはすべて本書の序文で語りつくしたと思う。私の語る物語は基本的に、ほとんどどこのスモール・タウンでも耳にすることのできる類《たぐい》のものだ。そしてそれは、私の初期の話（たとえば、『ナイトシフト』所収「３１２号室の女」）のように、自分の母親が死につつある様子にいかに心打たれたかを語る試みである。自分の愛する人の死に現実問題として直面するときが、ほとんどの人にやってくる……あるいは、我々自身の接近しつつある死という事実に。それこそが、おそらくホラー小説に共通する大いなる主題である。我々には、希望に満ちた想像力の助けを得ることによってのみ理解しえる神秘と取り組む必要がある」

最後の最後に、「ライディング・ザ・ブレット」に関するトリビアをひとつ。すでに述べたように、この作品は、一九九九年の交通事故による重傷から復帰するさいの静養中に、小説作法のリハビリとして創作されたものだが、散歩中のキングをよそ見運転していて背後から轢《ひ》いてしまった、まさに死神のような運転手の名前は、ブライアン・スミスという。そして後部座席に乗っていて、事故の原因を作ったのは、スミスの愛犬でブレットという。ちなみに、この事故の模様は脚色をまじえて、〈ダーク・タワー〉第Ⅶ部「暗黒の塔（中）」で詳細に語られている。

（二〇〇四年四月、翻訳家・評論家）

初出

「道路ウイルスは北にむかう」——『999 妖女たち』（創元推理文庫）
「ゴーサム・カフェで昼食を」——『ゴーサム・カフェで昼食を』（扶桑社ミステリー）
その他——訳し下ろし

G・グリーン
上岡伸雄訳
情事の終り
「私」は妬心を秘め、別れた人妻サラを探偵に監視させる。自らを翻弄した女の謎に近づくため——。究極の愛と神の存在を問う傑作。

J・M・ケイン
田口俊樹訳
郵便配達は二度ベルを鳴らす
豊満な人妻といい仲になったフランクは、彼女と組んで亭主を殺害する完全犯罪を計画するが……。あの不朽の名作が新訳で登場。

T・R・スミス
田口俊樹訳
チャイルド44（上・下）
CWA賞最優秀スリラー賞受賞
連続殺人の存在を認めない国家。ゆえに自由に凶行を重ねる犯人。それに独り立ち向かう男——。世界を震撼させた戦慄のデビュー作。

マーク・トウェイン
柴田元幸訳
ジム・スマイリーの跳び蛙
—マーク・トウェイン傑作選—
現代アメリカ文学の父であり、ユーモア溢れる冒険児だったマーク・トウェインの短編小説とエッセイを、柴田元幸が厳選して新訳！

バルザック
平岡篤頼訳
ゴリオ爺さん
華やかなパリ社交界に暮す二人の娘に全財産を注ぎこみ屋根裏部屋で窮死するゴリオ爺さん。娘ゆえの自己犠牲に破滅する父親の悲劇。

M・ミッチェル
鴻巣友季子訳
風と共に去りぬ（1・2）
永遠のベストセラーが待望の新訳！　明るく、私らしく、わがままに生きると決めたスカーレット・オハラの「フルコース」な物語。

Title : EVERYTHING'S EVENTUAL vol.II
Author : Stephen King

幸《こう》運《うん》の25セント硬《こう》貨《か》

新潮文庫　キ－3－36

Published 2004 in Japan
by Shinchosha Company

平成十六年六月一日発行
令和元年八月五日十四刷

訳者　浅《あさ》倉《くら》久《ひさ》志《し》他

発行者　佐藤隆信

発行所　株式会社 新潮社

郵便番号　一六二—八七一一
東京都新宿区矢来町七一
電話 編集部(〇三)三二六六—五四四〇
読者係(〇三)三二六六—五一一一
http://www.shinchosha.co.jp

価格はカバーに表示してあります。

乱丁・落丁本は、ご面倒ですが小社読者係宛ご送付ください。送料小社負担にてお取替えいたします。

印刷・東洋印刷株式会社　製本・加藤製本株式会社

ISBN978-4-10-219336-5　C0197